AF398350

MONIKA BUTTLER
Abendfrieden

MONIKA BUTTLER

Abendfrieden

Der zweite Fall für Werner Danzik

GMEINER

Original

Bei Fragen zur Produktsicherheit gemäß der Verordnung über die allgemeine Produktsicherheit (GPSR) wenden Sie sich bitte an den Verlag.

Besuchen Sie uns im Internet:
www.gmeiner-verlag.de

© 2005 – Gmeiner-Verlag GmbH
Im Ehnried 5, 88605 Meßkirch
Telefon 07575/2095-0
info@gmeiner-verlag.de
Alle Rechte vorbehalten
3. Auflage 2013

Lektorat: Claudia Senghaas, Kirchardt
Umschlaggestaltung: U.O.R.G. Lutz Eberle, Stuttgart
unter Verwendung eines Fotos von pixelquelle.de
Druck: Libri Plureos GmbH, Friedensallee 273, 22763 Hamburg
Printed in Germany
ISBN 978-3-89977-657-7

Für Ulli und Jürgen

»Man soll so weit von der Schwiegermutter weg wohnen,
dass man eine Jacke anziehen muss.«
Sprichwort

Alle Charaktere in diesem Kriminalroman sind frei erfunden. Etwaige Ähnlichkeiten mit existierenden Personen und Handlungen sind rein zufällig und nicht beabsichtigt.

1

Der zweite Schlaganfall war tödlich gewesen.

Die Beerdigung seines Vaters war erst drei Tage her, aber Hauptkommissar Werner Danzik hatte ihn gleich doppelt begraben: auf dem Friedhof in Hamburg-Ohlsdorf und in seinem Gedächtnis. Klappe zu und weg. Erstaunlich, dass negative Dinge einfach verschwanden und nicht unaufhörlich nagend präsent waren, wie er immer gedacht hatte.

Danzik blickte vom zweiten Stock seiner Altbauwohnung hinunter auf den Eingang des gegenüberliegenden Jugendstil-Hauses. Vier junge Leute stopften gerade achtlos Möbel in einen Transporter: eine dunkel gebeizte Kommode, eine Stehlampe mit vergilbtem gekraustem Schirm, zuletzt eine weiß gestrichene Küchen-Vitrine.

Ein schönes Stück, dachte Danzik, als er auch schon stutzte. Das waren ja alles Sachen vom alten Herrn Wohlers. War der allein stehende Mann plötzlich gestorben? Was war da los? Danzik eilte auf die Straße hinunter.

»Was ist mit Herrn Wohlers? Warum bringen Sie die Sachen weg?«

»Weiß nicht. Kommt alles auf den Recyclinghof.« Der junge Mann mit dem Drei-Tage-Bart sah ihn kaum an.

Danzik hob seine Stimme. »Kann mir hier irgendjemand sagen, was mit Herrn Wohlers passiert ist?«

»Der ist tot. Mehr wissen wir aber nicht.« Das junge Mädchen, an dessen Nase ein Ring klemmte, warf ein Sesselpolster in den Wagen.

Danzik wandte sich schweigend ab. Was war schlimmer: dass Möbel zerstampft wurden und mit ihnen eine ganze Existenz, oder dass sie überlebten, als Gemälde, auf denen weiter Rosen blühten, als Porzellantassen, aus denen nun andere tranken, während man selbst schon unter der Erde lag?

Sein Blick streifte die Sträucher vorm Haus, aus deren Gezweig sich die ersten hellgrünen Spitzen hoben, in dem einen hing etwas verloren ein Nest. Daneben lugten schon ein paar gelbe Blüten aus dem großen Forsythien-Busch. Der Frühling kam. Wieder ein Frühling, zuverlässig wie jedes Jahr, das reinste Wunder. Er kam für ihn und für Laura, seine neue, sechs Monate junge Liebe. Während der alte Herr Wohlers ...

Wie viele Frühlinge hatte der wohl erlebt? Jedenfalls eine Menge mehr als er. Er, Werner Danzik, war im April wieder dran. Dann wurde er 53. Manche dachten da schon an Pensionierung. Beschwingt nahm der Kommissar die letzten Stufen. Nein, er war weder berufs- noch liebesmüde. »Aufhören werde ich erst fünf oder zehn Jahre nach meinem Tod«, hatte der 73-jährige Blues-Sänger B.B. King über den Ruhestand gesagt. Ein köstlicher Spruch. Werner Danzik hatte ihn aufgeschrieben.

Er setzte sich auf das rote Velours-Sofa, das ihm seine Ex-Frau gelassen hatte, und schenkte sich einen »Il Grillo« ein. Die fast prickelnde Frische des Weißweins belebte ihn, er schmeckte sie in langen Schlucken und überlegte, ob er sich neu einrichten sollte. Diesmal zu hundert Prozent, wie er es wollte, also eine schicke anthrazitgraue Ledergruppe, Regale und Tische in einem warmtonigen Holz, dazu einen neuen komfortableren Fernsehsessel ... Aber nein, das ging ja gar nicht. Wenn Laura sich wirklich entschließen würde, mit ihm zusammenzuziehen, dann würde sie natürlich ein Wörtchen mitreden wollen, Frauen dominierten nun mal beim Einrichten. Und immer musste bei ihnen alles weiß sein, das nannten sie dann eine »wunderschöne, freundliche Atmosphäre.« Steriles, todeskaltes Weiß ...

Laura würde da nicht anders sein. Ihre helle, mit ein paar Farbakzenten aufgeheiterte Dachwohnung in einer alten Harvestehuder Villa war doch der beste Beweis. Aber sie würden sich schon einigen. Im Übrigen gab es wichtigere Dinge. Und am Ende blieb doch nur jenes Möbel, in das man vor kurzem Herrn Wohlers gelegt hatte.

Unversehens musste Werner Danzik doch an seinen Vater denken. Wie so viele vor ihm war er in Ohlsdorf gelandet. Ohlsdorf und Friedhof waren ein Synonym in Hamburg. »Der ist reif für Ohlsdorf« oder »Endstation Ohlsdorf« – da wusste jeder, was gemeint war. Schon deshalb konnte man eine Aversion dagegen kriegen und sich nach einem idyllischen Klein-Friedhof sehnen, auch Danzik empfand das so. Andererseits war Ohlsdorf nun mal der größte und schönste Park-Friedhof Europas, und sicher war es keine Schande, in der Nachbarschaft der Sievekings oder Münchmeyers oder einer Ida Ehre zu ruhen.

Vor drei Tagen, als sie an der Grube standen, war noch ein zu kalter Wind durch die hohen, alten Bäume gefahren, und jeder hatte sich kontaktlos in seinem Mantel verkrochen. Nur seine Mutter, klein und dürr, hatte ihre Hand in seinen Arm gekrallt, durch den Stoff hindurch hatte er es mit Ekel gespürt, ohne etwas dagegen tun zu können. Das Nichtige und Graue ihrer Existenz berührte ihn unangenehm, immer war sie grau gewesen, auch an diesem Tag, in schwarzer Trauerkleidung, hatte sie sich fahl und besitzergreifend an sein Leben gehängt.

Schaufel für Schaufel Erde war auf den Sarg geploppt, und er hatte gedacht, wie analog dazu Wort für Wort wohlwollende Lügen aus dem Mund des Pfarrers gekommen waren. Auch für seinen Vater galt das ungeschriebene Gesetz der Beschönigung. Dabei war er ein chronischer Fremdgeher gewesen. Peinlich für den Sohn, wenn der Vater mit kühler Unverschämtheit die Frauen musterte, dick und schwitzend, wenn er dröhnend ein Lachen losließ, die Hand in der Hüfte, dass fast das Jackett platzte. Aber irgendetwas mussten sie an ihm gefunden haben. Vielleicht das volle graue Haar, das ihm mit einer Strähne charmant ins Gesicht fiel oder das Grübchen im Kinn. Manche Frauen mochten wohl einfach diese sichere Selbstgefälligkeit, in deren Windschatten sie anstrengungslos mitsegeln konnten. »Nun trink endlich deinen Köm aus!« oder »Du willst ein Mann sein und wirst mit der Zigarre nicht fertig?« Wie er diese erzwungenen Initiationsriten gehasst hatte. Zum Glück hatte er nach dem Abitur auf die Polizeischule fliehen können ...

Und was war von Bruno Danzik, gestorben mit 76, nun übrig geblieben? Der große Baumarkt in der Straßburger Straße. Sein Vater hatte ihn Ende der 50er gegründet, damals einer der ersten in der Stadt. DANZIK MACHT'S GUT stand über dem Tor. Und weil das stimmte, florierte das Unternehmen. Während sein Vater sich abends im »Club d'Amour« vergnügte, hatte seine Mutter noch über der Buchhaltung gesessen ...

Vorbei. »Sui mortuis nihil nisi bene« – »Über die Toten nichts außer Gutes.« Werner Danzik kippte mit Schwung einen Schluck Wein hinunter. In diesem Moment klingelte sein Handy.

2

Anja Holthusen stellte mit zitternden Händen das feine weißblaue Geschirr auf den Tisch. »Musselmalet von Royal Copenhagen«, hatte ihre Schwiegermutter doziert. »Aber dafür hast du ja keinen Sinn. Wenn es nach dir ginge, würden wir aus Pappbechern trinken.« Anja trat einen Schritt zurück und ließ den Blick über den Tisch schweifen. Hoffentlich hatte sie nicht wieder was vergessen. Heute, am Sonntag, hatte sie wie immer die weiße Leinendecke mit der Hohlsaum-Stickerei aufgelegt und den Leuchter aus englischem Silber hervorgeholt. In den vier Kristallgläsern brach sich glitzernd das Licht, das die Frühlingssonne durch die Erker-Fenster der Patrizier-Villa sandte.

Anja atmete tief durch. Sie spürte erneut, wie sich in ihrer Magengegend etwas zusammenzog, als hätte sich dort ihre gesamte Angst zu einem drückenden Klumpen konzentriert. Sie sah auf den Leinpfad-Kanal und bemerkte, wie sich von rechts ein Alsterdampfer in ihr Blickfeld schob. Leuchtend weiß, mit Menschen dicht an dicht, die wippten und klatschten, zu der jazzigen Live-Musik, die bis zu ihr herüberwehte. Ihre Augen wurden feucht, obwohl sie das Weinen fast verlernt hatte. Einsam unter diesen Menschen zu sein, wäre jetzt fast ein Genuss, »wildfremd« sagte man gedankenlos, während die Fremdheit in einer angeheirateten Familie doch so viel lastender sein konnte.

Sie schaute auf die Uhr. Noch zehn Minuten. Sie würden pünktlich sein, »hanseatisch« nannten sie das. Ihr Schwiegervater Henri Holthusen, Inhaber der Teefirma »Holthusen Teehandel« in der Speicherstadt, kam dann aus der »Havanna Lounge« am Neuen Wall, wo er mit anderen Wirtschaftgrößen Zigarre rauchend den Vormittag verbrachte, ihr Mann Thomas kehrte befriedigt hechelnd von seinem Jogginglauf rund um die Alster zurück und Elisabeth, ihre Schwiegermutter, von ihrem Esoterik-Kreis.

Anja fühlte, wie ein Frösteln über ihre Haut lief. Sie zog ihren massig gewordenen Körper die Treppe hoch und schlurfte ins eheliche Schlafzimmer. Aus dem Schrank zog sie unter Handtüchern einen Flachmann hervor. Ah, das tat gut, so würde sie den Tag schaffen. Sie setzte sich aufs Bett und nahm noch einen Schluck. Während die Hitze des Aquavits sie durchströmte, fiel ihr Blick in den gegenüber stehenden Kommoden-Spiegel. Ein rundes verquollenes Gesicht sah sie an, matte Augen verschwanden fast in der verschatteten, kraterigen Haut, die kurzen stumpfgrauen Haare waren verstrubbelt. Instinktiv drehte Anja den Kopf, aber nun begegnete ihr das Foto, das Thomas so sehr liebte. Es zeigte eine junge Frau mit halblangen blonden Haaren und blauen Augen, heiter und offen schaute sie aus dem Bild, um ihre schlanke Taille lag ein dekorativer Ledergürtel. Anja starrte die Fremde, die sie selbst war, nein, gewesen war, sekundenlang an, in einer dumpfen, leeren Deprimiertheit. Dann schüttelte sie den Kopf. Sie legte den Flachmann unter die Handtücher und stieg langsam die Treppe hinab.

In der Küche blieb sie unschlüssig vor dem Herd stehen. Sollte sie noch mal abschmecken? Ach, es würde ja doch nichts bringen. Sie ließ sich auf einem der Buchenholz-Stühle nieder, und wieder kreisten ihre Gedanken in derselben Bahn, ohne Hoffnung und ohne Antrieb, wie immer. Eine neue Stellung als Sprachlehrerin würde sie mit ihren 46 Jahren nicht mehr bekommen, von den privaten Instituten in Hamburg, die in Frage kamen, hatten zwei schon schließen müssen. Sie war gefangen, ein Weggehen wäre Selbstmord gewesen und Bettine, ihre gemeinsame Tochter, war so weit weg ...

Konnte sie sich ein Leben ohne Thomas überhaupt vorstellen? Natürlich nicht. Aber er wollte in der Villa am Leinpfad bleiben, befand sich fest in elterlicher Hand. Beim Vater geschäftlich und bei der Mutter ...

Anja fuhr zusammen. Ein Schlüssel hatte sich im Schloss gedreht. Hoffentlich kam »sie« nicht zuerst. Nein, es war Thomas, stellte sie erleichtert fest. »Erst mal duschen«, rief er und sprang die Treppe hoch. Seine blonden, sehr kurzen Haare sahen verklebt aus.

Zum zweiten Mal hörte Anja das Schließgeräusch, diesmal etwas bedächtiger. »Na, alles unter Kontrolle?« Henri Holthusen hatte seinen Burberry-Trench abgelegt, ging zielstrebig, ohne sie anzusehen, zu sei-

nem ledernen braunen Ohrensessel und griff nach der
›Welt am Sonntag‹. Er sah wie immer aus: die grau-
en Haare sauber gescheitelt, schwarzgrauer Nadel-
streifen-Anzug, Krawatte und Einstecktuch in Rot,
risikolos im gleichen Dessin. Nur ein paar Sekunden
später stand seine Frau in der Diele. Sie schaute in den
Spiegel und zupfte an ihrem perfekt sitzenden altrosa
Kostüm herum. Dann nahm sie die Sonnenbrille, die
auf ihren weißblonden Haaren steckte, und verstaute
sie in einem rosa Lederetui.

Im Wohnzimmer steuerte sie sogleich auf den
rechteckigen Tisch zu, um den acht Mahagoni-Stüh-
le im englischen Hepplewhite-Stil gruppiert waren.
Prüfend umrundete sie die festlich wirkende Tafel.
»Anja, komm doch bitte mal her!« Die Angerufene
erschien mit rotem Kopf im Türrahmen. Was wollte
die Alte schon wieder? Und dann diese kreischige
Stimme. In den letzten Jahren schien sie noch höher
geworden zu sein. »Hier – Messer mit der Schnitt-
kante nach außen. Das darf doch nicht wahr sein. Du
weißt genau, dass das Unglück bringt. Jemand wird
durch ein Messer umkommen ...«

Anja hob die Schultern und holte die Speisen aus
der Küche. Etwas zu laut setzte sie die Schüsseln auf
die Platte.

Die Tischordnung war eigenartig: an der Stirnseite
der Hausherr, rechts neben ihm seine Frau, gegenüber
von ihr Thomas. An seiner Seite, entfernt von den anderen, hatte Anja ihren Platz. »Anhängsel«, dachte sie
jedes Mal verbittert.

Elisabeth, die auf der Anrede Lissy bestand, riss ihrer Schwiegertochter die Reiskelle aus der Hand und füllte die Teller. »Guten Appetit!« Sie kaute intensiv auf den Körnern herum. »Zu matschig, die sind doch nicht al dente!«

Anja hielt ihre Gabel umklammert. Al dente, wie lächerlich! So lächerlich wie das Peugeot-Cabrio oder das Handy, mit dem ihre 78-jährige Schwiegermutter aktuellen Lifestyle demonstrierte. Eines Tages würde sie ihr die Reiskelle persönlich ins überschminkte Gesicht rammen ...

Die Ältere stocherte inzwischen ihr Hähnchenfleisch an. »Nicht kross genug.«

»Nun lass doch mal, Mutter.« Thomas sah besorgt zu seiner Frau.

Henri Holthusen schüttelte langsam den Kopf. Dann legte er die Gabel ab. »Vielleicht solltest *du* mal wieder das Regiment übernehmen«, wandte er sich an seine Frau. »Misch dich da bitte nicht ein. Ich weiß schon, was hier zu tun ist.«

Der Hausherr ließ sich die Zurechtweisung nicht anmerken und betrachtete erneut das Etikett der Weinflasche. »Ein wirklich guter Tropfen. Bei ›Gröhl‹ kauft man doch immer noch am besten. Tradition zahlt sich eben aus, nicht wahr Thomas?«

»Wenn du damit auch unsere Firma meinst ...«

»Natürlich, mein Junge. Was gibt's denn Neues im Kontor?«

»Es läuft.« Thomas war nicht gewillt, die erhofften Details zu liefern. »Das sagst du immer.« Sein Vater griff zum Glas und schmeckte mit Kennermiene den Weißwein durch.

Elisabeth Holthusen war auf den Dialog nicht eingegangen. Sie tupfte sich ihre schmalen Lippen ab und blickte angewidert zu ihrer Schwiegertochter hinüber. »Nein, nicht noch ein Glas, ich denke, du hast jetzt genug«, sagte sie scharf. Gleichzeitig fixierte sie den großen dunklen Fleck, der sich auf deren heller Bluse abzeichnete. »Du hast wieder ohne Schürze gekocht!«

In dem Moment krümmte sich Anja in einem plötzlichen Stöhnen über dem Tisch zusammen. Der Schmerz war so grell und schneidend, dass sich ihr Gesicht verzerrte. »Ich habe Bauchschmerzen – hier.« Sie drehte sich zu ihrem Mann. »Ich glaube – ich muss – mich hinlegen.«

»Mein Gott, was hast du denn?« Thomas wirkte irritiert. »Nur ruhig Blut«, sagte Henri Holthusen. »Deiner Frau ist wohl irgendetwas nicht bekommen.«

»Nicht bekommen?« Elisabeth lachte hysterisch auf. »Das Essen hat sie doch selbst gekocht!«

»Aber, Mutter! Das kann doch noch gar nicht wirken. Liebes« – er fasste seine Frau um die Schulter – »hast du vorher was Falsches zu dir genommen? Soll ich dich hochbringen?«

»Nein, nein.« Anja richtete sich mühsam auf.

»Kann auch psychisch sein.« Henri nahm den letzten Löffel seiner Zitronencreme.

»Da hast du ausnahmsweise mal Recht. Reizkolon.

Hab ich neulich in der Apothekerzeitung gelesen.« Elisabeth legte ihr Besteck auf schräg.

Während Anja zur Treppe wankte, gingen die drei zu der cremefarbenen Sitzgruppe mit dem Butler-Tisch hinüber. »Ich mach uns einen Tee«, sagte die Schwiegermutter. »Und dann halten wir ausführlich Familienrat. Wir sind uns sicher einig, dass es so mit ihr nicht weitergehen kann.«

*

Es war kein frei stehendes Haus, nur ein unauffälliger Gelbklinker, gleich hoch eingefügt zwischen zwei spitzgiebeligen Stadtvillen. Zwei Stockwerke plus Dachgeschoss, das Dach leicht angeschrägt, um es den Villen anzupassen. Hier hatte es aus irgendwelchen Gründen, vielleicht durch den Krieg, eine Lücke gegeben, die später schlicht und unspektakulär gefüllt worden war. Aber die Adresse war noch immer eine der besten in Hamburg: Parkallee, Harvestehude. Wer hier wohnte, hatte es geschafft.

Regine Mewes konnten die Harvestehuder Bauschutz-Regelungen egal sein, sie hatte hier nur eingeheiratet. Da blieb man doch immer Gast, hatte sie schon oft gedacht, und manchmal sogar ein unerwünschter oder nur geduldeter.

Mit einem Ruck riss sie das große Fenster auf. Was für ein unerträglicher Gestank! Ob sie im Alter auch mal so stinken würde? Vielleicht war das eine Art Gesetz. Jeder würde im Alter stinken, keiner konnte dem entgehen. Sie erinnerte sich, wie sie als Kind mit demonstrativ zugehaltener Nase durch das Zimmer ihrer Großmutter gelaufen war, das sie täglich von ihrem Mansardenzimmer aus passieren musste. »Mach sofort das Fenster zu! Willst du, dass ich mir den Tod hole?« Die rauchgeschädigte heisere Bass-Stimme ihrer Schwiegermutter riss sie in die Gegenwart zurück. »Jaaa doch! Mach ich gleich. Aber mal muss doch Sauerstoff herein. Oder willst du noch ersticken?«

»Das käme dir wohl zupass, mein Erbe verjubeln. Aber da kannst du lange warten.«

Regine schüttelte nur den Kopf und sog ein paar Portionen Luft ein. Dann schloss sie das Fenster.

Sie drehte sich zu ihrer Schwiegermutter, die bereits im Rollstuhl saß. Dick und schwer, in einer ausufernden Korpulenz, die den ganzen Raum einzunehmen schien. In ihrem flächigen, breit ins Kinn übergehenden Gesicht fielen sofort die Augen auf. Klein und grau blickten sie in unnachgiebiger Schärfe auf alles und jeden. »Wo bleiben meine Tabletten?«, fauchte sie. »Hol ich doch schon.« Regine ging zur Nussbaum-Kommode hinüber.

Das Schlimmste erledigte zum Glück eine Pflegerin. Dörte, eine stämmige junge Frau, die einen mit ihrer gnadenlosen frühmorgendlichen Munterkeit stets aufs Neue zusammenzucken ließ. Waschen, anziehen, das Bett machen und Toilettengang. Letzteres wollte sich Regine lieber nicht vorstellen. Dabei war sie durchaus nicht etepetete, eher im Gegenteil. Zupackend und patent, was sie als ehemalige Arzthelferin ja auch sein musste. Vor mehr als zwanzig Jahren, als sie bei Doktor Fiedler in der Internisten-Praxis in der Hansastraße arbeitete, hatte sie Amalie Mewes' Sohn Blut abgenommen – so hatten sie und Norbert sich kennen gelernt. Noch immer war ihr Mann an demselben Umwelt-Institut tätig und erforschte als Geophysiker Klimazonen oder so was, und inzwischen schien er dort beinahe zu übernachten. »Ja, da müssen wir jetzt durch, wir können Mutter schließlich nicht ins Heim geben«, hatte er gesagt und mit »wir« selbstverständlich sie gemeint. Und so hatte sie ihren Job aufgegeben und sich auf die »Betreuung« seiner Mutter eingelassen. »Für die eigentliche Pflege engagier ich natürlich jemanden«, hatte er sie beruhigt. Diese Dreimal-pro-Tag-Hilfe im »Minutentakt« – was für eine unwürdige Erfindung – kostete bereits 1400 Euro im Monat. Nun gut, das war Norberts Sache. Wenn das Erbe seiner Mutter dahinschmolz, sich aufbrauchte durch zunehmend aufwändigere Pflege ... Aber vielleicht reichte es ja auch. Amalie Mewes' Vater war Teilhaber bei einer der berühmten Schokoladen-Fabriken in Hamburg-Wandsbek gewesen, und davon zehrte die Tochter noch immer. Ein süßes Erbe, das ihr Körper ihr äußerst übel genommen hatte.

Denn inzwischen war Amalie Mewes multimoribund. Diesen Ausdruck hatte Regine in der Zeitung gelesen. Es bedeutete, dass ein Mensch viele Krankheiten auf einmal hatte und dafür dementsprechend viele Medikamente nehmen musste.

Dafür war sie, Regine, zuständig. Sie griff nach der länglichen Schachtel, einer gefächerten Palette, wie man sie in Krankenhäusern verwendete und nahm die Tabletten für ›morgens‹ heraus. Mit einem Glas reichte sie alles ihrer Schwiegermutter. Tabletten gegen Diabetes, Herzschwäche, Arthrose und Osteoporose.

Grausam. Vielleicht musste sie selbst auch bald welche gegen Knochenerweichung schlucken? Schließlich war sie 46. »Bist du eigentlich schon im Wechsel«, hatte Norberts Mutter neulich gefragt, »oder hast du noch deine – «

»Ich glaube, das geht dich nun wirklich nichts an«, hatte sie gezischt und war kurz davor gewesen, der Alten ins Gesicht zu schlagen. Aber erstens war sie nicht gewalttätig und zweitens – Regine schüttelte sich innerlich. Die Alte anfassen? Undenkbar. In ihren Gedanken war sie nur ›die Alte‹, obwohl man so etwas doch weder sagte noch dachte, fast kam da bei ihr ein schlechtes Gewissen auf.

Sie riskierte einen Blick und bemerkte, wie Amalie Mewes' Gebiss an einer Seite bis zur Unterlippe heruntergerutscht war. Verdammt! Das musste Dörte aber am Mittag richten! Bevor die Essensarie losging.

»Du musst jetzt deine Übungen machen«, sagte Regine. Sie hatte bereits die Krücken in der Hand und näherte sich mit angehaltenem Atem dem Rollstuhl.

»Das Wasser war wieder eiskalt«, erwiderte Amalie Mewes, ohne darauf einzugehen.

»Leitungswasser ist nie eiskalt.«

»Doch, ist es. Du bringst mir jetzt sofort meine Zigaretten.«

Warum wieder übers Rauchen diskutieren, dachte Regine. Sollte sich die Alte doch zu Tode rauchen. Außerdem war es einfacher, eine Schachtel Zigaretten von der Kommode zu nehmen, als die zweihundert Pfund schwere Amalie Mewes vom Rollstuhl auf die Beine zu stellen. Natürlich hatte sie, wenn es anstand, die richtigen Griffe drauf. Hatte ihr Dörte beigebracht. Sie und Dörte sahen sich irgendwie ähnlich, fand Regine. Beide mittelgroß und kräftig, sie selbst leider etwas kurzbeinig. Ihre beige-braunen Haare waren auf Oberkante Ohr geschnitten.

»Feuer!«, befahl die Alte.

Regine ließ das Streichholz aufflammen. »Ich mach dir jetzt Frühstück.«

»Aber nicht wieder so Körnerkram. Und gib mir schon mal meine Schokolade.«

Die Schwiegertochter warf ihr eine Tafel in den Schoß und ging in die Küche. Während der Kaffee durch die Maschine gurgelte, stellte sie den Oldie-Sender an. Der Hörgenuss dauerte nur Sekunden. »Was ist das für ein Krach?«, blaffte es wütend aus dem Nachbarzimmer. »Stell sofort die Negermusik ab.«

Regine drehte das Radio aus und atmete langsam und tief durch. Als sie das Frühstückstablett füllte, stellte sie fest, dass ihre Hände bebten. Noch einmal zog sie die Luft ein.

Dann ging sie zurück und knallte das Tablett auf

den Beistelltisch. »Hier!« Schon war sie wieder an der Tür. »Die Äpfel sind nicht klein geschnitten – «, hörte sie noch, bevor sie die Tür zuwarf und sich die Ohren zuhielt.

Im Obergeschoss, wo sie sich ein persönliches Zimmer eingerichtet hatte, ließ sie sich entnervt auf ihre helle Couch fallen und wählte Norberts Nummer. »Wann kommst du heute nach Hause?«

»Warum?«

»Warum, warum ...« Regines Aggression steigerte sich. »Also, wann kommst du?«

»Ich hab hier noch eine ganze Menge – «

»Ich erwarte dich Punkt 19 Uhr. Zur Übergabe.«

»Übergabe?«

»Ja, natürlich, oder meinst du, ich werde hier bis Mitternacht die Stellung halten?«

Nach weiterem unerquicklichem Hin und Her versprach Norbert, zu der geforderten Zeit einzutreffen.

Als er kam, saß seine Mutter empfangsbereit im Rollstuhl und hielt ihm ihre Wange hin. Norbert neigte sich ein wenig vor und berührte sie nur mit seiner Schläfe. Regine beobachtete die Szene und registrierte wie immer, dass er seiner Mutter wenigstens nicht ähnlich sah: dunkles, immer ein wenig zu langes Haar, eine gerade schöne Nase, hellblaue Augen. Nur der Körper des 46-jährigen war schon recht füllig geworden, was seine 1,80-Meter Größe etwas beeinträchtigte. »Nobbylein«, schmollte seine Mutter. »Kannst du nicht jeden Tag so pünktlich sein? Du bist doch das Einzige, was ich habe. Und du ahnst ja nicht, was einem alles passieren kann, wenn man hier den ganzen Tag so allein und hilflos sitzen muss – «

»Allein?« In Norberts Gesicht spiegelte sich eine unwirsche Abwehr. »Regine ist doch da ...«

»Ja, deine Regine.« Amalie Mewes sagte es so süffisant, dass ihre Schwiegertochter es vorzog, das Zimmer zu verlassen. »Ich muss dir was erzählen«, flüsterte die Alte und winkte ihren Sohn zu sich. »Deine Frau will mich umbringen.«

»Was redest du denn da?« Norbert richtete sich auf. Mit Ekel im Gesicht bewegte er sich zur Tür. »Hier geblieben!« Die Alte haute auf die Rollstuhllehne. »Du denkst, deine alte Mutter ist nicht mehr klar im Kopf. Aber ich sage dir, was sie gemacht hat: Sie hat meinen Rollstuhl plötzlich über die Terrassentreppe geschoben, ich hing quasi über dem Abgrund und wäre fast runtergestürzt. Im letzten Moment hat sie dann den Rollstuhl zurückgezogen.«

»Sie ist eben manchmal etwas forsch.«

»So nennst du das. Nobby, du musst mich schützen.«

Aber Amalie Mewes' Sohn hatte schon die Tür erreicht.

3

Danzik fühlte sich wohl in Lauras Schlafzimmer. Alles war in einem frischen Schilfgrün eingerichtet, die Atmosphäre erinnerte an einen Wintergarten: Chintz-Gardinen im Palmen-Dessin, üppig auslaufend bis auf den hellen Parkettboden, ein Bistrotisch mit zwei alten Thonet-Stühlen, seidig glänzende Bettwäsche. Über dem Bett ein violett leuchtendes Tulpenfeld in Acryl. So etwas konnten nur Frauen hinkriegen, dachte er. Das war nicht nur ein Schlafraum, »Wohnschlafzimmer« nannte man das, obwohl Laura ja auch noch ein Wohnzimmer hatte.

Beide lehnten, aneinandergeschmiegt, an der gepolsterten Rückwand des Doppelbettes und genossen das ›Danach‹, allerdings ohne die obligate Zigarette. Geraucht hatten sie nie, daher vermissten sie es auch nicht. Herrlich, so ein freier Tag, dachte Danzik. Hoffentlich passierte nicht gerade heute was, und er wurde hier weggerufen. Wie sich Laura wohl fühlte? Aber jetzt bloß nicht quatschen oder gar fragen, das wäre das Letzte. Er jedenfalls fühlte sich phantastisch. Lebendig und wie aufgeweckt, dabei gleichzeitig tief zufrieden. So etwas hatte er seit seiner Scheidung vor elf Jahren nicht mehr erlebt. Gut, es hatte Begegnungen gegeben, aber sie waren belanglos und überflüssig gewesen, Zwischenspiele, die er schon wieder vergessen hatte.

Er drehte sich lächelnd herum. »Ich liebe dich.«

Laura lächelte zurück. Wie so oft nur mit den Augen. Dieses tiefe Blau, dachte er, ein Blau, bei dem man poetisch werden konnte. »Ich dich auch.« Sie machte eine Pause. »Und weißt du, warum ich dich jetzt noch mehr liebe? Weil du es gesagt hast, weil du es ausgesprochen hast.«

»Hmm.«

»Ja, die meisten Männer können das nicht. Liebe und Krankheit – die großen Tabuthemen der Männer.«

»Meine kluge Medizinjournalistin – wenn du das sagst, wird es stimmen. Dabei fällt mir ein« – Danzik griff nach einem Tütchen auf dem Nachttisch – »dass ich als Allergiker einen Bronchialbonbon gebrauchen könnte.«

»Gib mir auch einen.« Wie aufs Stichwort fing sie plötzlich an zu niesen. Dreimal hintereinander. Dann konnte sie wieder reden. »Das ist der Staub über der Heizung, das reicht schon. Man braucht nur aufzudrehen, und schon – «

»Ja, ohne kommt man aber schlecht aus. Für März ist es doch noch saukalt. Und wenn man Liebe am Nachmittag macht ...«

»... will man auch nicht frösteln.« Laura lachte. »Du musst es ja wissen – bei deinem Erfahrungsschatz.« Dann schob sie sich langsam den Bonbon in den Mund. »Halb so wild. Du bist ja auch nicht

ohne.« Danzik beugte sich zu ihr, küsste ausführlich
erst ihre Ober-, dann ihre Unterlippe. »Ah, wie das
kitzelt.« Laura zupfte an seinem sauber geschnittenen
graublonden Schnauzer. Werner Danzik wollte gerade
zum Hals und zu den Schultern hinuntergleiten, als
sein Handy klingelte. »Mist, verdammter.« Er fuhr
hoch und griff zu dem Gerät, das auf dem Nachttisch
lag. »Danzik.« – »Ja, ich komme.«
Er lief zu einem weißen Korbstuhl und begann, in
seine Sachen zu steigen. »Ein Einsatz. Eine Tote in
einer Villa am Leinpfad.«
Laura war aufgestanden und hatte sich in einen
weißen Bademantel gehüllt. »Hier, dein Jackett.« Sie
half ihm in die Ärmel.

Es war eine der typischen Leinpfad-Villen: strahlend
weiß, zweistöckig und mit einem Erker-Vorbau samt
Balkon darüber. Danzik sah an dem roten Honda, dass
sein junger Kollege schon eingetroffen war. Er parkte
seinen silbrigen Opel daneben und stieg die wenigen
Stufen zu dem Haus hinauf. Die schwere Holztür mit
dem Messinggriff stand offen. »Hallo!« Danzik hob
grüßend die Hand. »Wo?«
Torsten Tügel, Anfang 30, mit blonden Locken, die
nestartig auf seinem schmalen Kopf thronten, wies
zum Badezimmer. »Sieht schlimm aus.«
Danzik näherte sich schweigend dem Bad und erfasste alles auf einen Blick: die weiße Verfliesung mit
goldtürkisfarbener Bordüre, die Messing-Armaturen,
die türkisfarbenen Handtücher – und die Frau, die

zusammengekrümmt auf dem Boden lag. Eine alte Dame. Der Kopf mit den weißblonden Haarwellen berührte den Fliesenboden, der Körper lag gebogen auf dem Badeteppich, auch dieser in Helltürkis. Elegante Kleidung, registrierte er: ein altrosa Kostüm mit seidiger Schlaufenbluse, Goldschmuck, braune Kroko-Schuhe. Die lagen allerdings ungeordnet neben der Toten. Sie hatte offenbar in wilder Panik Waschbecken und Toilette gleichzeitig benutzen wollen, Erbrochenes, Blut und Kot waren um sie herum verteilt und hatten ihre Kleidung verschmutzt.

Danzik zog sich wieder zurück. Jedermann – jederfrau, dachte er flüchtig in Anlehnung an das berühmte Theaterstück. Der Tod trifft auch die in den schönsten Hüllen und zieht sie in seinen Verwesungsschmutz.

In dem Moment drängte schon das gesamte Team in die Diele: Gerichtsmediziner Doktor Hajo Urban in seiner kahlköpfigen freundlichen Bulligkeit, der Polizeifotograf und die drei Spurensicherer in ihren weißen Schutzanzügen. »Hier«, sagte Tügel und zeigte dem Gerichtsmediziner den Weg. Der sah ins Bad. »Wer ist die Tote?«

»Elisabeth Holthusen, die Dame des Hauses.«

»Woher wissen Sie das?«

»Von der Putzfrau. Die sitzt da drüben im Wohnzimmer und hat die Tote gefunden.«

»Gut. Dann geht mal hinein.« Doktor Urban ließ die Spurensicherer ins Badezimmer.

Danzik und Tügel machten die angelehnte Wohnzimmertür auf und sahen auf einem cremefarbenen

Schabrackensofa eine Frau von zirka fünfzig Jahren sitzen. Orangefarbene Baskenmütze, eine orangefarbene Steppweste, die an Müllmänner erinnerte, der Gesichtsausdruck eher neugierig als betroffen. »Komm mal hierher.« Tügel zog seinen Kollegen zu einer Terrassentür, an die sich links eine Fensterfront und rechts ein Erker mit Essgruppe schloss. Vom Erker ging der Blick über den Garten auf den Leinpfad-Kanal, von der anderen Seite auf den Hauptteil des Gartens, der wie ein Park angelegt war. »Guten Tag«, sagte Danzik und ging an der Frau vorbei. »Hier die Tür – die Scheibe ist eingeschlagen, der Hebel wurde hochgedrückt. Jemand ist hier eingedrungen«, erläuterte Tügel. »Fragt sich, zu welchem Zweck.«

»Da lassen wir erst mal unsere Kollegen ran.« Danzik wandte sich zu der Frau. »Sie sind die Putzfrau, äh, die Putzhilfe.«

»Ja.«

»Ihr Name?«

»Gunda Thalheim.«

»Sie haben also die Tote gefunden. Wann war das?«

Gunda Thalheim setzte sich in Positur und zupfte ausgiebig an ihrer Baskenmütze herum. »Na?« Tügel klopfte auf die Tischkante. »So – so gegen halb sechs.«

Danzik blickte auf seine Uhr. »Jetzt haben wir achtzehn Uhr. Du schreibst alles mit, Torsten. Und notier die Personalien.«

»Klar doch, Chef.«

»Hatten Sie einen Schlüssel zu der Villa?«

»Ja, natürlich.« Gunda Thalheim zog mit wichtig-

tuerischer Miene eine Packung ›Marlboro light‹ aus
der Tasche und gab sich Feuer. »Aber ich habe ihn
zunächst nicht benutzt.«

»Wie das?« Auf Danziks Stirn bildete sich eine
Senkrechtfalte. »Nun erzählen Sie mal ausführlich
den Hergang, Frau – Thalheim.«

Die Putzfrau stieß etwas zu lange den Rauch aus.
»Also, ich hab erst mal geklingelt, und als sich dann
auch beim zweiten Klingeln nichts rührte, hab ich
den Schlüssel genommen. Ich putze ja nur mittwochs – «

»Das war gestern«, unterbrach sie Tügel. »Aber
warum sind Sie dann heute hier?«

»Will ich Ihnen sagen, junger Mann. Wenn Sie mich
mal eben ausreden lassen. Heute bin ich noch mal
gekommen, weil Frau Holthusen mir gestern mein
Geld nicht geben konnte. Sie habe es grad nicht pas-
send, sagte sie.«

»Kam das öfter vor?«, schaltete sich Danzik ein.
»Ja, schon.« Gunda Thalheim drückte ihre angerauch-
te Zigarette aus. »War sie geizig?«

»Ja, kann man so sagen.«

»Jedenfalls mussten Sie sich deswegen extra noch
mal auf den Weg machen. Wo wohnen Sie denn?«

»Am Poßmoorweg. Ich komme immer mit dem
Fahrrad.«

»Ganz schöne Strecke«, stellte Danzik fest. »Was
haben Sie nun bei Ihrem Eintreten ins Haus bemerkt?«

»Ich habe ziemlich genau das gesehen, was Sie jetzt
auch sehen.« Die Thalheim nahm erneut eine Zigaret-

te heraus, was Danzik zu einem leichten Aufseufzen brachte. »Natürlich war mir gleich klar, dass sie tot ist. Toter ging's gar nicht.«

»Woran haben Sie das erkannt?«, fragte Tügel. »Na ja, Augen, Puls und so.«

»Und Sie haben nicht den Notarzt gerufen?«

»Nein, eben weil sie mausetot war. Und dazu die kaputte Terrassentür. Deshalb hab ich gleich die 110 gewählt.«

»Und wer wohnt hier noch?«

»Herr Holthusen, also ihr Mann, der Sohn Thomas und die Schwiegertochter.«

»Au ha«, Tügel grinste zu Danzik hinüber. »Das sieht nach Arbeit aus. Wie war denn so die Ehe?«

Gunda Thalheim blickte ihn erstaunt an. »Was Sie alles wissen wollen. Nun ja, normal eben. Er war ja meist nicht hier und wenn, dann haben sie kaum miteinander geredet. Oder sie hat ihm irgendwelche Anweisungen gegeben.«

Danzik musste innerlich lächeln. Wenn so etwas normal war, dann führten er und Laura sowieso keine Ehe, und das nicht nur, weil sie nicht miteinander verheiratet waren. Noch nicht ... »Frau Thalheim«, fragte er. »Was war Frau Holthusen für ein Mensch? Mit welchen Eigenschaften würden Sie sie bezeichnen?«

Die Putzfrau sah zur Tür, als könne die Tote jeden Moment hereinkommen. »Also, ich weiß nicht, ob man jetzt – ich meine, sie ist schließlich gestorben ... Warum wollen Sie das überhaupt wissen?« Sie beugte sich vor, ihre Stimme wurde leiser. »War es etwa Mord?«

»Das wird sich herausstellen. Bitte beantworten Sie meine Frage.«

»Ja, also, sie war ziemlich arrogant – «

»Wie hat sie Sie behandelt? Wie war das Arbeiten hier?«

»Schlimm hat sie mich behandelt.« Gunda Thalheim zermalmte die Zigarette im Ascher. »Immer noch perfekter musste es sein. Von dem Perser hob sie einen Flusen auf und hielt ihn mir unter die Nase, mit dem Finger strich sie immer über alle Oberflächen, und jedes einzelne Glas hat sie gegen das Licht gehalten.«

»Aber Sie sind geblieben.«

»Ja, Herr Kommissar.« Gunda Thalheim blickte in ihren Schoß. »Wir brauchen das Geld.«

»Sie haben Familie?«

»Ja, einen Sohn.«

Allein erziehend, vermutete Danzik, aber er fragte nicht nach. »Ist Ihnen sonst noch was aufgefallen? Hatte sie besondere Eigenarten?«

»Hmm. Das heißt – ja, sie war extrem abergläubisch. Einmal hatte ich im Esszimmer den Salzstreuer umgestoßen, und da hat sie mich angeschrieen, ob ich sie etwa vernichten wolle, nun käme als Strafe für das verschüttete Salz der Tod ins Haus ...«

Danzik und Tügel sahen sich an. »Frau Thalheim, Sie können dann gehen«, sagte Danzik.

Die Putzfrau erhob sich, vor dem Badezimmer blieb sie stehen und begann, umständlich in ihrer

Handtasche zu wühlen. »Sie können gehen!«, wiederholte Tügel.

Gunda Thalheim warf ihm einen zischenden Blick zu, dann schob sie ab.

Kurz darauf kamen die Kriminaltechniker aus dem Bad, um sich die anderen Räume vorzunehmen, so dass Doktor Urban mit seiner Arbeit an der Toten beginnen konnte. »Lass dich nicht stören«, sagte Danzik. »Tust du aber.« Urban griente freundlich. »Danke, wir überlassen dir gern das Feld«, erwiderte Danzik. Mit seinem jungen Kollegen zog er sich an die Treppe zurück.

Endlich trat der Gerichtsmediziner, den Koffer in der Hand, auf die Diele. Seine Arbeit war getan: nach Lebenszeichen forschen, die Todeszeichen erkennen, in sämtliche Körperöffnungen schauen, die Temperatur messen, jeden Quadratzentimeter der Toten untersuchen. »Keinerlei Verletzungen, abgesehen von zwei kleinen Hämatomen an den Oberarmen«, sagte Doktor Urban. »Der Tod ist erst ein paar Stunden her. Die Totenflecken sind noch wegdrückbar, die Starre ist bereits eingetreten. Offenbar ist es, begleitet von Erbrechen und Übelkeit, zu einem Herz-Kreislaufversagen gekommen.«

»Das bedeutet?«, fragte Danzik. »Dass die Tote obduziert werden muss. Zumal die eng gestellten Pupillen auf Vergiftung deuten. Es kann sowohl Fremdeinwirkung als auch Selbstmord sein.« Doktor Urban haute dem Kommissar auf die Schulter. »Das wär's erst mal, alter Junge.«

Danzik nickte. »Ciao, Hajo.«

*

»Die beiden Holthusens sind benachrichtigt und auf
dem Weg hierher. Wo sich die Schwiegertochter auf-
hält, konnte mir die Putzfrau nicht sagen.« Tügel ging
ins Wohnzimmer voran. »Da bin ich mal gespannt.
Der Hauptanteil unserer Arbeit liegt in diesen ersten Stunden.« Danzik sagte das, was er immer sagte,
als könne er sich und seinen Kollegen noch stärker
motivieren. Er setzte sich auf eins der cremefarbenen
Sofas. »Wenn sie hier eintreffen, wissen sie es also
noch nicht.«

»Nein, die Putzfrau sollte nur sagen, dass mit Frau
Holthusen etwas passiert ist.«

»Machen wir es uns nicht etwas zu leicht?«

»Im Gegenteil, Chef. Denen das Aug in Auge mit-
zuteilen – au ha, also *ich* möchte das nicht übernehmen.«

»Musst du aber. Wozu hast du schließlich die Psy-
chologie-Seminare mitgemacht?«

»Ja, schon, aber – « Tügel zupfte an seinem Ohrring. »Ist ja gut, Torsten.«

In dem Moment hörten sie ein Geräusch an der Tür
und eilten auf den Flur. Der Ältere der beiden Männer,
die eben eingetreten waren, trug einen dunkelgrauen
Zweireiher mit weißlila gestreiftem Hemd und lila
Krawatte, die grauen Haare akkurat gescheitelt, der
Jüngere, ein sportlich trainierter Typ, ein helles Jackett

und Jeans. Henri und Thomas Holthusen schauten sichtlich verwirrt.

Der Hauptkommissar zog seinen Dienstausweis hervor. »Kripo Hamburg, mein Name ist Danzik. – Mein Kollege, Herr Tügel.«

»Was ist hier los?« Henri Holthusen straffte sich. »Meine Herren«, sagte Danzik, »wir müssen Ihnen eine schlechte Nachricht mitteilen: Wir haben Ihre Gattin beziehungsweise Ihre Mutter tot aufgefunden. Wir möchten Ihnen unser Beileid aussprechen.«

Die Holthusens starrten die Kommissare an, in ihren Gesichtern fing langsam etwas an zu arbeiten, man konnte jedoch nicht herauslesen, was es war. »Tot?«, sagte der Senior ausdruckslos. »Das müssen Sie uns erklären.« Um den Mund des Sohnes zuckte es nur, dann wandte er sich zur Seite. »Ihre Putzfrau war heute hier, um sich ihr Geld abzuholen«, erläuterte Danzik, »und fand Frau Holthusen tot im Badezimmer. Bitte kommen Sie mit.«

Danzik öffnete die Tür und gab den Blick auf die Tote frei, die man inzwischen auf den Rücken gebettet und halb mit einem Laken bedeckt hatte. Die Augen waren nun geschlossen. »Mutter!« Thomas Holthusen blickte entsetzt und erschüttert auf die Tote hinunter, während sein Vater nur den Kopf schüttelte und schnell wieder auf den Flur trat. »Bitte kommen Sie.« Jetzt versuchte auch Torsten Tügel seinen Part zu spielen und fasste den alten Herrn am Arm. Doch der schüttelte ihn ab. Alle vier gingen ins Wohnzimmer. »Darf ich Ihnen etwas anbieten?« Henri Holthusen

stand neben einer Mahagoni-Konsole und schenkte
sich einen Whisky ein, während sein Sohn auf einen
Sessel gesunken war. Mit einer Hand vor Augen blickte er stumm vor sich hin. »Nein, danke«, sagten die
Kommissare gleichzeitig. »Wir fragen uns, was hier
geschehen ist«, sagte Danzik. »Und Sie fragen sich
das vermutlich auch.« Er machte eine Pause und sah
zu Henri Holthusen, der sich inzwischen aufs Sofa
gesetzt und einen Schluck Whisky genommen hatte. Aber der hielt seinen Blick auf das Glas gesenkt.
»Frau Holthusen hat offensichtlich schwere Krämpfe
erlitten, die zu einem Kollaps geführt haben. Hatte
sie irgendeine chronische Krankheit?«

»Nein.« Henri Holthusen umklammerte das Glas.

»Nein.« Thomas Holthusen schaute auf, in seinen Augen schimmerte es feucht. »Nein, im Gegenteil. Meine Mutter war so vital. Jeden Tag ist sie mit
ihrem Cabrio herumgefahren, hat Freunde besucht,
war stundenlang zum Shoppen in den Passagen unterwegs. Und sie hat – hatte auch so viele Interessen. Vor
allem das Malen. Hier – diese Bilder hat sie alle selbst
gemalt.« Er wies mit einer traurig-stolzen Geste auf
drei Blumengemälde in Öl, die über dem einen der
cremefarbenen Sofas gruppiert waren. »Sehr schön«,
sagten die Kommissare unisono.

Der alte Holthusen umfasste noch fester sein Glas.
»Ich verstehe überhaupt nicht, warum Sie hier sind«,
sagte er schroff. »Meine Frau hat irgendeinen Zusammenbruch gehabt und ist daran gestorben – mit 78
Jahren. Aber Sie sind keine Mediziner, sondern Kri-

poleute. Was untersuchen Sie hier denn? Einen Mord vielleicht?«

»Mord?« Thomas Holthusen zuckte erschreckt zusammen. »Ihre Putzfrau hat uns gerufen, Ihre Frau lag hier tot mit allen Anzeichen schwerster Krämpfe, und krank war sie angeblich nicht. Da ist doch klar, dass wir prüfen müssen, ob hier ein natürlicher Tod vorliegt oder nicht«, sagte Danzik beherrscht. »Wie Sie sehen, wurde außerdem die Terrassentür eingeschlagen.«

»Das ist nur Ihre Pflicht.« Der junge Holthusen hatte sich etwas gefasst. »Sagen Sie mir, wenn wir Ihnen noch irgendwie behilflich sein können.«

»Danke. Ich wäre Ihnen verbunden, wenn Sie mir bei Gelegenheit mitteilen würden, ob etwas gestohlen wurde. Vielleicht hat Ihre Mutter jemanden überrascht und sich so aufgeregt, dass sie eine Art Anfall erlitten hat.«

»Sogar auf Selbstmord sind wir in solchen Situationen schon gestoßen«, warf Tügel ein. »Aber davon kann hier wohl nicht die Rede – «

»Nein, natürlich nicht!« Der Sohn blickte beinahe empört. »Ich sagte doch schon, meine Mutter war vital und – ja, sogar richtig lebenslustig.« Erneut traten Tränen in seine Augen. »Die Herren werden es herausfinden.« Der Senior wollte sich erheben. »Wir sind noch nicht ganz fertig«, sagte Danzik. »Um die Ursache zu ermitteln, müssen wir die Verstorbene in das Institut für Rechtsmedizin bringen.«

Henri Holthusen verschluckte sich plötzlich und

schob schnell etwas Whisky hinterher. »Sie meinen für eine Obduktion. Und wenn ich das verweigere?«

»Das können Sie nicht. Unter diesen Umständen gewiss nicht.« Danzik lächelte fast. »Sie wollen meine Mutter aufschneiden?« Thomas Holthusens Gesicht durchlief ein Zittern. »Wenn Sie es so ausdrücken wollen. – Noch etwas, nur eine Formsache: Wo waren Sie beide heute Nachmittag?«

»Aha, das Alibi.« Henri Holthusen verzog verächtlich den Mund.

»Ich war natürlich in unserem Kontor in der Speicherstadt, den ganzen Tag«, sagte der Junior schnell.

»Und in der Mittagspause?«, hakte Tügel nach. »War ich auch dort. Restaurants gibt's ja im Freihafen nicht.«

»Sie essen immer nur Mitgebrachtes?«

»Manchmal gehe ich in die Kantine vom Amt für Strom- und Hafenbau.«

Danzik wandte sich an den Senior. »Und wo waren *Sie*?«

»In unserem Tee-Museum, Am Sandtorkai, kennen Sie ja wohl.«

»Ist mir ein Begriff. Kann Ihre Anwesenheit und die Ihres Sohnes jemand bezeugen?«

»Unsere Mitarbeiter.«

»Bei wem von Ihnen hat Ihre Putzfrau eigentlich angerufen?«

»Bei mir natürlich«, sagte Thomas Holthusen. »Mein Vater arbeitet nicht mehr regelmäßig. Er kommt zweimal in der Woche, dienstags und freitags, ins Kontor, die übrige Zeit schaut er mal bei unserem Tee-Museum oder in unserem Tee-Geschäft in der Galleria-Passage vorbei.«

»Ich arbeite mehr als ihr jungen Leute heutzutage.« Henri Holthusen sah seinen Sohn mit verkniffener Miene an. »Ja, natürlich, das hab ich doch nicht so gemeint. Jedenfalls hab ich meinen Vater vom Tee-Museum abgeholt, und wir sind gleich hierher gefahren.«

»Wo ist eigentlich Ihre Frau jetzt?«, fragte Danzik. »Meine Frau – « Thomas Holthusen überlegte, als müsse er sich in Erinnerung rufen, dass er überhaupt eine hatte. »Das weiß ich gar nicht. Hat sie dir was gesagt, Vater?«

»Sie wollte, glaub ich, wieder zu dieser Freundin. Zu dieser Ingrid.«

»Isabel, Vater, Isabel.«

»Wir haben jetzt schon Abend«, sagte Danzik. »Erwarten Sie Ihre Frau, beziehungsweise Ihre Schwiegertochter, denn nicht zurück?«

Senior und Junior Holthusen hoben die Schultern. Der alte Herr nahm sich eine Zigarre aus dem Kistchen. »Möchten Sie eine? Cohiba, was wirklich Feines.«

Der Hauptkommissar machte eine abwehrende Handbewegung und stieß die Luft aus, Tügel blickte unruhig zum Flur. »Die Bestatter sind schon auf dem Weg«, wandte sich Danzik an die Holthusens. »Sicher wollen Sie jetzt Abschied nehmen.«

Henri Holthusen blieb sitzen und zog heftig an

seiner Zigarre, der Sohn ging ins Bad hinüber und kam nach Minuten mit verweinten Augen zurück.

In diesem Moment klingelte es an der Haustür, und alle gingen auf den Flur. Danzik machte die Tür auf und ließ die beiden dunkel gekleideten Herren herein. Draußen war ein langer schwarzer Wagen mit grau verhängten Fenstern zu sehen, das Heck-Fenster wurde durch ein Kreuz zerteilt.

Vater und Sohn schauten nicht hin, als die Tote in den samtbezogenen Sarg gelegt wurde. Ihre Blicke folgten nur dem Sarg, Thomas Holthusen ging langsam bis zum Auto hinterher, sein Vater blieb mit den Kommissaren auf dem Treppenabsatz stehen. »Wir melden uns bei Ihnen, wenn wir die Obduktionsergebnisse haben.« Danzik hob grüßend die Hand. »Ja, tschüs dann, äh, auf Wiedersehen«, sagte Tügel und folgte seinem Chef durch die eiserne Pforte auf die Straße.

4

In seiner großen Altbau-Küche legte Werner Danzik seine Einkäufe auf den Tisch: Tomaten, Basilikum, Penne, Zucchini, Schalotten und was sonst noch alles zu einem italienischen Gericht gehört. Er hatte das Radio angestellt, man spielte ›La Paloma‹, und er sang laut, wenn auch nicht ganz textsicher mit. Es war Freitag, am Abend würde Laura kommen! Sie hatte es zwar lieber, wenn er zu ihr in die Feldbrunnenstraße kam, aber er hatte sie überzeugt, dass das nicht ganz gerecht war. Erstens, fand er, war seine Wohnung genauso schön, und zweitens konnten sie das Zusammenleben doch schon mal üben, schließlich war sein Fünf-Zimmer-Domizil das größere, und eines Tages würde sie dann ganz zu ihm ... »Du legst vielleicht ein Tempo vor.« Laura hatte gelächelt, durchaus nicht abwehrend, in ihrem Lächeln war Zärtlichkeit gewesen. »Warum auch nicht? Wir machen jetzt eine Generalprobe von mindestens einer Woche«, hatte er geantwortet. »Weißt du, dass Generalproben meistens misslingen?«

»Du bist ja wohl nicht abergläubisch. Eine Frau, die medizinische Sachbücher schreibt.«

»Nein, natürlich nicht«, hatte Laura gesagt.

Er drehte das Radio lauter. »Bei mir biste scheen …« Nicht schlecht, dieser Oldie-Sender. Nicht ganz seine Zeit, aber besser als diese Techno-Hämmer. Schade, dass er kein Instrument spielte. In den Sechzigern, als seine Eltern im Aufbau waren, hatten sie dafür kein Geld ausgegeben. Dabei war er musikalisch. Danzik sang wieder laut mit. Was machte er eigentlich, fragte er sich mal wieder selbstkritisch, wenn er nicht gerade Mördern hinterherlief? Wobei »laufen« schon wieder übertrieben war, er löste seine Fälle schließlich mit dem Kopf. Dumme Ausrede, dachte er, das tut doch jeder, er sollte sich wirklich nicht länger vor dem Dienstsport drücken. Seine Ex-Frau hatte schon Recht, er war ein couch-potato. Diesen Drang, andauernd auszugehen, hatte Laura im Gegensatz zu Ines zum Glück nicht.

Danzik reckte sich. Schlank war er immerhin, ein schlanker Genießer, auch als Hobbykoch musste Mann nicht außer Form geraten. Laura würde also kommen, für eine ganze Woche, mit einem entsprechend großen Koffer in der Hand. Und sie würden nicht gestört werden. Die nächste Woche hatte sein Kollege, Hauptkommissar Manfred Buchmann, Dienst. Aber natürlich musste er trotz allem erreichbar bleiben …

Werner Danzik fing an, das Gemüse zu putzen, als das Telefon klingelte. Das analoge Telefon. War das schon wieder – ja, sie war es. Seine Mutter. »Danzik.«

»Du bist also doch da. Ich habe heute den ganzen Tag auf deinen Anruf gewartet. Aber nein, der Herr

Sohn meldet sich nicht. Findest du es richtig, dass du dich überhaupt nicht um deine alte Mutter kümmerst? Andere Söhne – «

Werner Danzik hielt den Hörer vom Ohr, um die bellend knarzige Stimme zu dämpfen. Etwas kochte in ihm hoch, das er aber sofort niederzwang. Er hatte sich doch geschworen, niemals seine sachlich gepanzerte Tonart aufzugeben. Ihm kam ein skurriler Gedanke, der aber an seiner Mutter vorbeigehen würde wie eine fremde Erscheinung. »Ich denke, unter erwachsenen Menschen ist Telefonieren eine Sache auf Gegenseitigkeit«, sagte er kühl. »Im Übrigen habe ich dich seit der Beerdigung *jeden* Tag angerufen.«

»Heute aber nicht!«, wütete es aus dem Hörer. »Oder hättest du heute noch angerufen?«

»Jaaa – hätte ich!«

»Komm du erst mal in mein Alter, dann wirst du noch sehen, wie es ist, wenn man so allein da sitzt.«

»Du musst dich eben erst in das neue Leben einfinden. Irgendwann wirst du Lust auf deine Hobbys haben, und dann wird es dir besser gehen.«

Hobbys – was redete er denn da. Seine Mutter hatte doch gar keine. Ausgenommen, Klatschjournale lesen und Kreuzworträtsel auf dem Niveau »Lebensbund mit drei Buchstaben« lösen. »Hobbys! Ich sitze hier vor dem Bild deines Vaters, und die Decke fällt mir auf den Kopf. Was soll ich denn heute machen?«

Ja, was sollte sie machen? War er nun auch für ihre Freizeitgestaltung zuständig? Und diese Pathetik. Vor dem Bild seines Vaters – lächerlich. Sie hatten sich,

wenn sein Vater mal da war, doch nur aggressiv um-
lauert. Jeder klar Denkende hätte diese Ehe als zerrüt-
tet bezeichnen müssen. »Am besten, du beantwortest
erst mal die Trauerpost. Damit hast du genug zu tun.
– Ansonsten: Heute haben wir den ersten milden Tag,
jetzt ist wirklich der Frühling gekommen, da könntest
du schon mal Stiefmütterchen pflanzen.«

»Hier?«, bellte es aus der Leitung. »Ich habe diese Wohnung nie gemocht. Hier bleibe ich bestimmt
nicht.«

»Aber du hast Erdgeschoss. Und die schöne Terrasse – «

Was sollte das jetzt heißen, dachte Danzik und
fühlte einen Anflug von Panik. Die Drei-Zimmer-
Wohnung war doch wirklich praktisch, sehr preiswert von der Genossenschaft, ganz in der Nähe gab
es eine Ladenzeile und das große Wandsbeker Einkaufszentrum. Gut, der Dulsberg galt als eine etwas
proletarische Adresse, aber es war eine reizvolle Lau-
bengang-Siedlung, Anfang der 20er Jahre von dem
Architekten Fritz Schuhmacher konzipiert.

Aber das interessierte seine Mutter natürlich nicht,
wahrscheinlich hatte sie, obwohl sie dort wohnte,
noch nicht mal was davon gehört. Eigentlich passte
sie sogar ganz gut dorthin, sie und sein Vater waren
ja immer proletarisch geblieben ... Aber durfte er so
was überhaupt denken? Erhob er sich jetzt über sie,
obwohl er doch dankbar sein musste? »Hol mich also
morgen um zwölf Uhr hier ab. Das Wochenende wirst
du ja wohl Zeit für mich haben.«

Wie bitte? Was hatte sie da gesagt? »Abholen?«

»Ja, um zwölf Uhr. Und sei bitte pünktlich.«

»Tut mir Leid, Mutter, dieses Wochenende geht es wirklich nicht. Ich habe Laura zu Besuch und – «

»Ach ja, deine Laura.« Der schnippische Ton war bereits in ein jammerndes Weinen übergegangen. »Nun gut, wenn dir das wichtiger ist.«

Aufgelegt. Werner Danzik hielt noch einen Moment den Hörer in der Hand, in der hilflosen Verstimmung, wenn man nichts mehr ändern, sondern den unerfreulichen Akt nur noch vergessen kann. Er musste an seine Kindheit denken, als seine Mutter, wann immer sie verärgert war, einfach wortlos die Tür hinter sich zugeknallt hatte.

Er stellte das Radio an und gleich wieder ab. Nervig, was sie da spielten. Er nahm die Pfanne und schmorte die Schalotten und den Knoblauch an. Mit dem aufsteigenden Duft wurde seine Laune besser, der Riesling zum Ablöschen, von dem er sich ein halbes Glas einschenkte, versöhnte ihn mit dem Tag. Als es klingelte, fühlte er wieder die glückliche Aufregung, die Lauras Kommen jedes Mal auslöste.

Sie stand in der Tür und strahlte ihn an. »Ist der Koffer groß genug?«

»Für den Anfang schon.« Er küsste sie und führte sie in ein kleines Gästezimmer. »Hier kannst du dich ausbreiten. Aber komm schnell wieder zu mir.«

Laura nickte. Kurz darauf erschien sie in engen, blumenbestickten Jeans und einem mintgrünen anliegenden Kurzpullover in der Küche. Mit Ende vier-

zig hatte sie noch eine mädchenhafte Figur, nur ein
paar Fältchen unter den blond gesträhnten, halblangen Haaren verrieten die gelebten Jahre. »Hmm, was
zauberst du denn heute wieder?«

»Penne con zucchini.«

»Bene, molto bene. Mit Gemüse hast du eine un-
glaubliche Phantasie, das ist wunderbar, das Fleisch
essen hat bei mir sowieso nachgelassen. – Ich deck
schon mal auf. An diesem alten zernarbten Küchentisch ess ich am liebsten.«

»Erst mal zum Wohl.« Danzik hielt ihr ein Glas
entgegen. »Und wie lässt sich dein neuer Fall an?«,
fragte Laura zwischen zwei Bissen. »Da sind wir noch
ganz am Anfang, wir haben noch nicht mal die Laborergebnisse.«

»Aber du bist dir schon sicher, dass es Mord ist.«

»Ja, aber mehr so aus dem Bauch heraus.«

»Dabei fällt mir ein, dass die Elisabeth Holthusen
mal in der Presse war. Sie wird ja mit ihren Blumen-
Bildern von diesem Galeristen in der Magdalenenstraße vertreten. Von Erik Singer. Jedenfalls hat die
Frau von dem Galeristen sie mit einer Hundeleine
geschlagen, weil sie angeblich mit dem was hätte.«

»Mit über siebzig?« Danzik lächelte amüsiert. »Ja,
warum nicht? Du glaubst ja nicht, was sich so alles in
Altersheimen abspielt. Außerdem ist sie ein eleganter
Typ – gewesen. Jedenfalls war sie ganz übel zugerich-
tet, hatte jede Menge roter Striemen im Gesicht, und
die Frau Singer hat sogar gedroht, sie umzubringen.«

»Das ist ein Ding. Den Vorgang werde ich mir mal schnellstens raussuchen.«

»Über die Holthusen wirst du noch mehr finden. Ihre Blumen-Bilder sollen sich ja irre gut verkaufen. Darüber gab es auch mehrere Artikel.«

5

Am Sonnabendnachmittag wollten sich beide gerade ins Auto setzen, um am Elbuferweg einen Spaziergang zu machen, als es unvermutet dreimal heftig klingelte. Danzik lief hinunter und sah, einen Trolley neben sich, seine Mutter vor der Tür stehen. »Du hättest mich eigentlich abholen sollen«, sagte Gerda Danzik ohne Begrüßung. »Aber nun musste ich mir ein teures Taxi nehmen.«

Werner Danzik nahm ihr schweigend den Rollkoffer ab und führte sie mit steinerner Miene die Treppen hoch. »Uff, das ist nichts für Herzkranke«, keuchte sie, schaffte es aber für eine Leidende erstaunlich gut.

Als Laura ihr in der Diele entgegenkam, sagte sie knapp »Guten Tag«, dann ließ sie sich von der Lebensgefährtin ihres Sohnes zu einem Ledersessel geleiten. »Ich hab es in der Wohnung nicht mehr ausgehalten, dort bleibe ich auf keinen Fall.« Gerda Danzik zog trotzig ihr schwarzes Kostüm zurecht. »Ja, in der ersten Zeit kann man schwer allein sein«, sagte Laura formelhaft. »Was halten Sie davon, wenn ich uns erst mal einen Kaffee mache?«

»Tun Sie das. Sie kennen sich hier ja bestens aus.«
»Kuchen haben wir aber leider nicht.«

»Hier.« Gerda Danzik hielt der Jüngeren triumphierend einen Napfkuchen entgegen.

Kurz darauf saßen sie zu dritt an dem gläsernen
Couchtisch. Werner Danzik hatte seine Mutter lange
nicht mehr angeschaut, jetzt blickte er, gleichsam mit
Lauras Augen, genauer hin: gelbgraue Haare, vorne
bürstig, hinten platt, als habe sie sich lange nicht gekämmt, leicht hervorquellende wässrige Augen, die
kühl ihr Gegenüber abschätzten, die Gestalt klein
und dürr, aber keineswegs hinfällig, vielmehr am Leben gehalten von einer verborgenen, rabiaten Energie. Einer negativen Energie, dachte Danzik. Unter
dem Kostümrock kamen statt seidener Strümpfe dicke schwarze Wollstrümpfe hervor, die in klobigen
breiten Schuhen endeten.

Gerda Danzik stopfte sich das halbe Stück Kuchen
in den Mund und wandte sich kauend an Laura: »Sind
Sie hier eingezogen?«

»Nein, ich bin nur zu Besuch.«

»Das würde ich nicht so nennen«, sagte Danzik
grimmig.

Laura sah gebannt zu, wie an Gerda Danziks Platz
ein Regen an Krümeln niederging. »Ich denke, ich
kürze meinen Besuch etwas ab. Sie werden mit Ihrem
Sohn sicher viel zu besprechen haben.«

»Nein!« Danzik erschrak selbst über seinen Ton,
als er etwas leiser fortfuhr: »Nein, das kommt überhaupt nicht in Frage. Alles wird so ablaufen, wie wir
es geplant haben.«

»Mach mal den Fernseher an«, befahl Gerda Danzik ihrem Sohn und zündete sich eine Zigarette an. In langen Zügen blies sie den Rauch über den Tisch. »Muss das sein?« Danzik fing an zu hüsteln.

»Das mit deiner Allergie ist mehr Einbildung. Rauch ist sogar gesund. Tötet die Bakterien.«

Danzik sah besorgt zu Laura. »Ich geh nach hinten.« Laura lächelte ihm beruhigend zu. »Ich hab noch einiges zu tun.«

Inzwischen lief der Fernseher so laut, dass man ihn im Treppenhaus hören musste.

Sonntagmorgen. Werner Danzik und Laura waren in seinem Schlafzimmer zum Leben und Lieben erwacht.

Da wurde leise, fast unhörbar die Türklinke heruntergedrückt. Laura hatte es zuerst bemerkt. Noch hatte sie beim Liebesspiel die Augen nicht geschlossen, und so entfuhr ihr wie von selbst ein Schrei, der schrill die frühmorgendliche Stille zerschnitt. Empört starrte sie die Erscheinung im Türrahmen an: klein, mager, in einem moosgrünen Nylon-Morgenrock, die gelbgrauen Haare standen wie eine Bürste nach allen Seiten ab. Gerda Danzik. »Mutter! Das ist ja nicht zu fassen!« Werner Danzik löste sich von Laura, rollte zur Seite und zog die Bettdecke höher. »Was fällt dir ein, hier so einzudringen? Verschwinde! Aber sofort!«

»Wann gibt's denn nun endlich Frühstück?«, maulte die Alte. »Hast du mal auf die Uhr gesehen?«

Werner Danzik schlug so heftig auf seine Bettdecke, dass seine Mutter, beleidigt den Kopf schüttelnd, hinausfloh. »Entschuldige, Laura.«

»Du hattest also nicht abgeschlossen!« Laura wickelte mit hochrotem Kopf die Decke um sich. »In der Nacht war ich im Bad. Und dann hab ich es wohl vergessen.«

Laura schnaubte nur und warf die Decke mit einem Ruck von sich, so dass sie zur Hälfte auf den Boden fiel. »Das ist ja unglaublich. Ins Schlafzimmer zu kommen. Macht sie das immer? Keinen Tag bleibe ich mehr hier. Wahrscheinlich will sie sich auf Dauer bei dir einnisten. Also, wenn ich mir vorstelle, dass sie hier zwei Türen weiter – und das tagtäglich ... da kann man ja total impotent werden.«

»Danach sieht's aber nicht aus.« Danzik musste unwillkürlich grinsen. »Außerdem werden nur Männer impotent.«

»Nein, auch Frauen.« Lauras Ton war schreiend geworden. »Du brauchst gar nicht so blöde zu grinsen. Lateinisch ›potere‹ heißt ›können‹, also in dem Fall ›nicht können‹. Ich pack meinen Koffer!«

»Laura!« Danzik war aufgesprungen und fasste sie am Arm, wollte sie, als könne er ihre Vereinigung neu zementieren, an sich ziehen. Aber sie riss sich los. »Was heißt denn das, Laura? Bist du mir ernsthaft böse? Willst du mich bestrafen?«

Er zwang sie, ihn anzublicken. Laura sah den schmerzvollen, verletzten Ausdruck in seinen Augen und hielt beim Anziehen inne. »Nein, Werner, ich bin dir nicht böse. Aber versteh bitte, wenn ich jetzt gehe. Diese Dreisamkeit ist nichts für mich.«

»Es *ist* keine Dreisamkeit, nur ein dummer Zufall.« Nun fing auch Danzik an zu schreien. Aber Laura war schon hinausgestürmt, und nach wenigen Minuten stand sie, den Koffer in der Hand, im Flur. »Wann rufst du mich an?«, fragte Danzik gepresst. »Bald.« Laura strich ihm über die Wange. »Mach dir keine Sorgen. Aber ich muss jetzt erst mal an die Luft – okay?«

Danzik sah ihr aus dem Fenster nach, wie sie in ihren lavendelfarbenen Renault stieg. Als er in die Küche ging, saß seine Mutter bereits am Frühstückstisch, noch immer in dem moosgrünen Nylon-Morgenrock, die Hände klopften auf die leere Platte.

In diesem Moment fühlte er, wie etwas in ihm aufzuckte. Eine unbezwingbare Abneigung, die heraus wollte aber stattdessen seinen Magen eindrückte. »Ich frühstücke nicht«, sagte er. Dann verließ er das Haus.

6

Regine Mewes seufzte erleichtert auf. Endlich, die Zeit der Mittagsruhe war erreicht. Ihre Schwiegermutter lag, von ihr und Dörte hineingehievt, im Bett und würde nun zwei Stunden vor sich hinschnarchen. Oben in ihrem Zimmer war das aber nicht zu hören. Regine hatte die Beine auf die Couch gezogen und blätterte in einem Wellness-Katalog. Zwei Wochen von hier weg, das wäre mal ein Traum. Nein, es war nicht nur der ständig schmerzende Rücken, der sie fertig machte, es war der seelische Druck, der sie erschöpfte. Würde ihr so eine Flucht überhaupt nützen? Konnte sie es jemals schaffen, diese Frau aus ihrem inneren Blickfeld zu schieben? Vielleicht würde sie das Gesicht auch dort verfolgen: der kalte, scharfe Blick, die heisere, herrische Stimme ... Was sollte sie überhaupt nehmen: Rügen – Usedom – Sylt? Alles klang so verlockend: »Cleopatrabad im Luxus-Whirlpool mit einem Glas Sekt« oder »Rosenblütenbad im Bronzezuber« oder »Körperpeeling mit Tropenregen und anschließender Ölung«. Sie würde wegtauchen und alles vergessen ... Oder doch wieder nach Italien? Abano-Montegrotto: Der Blick auf die sanften Euganeischen Hügel, die Rosenbögen im Thermalgarten, der schwarze Fangoschlamm, von einem jungen Masseur auf die Haut geklatscht ... Die Italiener gaben einem doch immer Auftrieb. Ununterbrochen hatten sie sie damals zum Tanzen geholt, ihre Seidenbluse war schon ganz verschwitzt gewesen, und wenn man »grazie« oder »buon appetito« sagte, waren sie schon begeistert. Damals. Na ja, es war schon etwas her.

Immerhin, diesen einen schwiegermutterfreien Tag in der Woche hatte sie Norbert abgerungen. Jeden Mittwochabend ein Schönheits- und Saunaprogramm im Hotel »Mariott« am Gänsemarkt. Sauna nur für Damen. Regine musste unwillkürlich kichern. Wie in einem orientalischen Hamam. Man sagte, die Orientalinnen seien Herrscherinnen im Hause, denen sich die Männer zu beugen hatten. War das Lebenskonzept der westlichen Frauen vielleicht ganz falsch? Geld verdienen bis zum Gehtnichtmehr, Kinder, Haushalt, Mann. Und später die Pflege von Müttern, Schwiegermüttern, Vätern und Schwiegervätern. Nein, das mit den Orientalinnen war Quatsch. Türkische Schwiegertöchter mussten nicht nur bis zum letzten fernen Verwandten jeden bedienen, sondern der Schwiegermutter auch noch die Hand küssen.

Regine krauste die Nase und schüttelte sich. Es war ja nicht zum Aushalten. Was für ein Lichtblick in dieser aussichtslosen Situation, dass sie in der Sauna Anja kennen gelernt hatte. Anja Holthusen, die Frau eines Tee-Importeurs, der im Freihafen das Geschäft seines Vaters übernommen hatte. Anja ging es ja noch viel schlechter als ihr. Deren Schwiegermutter Elisabeth terrorisierte sie mit ihrem Perfektionismus so sehr, dass Anja schon einmal in einer Psycho-Klinik gelandet war. Es war Flucht und Zuflucht zugleich gewesen. Eine sensible, gebildete Frau, dachte Regine erneut. Sprachlehrerin war sie gewesen, man konnte so viel von ihr lernen, Dinge über Ausdrücke und Wortverwandtschaften, von denen sie noch nie gehört hatte. Sie musste Anja stützen und auch schützen, sonst endete deren Depression noch in – Selbstmord.

Etwas unternehmen. Regine ballte die Fäuste. Aggressiv statt depressiv sein. Damit hatte sie ja schon erfolgreich begonnen ...

Gegen sieben Uhr am Abend hörte Regine den Schlüssel im Schloss. Norbert. Das war für seine Verhältnisse schon eine frühe Zeit, wenn man bedachte, dass er sich meist bis in die Nachtstunden im Institut verkroch. Vielleicht war es ihm langweilig geworden? Dass er dort noch arbeitete, konnte er jemand anderem erzählen. Wahrscheinlich saß er nur da und las, bis ihm die Augen zufielen und er aufschreckend feststellte, dass er zum Schlafen doch mal den Platz wechseln musste.

Amalie Mewes hatte sich heute zu einem Empfang auf Krücken entschlossen und erwartete ihren Sohn schon am Abendbrotstisch. Er streifte ihre hingehaltene Wange und setzte sich. Regine rumorte in der Küche und stellte Geschirr, Brot, Aufschnitt und so weiter auf der Durchreiche ab. Dann ging sie aus der Küche zur Essecke im Wohnzimmer herum und setzte die Sachen von der Durchreiche auf den Tisch. Eine Terrine mit Tomatensuppe stand auch schon dort, und Regine füllte die Teller. »Immer Suppe«, sagte Amalie Mewes und verzog das Gesicht. »Schmeckt dir das, Nobby?«

Der Angesprochene antwortete nicht.

Schweigend löffelten alle drei ihre Suppe, dann, nach einer Zeit, die sie angemessen fand, sagte Regine: »Norbert, ich möchte gern mal ausspannen und für zwei Wochen nach Abano in ein Thermal-Hotel fahren. Für die Zeit würde meine Tante die Betreuung deiner Mutter übernehmen, ich habe schon mit ihr gesprochen.«

»Ist das nicht etwas lang?«

»Finde ich nicht. Wenn man bedenkt, dass ich hier Tag für Tag – «

»Was, diese alte Schabracke willst du mir ins Haus schicken?« Norberts Mutter schlug ihr Messer auf den Tisch. »Das kommt überhaupt nicht in Frage, das dulde ich nicht!«

»Aber Tante Sophie ist doch sehr nett und korrekt und hat auch die Zeit dafür«, wandte Norbert ein. »Nein, sie ist grässlich und geht mir mit ihrem süßlichen Getue auf die Nerven.«

»Aber wenigstens für eine Woche solltest du es akzeptieren.«

»Ich akzeptiere gar nichts«, sagte Amalie Mewes störrisch. »Außerdem bin ich es nicht gewohnt, wenn hier jemand Fremdes herumräumt.«

»Aber sie ist doch nicht fremd – «

»Nein, ich will das nicht. Die kennt sich auch mit den Medikamenten nicht aus.«

Die Schwiegertochter soll bleiben, dachte Regine bitter, ausgerechnet die Schwiegertochter, die ihr und ihrem Nobbylein doch angeblich so im Wege ist. Abano und das Kur-Hotel mit allen Wellness-Schikanen konnte sie sich abschminken. Und wenn sie Rügen nahm? Psychologisch vielleicht geschickter, weil es näher war. Aber sie brauchte Italien. Nicht nur für den Rücken, sondern vor allem für die Seele. Und wenn sie nun einfach losfuhr? Es darauf ankommen ließ, dass hier alles zusammenbrach?

Sie räumte den Tisch ab und sah, wie ihr Mann zu einer Zeitschrift griff. Noch eine Minutenfrist, dachte sie, bis ich abgewaschen habe, dann krieg ich dich dran. »Bitte komm mal mit nach oben«, sagte Regine.

Norbert produzierte nur ein paar Stirnfalten.

»Wieso nach oben?«, empörte sich Amalie Mewes. »Nobby und ich wollen jetzt fernsehen. Du kannst ja machen, was du willst. – Nobby, es gibt heute ›Mare TV‹, das magst du doch so gern, diesmal mit einem Bericht über den Mississippi.«

Norbert sah von seiner Frau zu seiner Mutter und wieder zurück. Dann stand er ächzend auf. »Was ist denn noch?«, fragte er, als Regine ihn in ihrem Zimmer zum Sitzen aufforderte.

»Ich wollte nur noch mal wissen, ob ich wenigstens eine Woche weg kann oder ob es wieder mal definitiv nach deiner Mutter geht.«

Norbert bemerkte die angestaute Wut in ihrem Gesicht und entschloss sich, mit der Soft-Methode zu reagieren, da ein Reagieren offenbar unumgäng-

lich war. »Nun reg dich bitte nicht so auf. Sag dir
einfach, sie ist eine alte Frau. Schließlich werden wir
doch alle mal alt.«

Eben, dachte Regine. Wenn ich die Betreuung deiner Mutter noch weiter durchziehe, dann bin ich ratzfatz selber alt. Dann brauche ich auch nicht mehr zur Schönheitskur.

Erregt schüttelte sie den Kopf. »Andere alte Leute leben längst im Heim – zum Wohle aller Beteiligten.«

»Ins Heim abschieben – nein, das könnte ich meiner Mutter nicht antun.« Norbert sagte es, als habe er es auswendig gelernt.

»Abschieben – das ist ein ganz blöder Ausdruck. Heutzutage gibt es todschicke Seniorenresidenzen, die sind wie Hotels, vorne ein Empfangschef, Musikzimmer, Kaminzimmer und, und, und. Manche haben sogar ein eigenes Theater. Da wollen die Alten freiwillig hin, sie freuen sich, wenn sie dort einen Platz kriegen.«

»Ich glaube, du hast keine Vorstellung, was das kostet. Mutters Vermögen wäre in Kürze aufgebraucht. Und außerdem – das Stichwort ›Heim‹ solltest du in ihrer Gegenwart unbedingt vermeiden. Ein einziges Mal habe ich davon angefangen, und ich habe dir ja erzählt, was da los war. Sofort hat sie mir mit Enterbung gedroht.«

»Geld«, sagte Regine verächtlich. »Was ist schon, wenn sie dich enterbt?«

»Sie hat von einer Stiftung gesprochen. Dann sind wir das Haus los, das müsstest du doch wissen. Und wenn das mein Bruder erfährt und seinen Pflichtteil verlangt ...«

»Ach, der. Lebt der noch? Den hast du doch seit Jahren nicht gesehen.« Regine fühlte sich plötzlich müde. »Gehen wir hinunter.«

Im Wohnzimmer begann in gewohnter Dreisamkeit der Fernsehabend.

7

Hauptkommissar Danzik stand am Fenster seines Büros und sog die frische Märzluft ein. Frühlingsbeginn, eigentlich eine Zeit zum Singen und Springen, stattdessen fühlte er sich seelisch wie zusammengefallen. War das nun ein Streit gewesen, den er mit Laura gehabt hatte, oder nicht? Er setzte sich wieder an den Schreibtisch, doch was in der Akte stand, nahm er nicht auf, sein Blick ging nach innen. »Was ist los mit dir?« Sein Kollege Torsten Tügel, der ihm gegenüber saß, klatschte leicht in die Hände. »Schläfst du etwa noch?«

»Frühjahrsmüde.«

»Gut, dann organisier ich uns einen Kaffee.«

»Nein, nicht diesen Automaten-Kaffee, da verzichte ich lieber.«

»Okay, Werner. Dann koch ich uns einen. – Ist das der Laborbericht zum Fall Holthusen?«

»Ja.«

»Soll ich mal wetten – Tod durch Krankheit oder Mord?«

»Wir sind hier nicht auf der Trabrennbahn.«

Tügel füllte den Kaffee in die Tüte. »Ich sage, die Holthusen ist ermordet worden.«

»So sieht's aus. Es könnte aber auch Selbstmord gewesen sein. Allerdings hat man keine Tablettenschachteln gefunden, und eine Selbstmörderin räumt doch nicht noch alles weg. Jedenfalls ist Elisabeth Holthusen vergiftet worden.«

»Ja, dann rück doch mal mit den Details raus. Also, du bist heute wirklich heavy go-ing, Chef.«

»Danke.« Werner Danzik nahm seine hohe, weißgrün gemusterte Porzellantasse mit dem duftenden Kaffee entgegen, und sein Gesicht hellte sich etwas auf. »Sie ist durch eine Überdosierung eines Medikamentes, kombiniert mit Alkohol, zu Tode gekommen. Durch ein Herzmittel mit dem Wirkstoff Digitoxin.«

»War sie denn herzkrank?«

»Wir müssen uns mit dem Hausarzt in Verbindung setzen, um herauszufinden, wie die Ausgangslage war. Was hatte sie aktuell für Leiden, was hat sie auf Dauer eingenommen.«

»In dem Alter nehmen die doch alle was. Ohne kommen die doch gar nicht über die Runden.«

»Du brauchst hier gar nicht so verächtlich zu reden.« Von Danziks humorvoller Nachsichtigkeit war heute nichts zu spüren. »Wer weiß, was du später mal für eine Batterie von Medikamenten auf deinem Nachttisch hast.«

»Ist ja schon gut, Chef.«

»Von Elisabeth Holthusen ist uns eher der Eindruck vermittelt worden, dass sie recht vital und lebenslustig war. Sogar einen Liebhaber soll sie gehabt haben.«

»Wow! Woher weißt du das denn?«

»Tja, man hat so seine Quellen.«

»Einen Geliebten mit über siebzig?«

»Das kannst du dir in deinem jugendlichen Wahn natürlich nicht vorstellen. – Aber lassen wir das. Wir fahren jetzt zum Leinpfad, die Schwiegertochter erwartet uns.«

Anja Holthusen machte ihnen selbst die Tür auf. Ihr massiger Körper steckte in einem blauen Baumwollkleid, die stumpfgrauen kurzen Haare waren gekämmt. Ein schön geschnittenes Gesicht, dachte Danzik, allerdings ein bisschen verquollen. Schade, dass sie so dick ist. »Bitte«, sagte Anja Holthusen und wies mit einer ungeschickten Geste zum Wohnzimmer. Offensichtlich konnte sie sich nicht entscheiden, ob sie voraus gehen oder den Kommissaren den Vortritt lassen sollte. Sie entschied sich für letzteres. »Darf ich Ihnen einen Tee anbieten? Oder ein Wasser?«

»Wenn ich einen Kaffee haben könnte«, bat Tügel. »Kaffee gibt es hier leider nicht.«

»Torsten, wir sind im Hause eines Tee-Importeurs. – Nein, danke, bitte gar nichts«, sagte Danzik für sich und seinen Kollegen. So, wie sich Anja Holthusen bewegte, würde das Einschenken für sie zur qualvollen Hürde werden.

Sie setzten sich auf die Sofas. Anja Holthusen hing auf der Kante, in ihren Augen wanderte ständig eine Unruhe hin und her. Warum ist sie denn bloß so ängstlich und aufgeregt, dachte Danzik, sie würde ihre Schwiegermutter ja wohl kaum ermordet haben. Andererseits – wer sollte es denn überhaupt getan haben? Weit und breit war kein Verdächtiger in Sicht, es sei denn, das Nahe liegende, das man so oft ausschloss, war am Ende doch des Rätsels Lösung. In jedem Fall mussten sie mit dieser Befragung irgendeinen Schritt weiter kommen. Am besten, er fing erst mal unverfänglich an und ließ sie selbst außen vor. »War Ihre Schwiegermutter in letzter Zeit krank, oder hatte sie ein chronisches Leiden?«

»Nein, sie war vollkommen gesund. Sie war sogar topfit.« Zum ersten Mal schlich sich in Anja Holthusens müdes Gesicht ein Zug von Aggression.

»Inwiefern?«

»Sie sprang jeden Tag in ihr Cabrio, preschte den Harvestehuder Weg runter und ging in Pöseldorf zum Shoppen.«

»Pöseldorf Schnöseldorf«, bemerkte Tügel.

»Torsten! – War sie hier zu Hause auch so dynamisch?«

»Kann man sagen.« Anja Holthusen wurde lebhafter. »Sie hat hier natürlich das Regiment gehabt. Sie hat bestimmt, was gekocht wird und wehe, irgendeine Vase oder Obstschale oder der Salzstreuer standen nicht am richtigen Platz.«

»Wie war Ihr Verhältnis zu Ihrer Schwiegermutter?«

»Normal.« Anja Holthusen wurde wieder etwas wortkarger.

»Hat sie Sie rumkommandiert?«

»Ja, schon.«

»Haben Sie daran gedacht, mit Ihrem Mann auszuziehen?«

»Nein.« Anja beugte sich zu einer Glasetagere und griff nach einer Praline.

Vorsicht, sagte sich Danzik und kehrte noch mal zum Thema Krankheit zurück. »Nahm Ihre Schwiegermutter Medikamente, oder gab es kleinere gesundheitliche Schwächen?«

»Nein, sie nahm überhaupt nichts. Manchmal hatte sie so leichte Schwindelanfälle, dabei wurde ihr schwarz vor Augen. Der Arzt konnte aber nichts feststellen. Sie hat sich dann nur ordentlich geschüttelt und gleich weiter gemacht. Du solltest das Autofahren aufgeben, hat Thomas – also mein Mann gesagt –, weil es ja auch beim Fahren vorkam. Aber da ist sie furchtbar wütend geworden und hat gesagt: Und wenn? Dann sterb ich eben am Steuer.«

Anja Holthusen sah den Kommissar wieder ängstlich an. Offensichtlich überlegte sie, ob sie zu viel gesagt hatte.

»Wie war das Verhältnis von Herrn und Frau Holthusen zueinander?« Danzik vermied es, das Wort »Ehe« zu gebrauchen.

»Normal.«

»Gingen sie liebevoll miteinander um?«

»Liebevoll?« Anja Holthusen sah den Kommissar erstaunt an. »Nein, das bestimmt nicht. Sie sagte, mach dies, mach das, und er hat es geschluckt. Gestritten hat er nie mit ihr. Nur einmal, wegen dieser Sache mit dem Galeristen – Sie haben das in der Zeitung gelesen?«

»Ja.«

»Da ist er ausgerastet und hat geschrieen, sie würde seinen Ruf beschädigen.«

Danzik nickte seinem Kollegen zu. »Wann haben Sie Ihre Schwiegermutter zuletzt gesehen?«, fragte Tügel. »Am Donnerstagvormittag um elf Uhr. Ich bin an dem Tag schon früh weg. Ich hab mich mit meiner Freundin um halb zwölf auf einen Kaffee im ›Petit Café‹ getroffen, dann waren wir in Eppendorf beim Einkaufsbummel. Um 13 Uhr haben wir im ›Tessajara‹ zu Mittag gegessen, dann sind wir im Hayn Park spazieren gegangen. Um 17 Uhr sind wir wieder ins ›Petit Café‹ zurück und haben da Kuchen gegessen –«

»Klasse Kuchen, nicht? Ofenfrischer, warmer Fruchtstreuselkuchen. Kenn ich doch.«

Anja Holthusen blickte leicht irritiert. »Ja. Also, das war um 17 Uhr. Dann sind wir zu meiner Freundin in ihre Wohnung in der Isestraße gegangen, haben geklönt und so. Um 19 Uhr hat sie dann Abendessen gemacht, und um 21 Uhr war ich wieder hier am Leinpfad.«

»Sehr gut, Frau Holthusen«, lobte Danzik. »Das hilft uns entschieden weiter. Wenn nur jeder ein so exzellentes Gedächtnis hätte.«

»Dann bitte mal Namen und komplette Adresse der Freundin«, sagte Tügel.

»Isabel Ackermann, Isestraße 56. Warum brauchen Sie das jetzt?«

»Na, damit die Dame Ihr Alibi bezeugt. Sie wissen doch, dass es hier um Ihr Alibi geht.«

»Ah, ja, natürlich.« Anja Holthusens Stimme zitterte leicht. »Reine Routine«, beruhigte Danzik und erhob sich. »Falls wir noch Fragen haben – Sie bleiben ja im Lande, nicht wahr?«

»Ja.« Anja Holthusen stand etwas mühsam auf und führte die Herren bis an die Haustür. Dann ging sie langsam zurück ins Wohnzimmer und goss sich an der Bar einen Whisky ein.

Die Kommissare stiegen in ihren Dienstwagen. »Das hat sie aber toll runtergerattert, ihr Alibi«, meinte Tügel.

»Gut beobachtet.«

*

Ein neuer Tag im Kommissariat, durch das Bürofenster schien die Sonne. »Hörst du, wie die Vögel zwitschern?« Danzik pfiff vergnügt vor sich hin, fast schien es, als wolle er den Vögeln Konkurrenz machen. »Hmm«, sagte Tügel. »Vergiss es«, sagte Danzik und winkte ab, ohne seine heitere Miene aufzugeben. Laura hatte angerufen! Wie sie es versprochen hatte. Er hatte gewartet und mit sich gekämpft, hatte überlegt, ob er zuerst anrufen sollte, schließlich war ihre Beziehung ja so, dass man nicht Apfel gegen Apfel aufrechnen musste, aber dann hatte er sich bezähmt und war dafür belohnt worden.

Laura war am Telefon ganz normal gewesen und hatte sich zum Wochenende mit ihm verabredet. »Aber bitte in *meiner* Wohnung!«, hatte sie hinzugefügt.

»Du warst doch inzwischen bei dem Hausarzt der Holthusen«, sagte Tügel.

»Ja. Der hat sich natürlich auf seine Schweigepflicht berufen. Aber damit kam er bei mir nicht durch. Bei Ermordeten endet schließlich die Schweigepflicht. Tatsächlich hat die Holthusen keinerlei Medikamente genommen. Sie war nur bei ihm, wenn sie einen Infekt hatte und einmal im Jahr zum Durchchecken. Wie mir Doktor Fiedler erklärte, hatte sie zwar eine leichte Herzstörung, es hat was mit der Erregungsleitung zu tun, aber das sei nicht behandlungsbedürftig gewesen. Woher sollte sie also Zugriff auf Digitoxin gehabt haben?«

»Genau. Übrigens hat der Sohn hier angerufen und das Gleiche gesagt. Er war sehr erregt und sagte, nie hätte sich seine Mutter das Leben genommen, es sei eindeutig Mord und er erwarte, dass wir schnellstens den Täter fänden.«

»Das tun wir. Damit ist er selbst aber nicht aus dem Schneider. Also, auf geht's!« Danzik rieb sich die Hände. »Heute werden wir die Herren Tee-Importeure noch mal in die Mangel nehmen. Mal sehen, ob die Alibis standhalten.«

»In der Speicherstadt?«

»Ja, der Junior ist im Kontor, Neuer Wandrahm Nummer drei, der Senior in seinem Tee-Museum.«

Vom Polizeipräsidium am Bruno-Georges-Platz in Alsterdorf fuhren sie durch den Stadtpark entlang der Außenalster in Richtung Innenstadt. Als sie hinter dem Hauptbahnhof aus dem Wall-Tunnel tauchten, lag die Speicherstadt in ihrer vollen backsteinroten Schönheit vor ihnen: neugotische Staffelgiebel, Türme und Türmchen, die Dächer glänzten grün in Kupfer. Eine Festung aus mehreren kilometerlangen Lagerhaus-Reihen, durchzogen von Fleeten. »Einmalig, das Schönste an Hamburg«, begeisterte sich Danzik. »Das sagst du immer«, grinste Tügel. »Stimmt. Und mit Recht. Wenn man wie ich ein Quiddje ist, dann hat man einen ganz anderen Blick für die Stadt. Ich mache mir nur Sorgen, ob das wirklich alles erhalten bleibt, jetzt, wo die neue Hafencity entsteht.«

»Immerhin steht die Speicherstadt unter Denkmalschutz.«

»Ja, aber immer mehr Firmen gehen weg. Durch die Container-Konkurrenz und all das. Auch einige Teppichfirmen sind schon verschwunden. Und doch ist Hamburg noch immer der größte Umschlagplatz für Orientteppiche.«

»Hmm«, machte Tügel.

»Damit kannst du nichts anfangen, was? Dabei bist du doch ein echter Hamburger.« Danzik schüttelte leicht den Kopf. » Ich fände es jedenfalls schön, wenn die Traditionsfirmen blieben: Tawakol, die älteste persische Teppichfirma, oder Rothfos mit Kaffee oder

Westphal Tee, noch älter als Holthusen. Es gibt hier Unternehmen, da gehen die Inhaber noch mit über neunzig jeden Tag in ihr Kontor. Das hat was Rührendes, das ist eine fast vergangene liebenswerte Welt, mag es dir vielleicht auch fossilienhaft vorkommen.«

»Na ja, alles ändert sich eben. Als Bismarck hier den Freihafen gegründet hat, wurden Tausende von Menschen umgesiedelt – «

»Das weiß ich. Aber wenn wir hier von jungen Werbeleuten überschwemmt werden, dann geht diese Kaufmannskultur vielleicht den Bach runter. Ich möchte«, beharrte Danzik, »dass diese Traditionsfirmen bestehen bleiben.«

»Auch die Firma Holthusen?«, feixte der Jüngere. »Ein Unternehmen mit einem Mörder an Deck?«

»Das wird sich noch erweisen.« Jetzt musste auch Danzik grinsen. »Kehren wir also in die Gegenwart zurück. Was meinst du, könnte der Holthusen-Sohn seine eigene Mutter umgebracht haben?«

»Kann ich mir nicht vorstellen. Ich habe eher den Alten im Auge. Bei Angeheirateten fällt schließlich die Blutshemmung weg.«

Sie parkten direkt vor dem Lagerhaus und blickten an der Fassade hoch: »Holthusen Teehandel« stand in großen goldenen Lettern auf dem roten Backstein. Darunter, unter halbrundem Bogen, eine dunkle Holztür mit eiserner Vergitterung und ein Messingschild: »Holthusen Teehandel – Import – Export, gegr. 1880«, die Schrift in der altertümlichen Fraktur.

Sie stiegen zwei Holztreppen, flankiert von einem

Eisengeländer empor, und standen vor einer kasset-
tierten Tür, links daneben noch einmal in Goldschrift,
das Firmenschild. Danzik machte die Tür auf, und
schon umfing sie ein Hauch von Exotik. Auf großen
Wandbildern traten ihnen eine Schönheit im Sari und
ein eleganter Inder mit silbernem Teeservice entgegen,
eine alte Mahagoni-Vitrine präsentierte bunte Teedosen aus aller Welt. Hauptkommissar Danzik öffnete
eine weitere Tür, und nun tat sich die Arbeitswelt der
Firma Holthusen auf: Die Wände waren vom Boden
bis zur Decke mit großen, nummerierten Teedosen
bestückt; vor vier halbrunden großen Fenstern, vis-
à-vis zur kupfergrünen Kuppelpracht der Kathari-
nenkirche, streckte sich ein meterlanger Holztresen,
bedeckt mit rund dreißig unterschiedlichen Teeblät-
ter-Häufchen, davor ebenso viele Schalen und Tassen.
Eine junge Frau und ein junger Mann, beide in langen
weißen Schürzen, waren gerade mit dem Verkosten
beschäftigt. Während der Mann nach und nach die
Porzellandeckel nahm, um an den gekochten Blätt-
chen zu schnüffeln, tauchte die Frau einen breiten
Silberlöffel in die Schalen und sog in einem lautstar-
ken Schlürfen ihre Testschlucke ein, um das Probierte
dann herzhaft in ein rollbares, meterhohes Kupfer-
gefäß zu spucken.

Fasziniert schauten die Kommissare der sinnlichen
Zeremonie zu, hörten Kommentare wie »rund«, »zu
smoky« oder »überreif«, mussten sich aber losreißen,
da plötzlich Thomas Holthusen auf sie zukam. Mit

mühsamer Höflichkeit absolvierte er die Begrüßung.
»Was verschafft mir die Ehre?«

»Wir möchten ein paar Fragen an Ihre Mitarbeiter stellen.«

»An meine Mitarbeiter?«

»Ja, reine Routine, keine Sorge«, sagte Danzik. »Wer kann denn nun Ihre Anwesenheit am 18. März bezeugen?«

Holthusen drehte sich etwas zu abrupt um und ging nach hinten zu einem der Büroräume. »Ach, Herr Martinsen, würden Sie bitte mal kommen?«

Ein mindestens 80-jähriger hagerer Herr im grauen Westenanzug näherte sich den Kommissaren und begrüßte sie mit einem freundlich-distanzierten »Guten Tag«.

Danzik warf seinem Kollegen einen leicht triumphierenden Blick zu. Siehst du, sagten seine Augen, hab ich es nicht gesagt? Es gibt sie wirklich, diese ehrenwerten hanseatischen Kaufleute, die mit über achtzig noch in ihr Kontor gehen. »Am 18. März?«, wiederholte Herr Martinsen. Er fasste an seine goldene Uhrkette und überlegte kurz. »Das war – ein Donnerstag. Da habe ich selbstvers-tändlich hier gearbeitet, wie jeden Werktag, und Herr Holthusen war auch zugegen.«

»Den ganzen Tag?«, fragte Danzik.

»Ja, bis 19 Uhr.«

»Und das können Sie beeiden?«

»Selbstvers-tändlich.«

»Danke, Herr Martinsen.« Thomas Holthusen nickte dem alten Herrn zu, der sich sehr aufrecht entfernte und wieder in seinem Glas-Kabuff Platz nahm.

Der Junior führte die Kommissare, nun erheblich besser gelaunt, in sein Büro, von dem aus er den Verkostungsraum überblicken konnte. »Wir riechen, schmecken und betrachten hier täglich rund 200 Sorten. Was möchten Sie – einen Darjeeling vielleicht? Bitte nehmen Sie doch Platz.«

Danzik und Tügel ließen sich auf einer grün gepolsterten Eckgarnitur an einem Butler-Tischchen nieder und schauten unschlüssig. »Einen Moment«, sagte Thomas Holthusen und kam mit einem Tablett zurück. Aus einer blauweißen Kanne schenkte er in die dazugehörigen Tassen ein. »Spode, Porzellan aus England«, kommentierte er, als er Danziks interessierten Blick bemerkte. »Schnuppern Sie mal! Ist das nicht ein herrliches Aroma? Sehr rund, sehr fein und blumig – ein Darjeeling aus bestem Anbau.«

»Hmm«, machten die Kommissare. Dann tranken sie den Tee in kleinen Schlucken. »Sie mögen Ihren Beruf«, stellte Danzik fest.

»Ja, natürlich. Ich führe unsere Firma jetzt in vierter Generation. Wir versuchen, das Althergebrachte zu bewahren, wollen aber auch mit innovativen Ideen und zeitgemäßen Events unser Unternehmen voranbringen.«

»Was Ihnen ja auch gelungen ist: die Edition der Designer-Tassen, die japanische Tee-Zeremonie, die Sie regelmäßig veranstalten, die Einrichtung eines Tee-Museums – «

»Sie sind gut informiert, obwohl ich Sie sicher nicht zu den Teetrinkern zählen darf.«

»Da haben Sie Recht, wir sind Kaffeetrinker. Tee trinke ich meistens nur, wenn ich krank bin.«

Thomas Holthusen schüttelte bedauernd den Kopf. »Sie ahnen gar nicht, was für eine genussreiche Welt ihnen da entgeht.«

»Nun, es ist und bleibt ein giftiger Genuss«, meinte Danzik vielsagend. »Ob nun Kaffee oder Tee.«

Tügel trommelte leicht auf seine Stuhllehne. »Das Tee-Museum.«

»Ja, da sind wir beim Stichwort. Wir müssen noch Ihren Vater aufsuchen.«

»Tun Sie das«, sagte Thomas Holthusen lächelnd und geleitete die Kommissare hinaus.

Das Tee-Museum war eine Werbe-Idee des Juniors gewesen. Senior Henri Holthusen war erst skeptisch gewesen, hatte sich dann aber mit zunehmendem Interesse der Sache angenommen und betreute nun, zusammen mit zwei Mitarbeitern, »das Tee-Juwel am Sandtorkai«, das inzwischen zu einem der Anziehungspunkte in der Speicherstadt geworden war.

Die Kommissare hielten direkt vor dem alten Kontorhaus und stiegen zum ersten Stock hoch. Links führte eine Eisentür in einen kleinen, von senkrechten Balken gestützten Lagerraum – das Mini-Museum der Holthusens. Auf waagerechten Verstrebungen, die mit den Balken verbunden waren, reihten sich dekorative Teegeräte und Samoware aus Messing, in Vitrinen fingen Silber-Garnituren und Porzellan den Blick: Kannen aus England, Service aus Dänemark und Russland. Auf Holzborden stapelten sich bunte Dosen aus Indien, Ceylon, China und anderen Tee-Regionen.

Am Tresen neben der Tür stand eine etwa 55-jährige, recht attraktive Dame in einem eleganten braunen Kostüm, die sie mit einem gewinnenden »Willkommen« begrüßte. Doch bevor sie den Eintritt kassieren konnte, hielten ihr die Kommissare ihre Dienstausweise entgegen. »Wir möchten Herrn Holthusen sprechen.«

»Augenblick«. Die Dame schritt über den federnden Holzboden und verschwand hinter einem Paravent, der ein kleines Büro verbarg.

Kurz darauf stand Henri Holthusen vor ihnen. Im dunkelgrauen Zweireiher, wie alle seine Anzüge maßgefertigt bei Ladage & Oelke an den Alsterarkaden. Krawatte und Einstecktuch leuchteten in Kirschrot. »Sie wollten mich sprechen«, sagte er kurz. Offensichtlich hatte ihn sein Sohn bereits telefonisch über das Kommen der Kommissare informiert. »Was gibt es denn noch?«

»Sie sagten, Sie seien am – Tattag – hier im Museum gewesen.« Danzik sah den alten Herrn aufmerksam an, doch die Erinnerung an das Geschehene schien diesen kalt zu lassen. »Ja, da war ich hier.«

»Kann das jemand bezeugen?«

»Meine Mitarbeiterin – Frau von Sassnitz.« Er machte eine Geste, die zugleich ein Vorstellen war. »Das kann ich bestätigen«, sagte die Dame eine Spur zu hastig. »Am Donnerstag, den 18. März, war Herr Holthusen den ganzen Tag hier, von neun Uhr morgens bis 19 Uhr am Abend.«

»Haben Sie das Museum kurz verlassen, um essen zu gehen?«, fragte Tügel. Er fühlte, wie sein Magen leise rumorte. »Ja, Herr Holthusen und ich waren von 13 bis 14.30 Uhr fort und haben im ›Deichgrafen‹ zu Mittag gegessen. Während dieser Zeit hat Herr Lührs das Museum betreut.« Sie wies auf einen jungen Mann, der ein paar Meter entfernt Postkarten sortierte. »Können Sie das alles bestätigen?«, fragte Danzik. »Kann ich«, sagte der Mitarbeiter. »Sie wissen, dass wir Sie unter Eid nehmen können«, wandte sich der Kommissar an beide.

Holthusens Mitarbeiter nickten. Der Senior hatte sich bereits umgedreht, als die Kommissare durch die Eisentür hinunter gingen.

8

Die Tasse lag zerborsten auf dem Parkett, der Kaffee breitete sich bis zu dem Perserteppich aus. Während Regine Mewes zu Füßen ihrer Schwiegermutter die Scherben zusammenkehrte, flog noch der Teller hinterher, und ein Marmeladenbrot, ein Schinkenbrot und ein Ei zermatschten auf dem Boden.

Regine stand auf und sah die im Rollstuhl Sitzende in sprachloser Wut an.

»Was stellst du das auch so kipplig hin, gerade konnte ich noch das Tablett festhalten.« Amalie Mewes schüttelte leicht den Kopf. »Das hast du absichtlich getan!« Regines Gesicht war rot angelaufen. »Glaubst du, ich mach dir jetzt noch einmal Frühstück?«

»Das wirst du wohl müssen. Du weißt genau, dass ich mit meiner Arthrose nicht mehr so gut greifen kann.«

Regine fühlte einen unbezwingbaren Impuls zuzuschlagen. Stattdessen presste sie die Lippen zusammen. Jetzt bloß nicht durchdrehen. Wenn sie wenigstens schreien dürfte. Aber sie durfte nichts riskieren, gar nichts. Die Alte könnte einen Herzanfall kriegen oder vielleicht sogar sterben, und dann war sie schuld, dann würde Norbert sie zur Rechenschaft ziehen. Nur ein einziges Mal, an Silvester, war es ihr richtig gut gegangen. Sie hatte Norbert in eine Hoteldisco mitgeschleift, und da hatte sie, akustisch zugedröhnt und Haut an Haut mit fremden Menschen, so tobend getanzt, dass sie es ungehört hatte tun können: schreien und immer wieder schreien. Mit allem, was ihr Körper hergab, über jede Grenze hinaus ...

Bei einem Fitness-Studio hatte sie sich neulich erkundigt, ob sie Sandsäcke zum Boxen hätten. Man hatte verneint, sie aber auf ein Studio für Geschäftsleute verwiesen, in dem Manager regelmäßig auf solche Säcke einschlugen. Der Saunatag mit Anja reichte eben nicht. Anja. Wie sich die Freundin wohl fühlte? Sie musste anrufen.

In wütender Eile warf Regine noch einmal die Utensilien zum Frühstück zusammen und brachte das Tablett zu ihrer Schwiegermutter. »Hier! Und guten Appetit!«

»Du hast die Zeitung vergessen.«

»Bekommst du später. Alles zu seiner Zeit.«

Ah, ja, die Zeitung. Regine holte das »Hamburger Abendblatt« aus dem Briefkasten und setzte sich an den Küchentisch. Erneut schenkte sie sich eine Tasse Kaffee ein. Als sie den Lokalteil aufschlug, machte ihr Herz einen Aussetzer. Unter einem Porträtfoto von Elisabeth Holthusen folgende Nachricht: »MORD AM LEINPFAD. In ihrer Villa am Leinpfad wurde letzten Donnerstag Elisabeth Holthusen (78), Ehefrau des ›Teekönigs‹ Henri Holthusen, tot in ihrem Badezimmer aufgefunden. Die Polizei geht von einer Vergiftung mit Medikamenten aus. Wer ein Motiv für die Tat gehabt haben könnte, ist nach Aussage der Polizei noch völlig unklar. Rätselhaft sind außerdem Einbruchsspuren an der Terrassentür, da nichts geraubt wurde. Die Tote hatte sich als Malerin für Blumenbilder einen Namen gemacht und hinterlässt außer ihrem Ehemann den einzigen Sohn Thomas, der als Nachfolger seines Vaters das traditionsreiche Tee-Imperium leitet.«

Regine faltete die Zeitung zu. Elisabeth Holthusen war tot – was für eine Nachricht! Sie musste Anja anrufen, sicher brauchte die Freundin seelische Unterstützung. Wenn sie bedachte, wie Anja immer tiefer und tiefer in die Depression geglitten war, dann war schwer vorauszusehen, wie Lissy Holthusens Tod, oft von der Schwiegertochter gewünscht und nun tatsächlich eingetreten, auf sie gewirkt hatte. Regine ging in ihr Zimmer hoch und wählte die Nummer der Leinpfad-Villa. »Anja Holthusen.« Eine Stimme, leise, gedrückt und fast unhörbar.

»Mensch, Anja, wo steckst du? Warum meldest du dich nicht? Ich bin's, Regine. Wie fühlst du dich jetzt? Ich hab gerade die Zeitung gelesen.«

»Ich auch.«

»Und? Ist das nicht wunderbar? Das muss doch die große Befreiung für dich sein.«

»Ich weiß nicht ...«

»Was weißt du nicht? Nun gut, am Telefon – aber

innerlich musst du doch jubilieren. Ich sage dir, jetzt fängt ein neues Leben für dich an.«

»Ich weiß nicht, Regine, ich glaub, wir sollten nicht am Telefon ... Ich bin so furchtbar müde.«

»Ja, die Erschöpfung all der Jahre kommt jetzt durch. Alles, was sie dir angetan hat, schlägt dich erst mal nieder. Du bist ja auch besonders sensibel. Wenn ich nur an deinen Zusammenbruch von neulich denke. Ich dachte schon, sie hätte dir was ins Essen getan.«

»Das war psychisch. Behaupten sie jedenfalls immer.«

»Na, dieser Quatsch hat ja nun ein Ende. Also, ein ganz klein wenig musst du dich doch freuen.«

»Ich weiß, dass ich mich freuen sollte, aber ich warte immer noch drauf. Thomas ist so schrecklich verändert. Er spricht nicht mehr mit mir, starrt vor sich hin und behandelt mich, als hätte ich persönlich seine Mutter zu Tode gebracht. Und ich dachte, es würde jetzt besser, endlich Zweisamkeit, mit dem Schwiegervater komme ich schon klar. Aber alles ist genau umgekehrt. Wenn Thomas überhaupt mal was sagt, dann macht er sich selbst Vorwürfe. Er hätte sich mehr um seine Mutter kümmern sollen, hätte nicht immer nur ans Geschäft denken sollen, und so weiter und so weiter.«

»Das kommt alles ins Lot, Anja. Ich finde, wir sollten uns jetzt treffen und einen Champagner zusammen trinken. Sie ist weg, das wolltest du doch immer, das allein zählt. Was soll man auch machen, wenn man seinen Mann behalten will, genießt ihn aber nur noch im Doppelpack? Sie oder ich – ich denke nicht daran, mich scheiden zu lassen. Aber was rede ich von mir? Jetzt feiern wir erst mal deine neue Freiheit.«

»Irgendwie makaber.«

»Aber realistisch. Ich hab mal gelesen, dass die beiden Henneberg-Erbinnen, du weißt schon, die von dem großen Nobelhotel, mit Champagner angestoßen haben, als ihre boshafte Mutter endlich unter der Erde war. Damals fand ich das erschütternd, jetzt kann ich das nachvollziehen. Also, wann treffen wir uns?«

»Ich bin wirklich müde, Regine. Es geht jetzt noch nicht. Die Familie und ich haben so viel zu regeln, wie das eben bei einem Todesfall so ist. Auch die Polizei war im Haus.«

»Klar, Medikamentenvergiftung, steht in der Zeitung. Da wird natürlich ermittelt. Aber du hast ja nichts zu befürchten.«

»Nein, ich habe nichts zu befürchten, ich war ja zu dem Zeitpunkt bei Isabel. Trotzdem hat mich die Befragung dieser Kommissare völlig fertig gemacht.«

»Gut, Anja, dann erhol dich erst mal. Ich denk an dich.«

»Tschüs, Regine.«

Von unten hörte Regine Mewes das heisere Schreien ihrer Schwiegermutter, die nach der Zeitung verlangte. Dieser fordernde, durchdringende Ton war eine Folter, aber noch schlimmer würde es sein, wenn die Alte eine Klingel bekäme. Dann könnte sie, als Schwiegertochter, gleich zum Dauerlauf antreten. Bis jetzt hatte sie das Norbert ausreden können, und er selbst würde sich ohnehin nicht um einen Elektriker bemühen.

Regine ging hinunter und reichte ihrer Schwiegermutter ruhig die Zeitung. Was sie darin gelesen hatte, gab ihr ein Gefühl tiefer Befriedigung.

9

Die windige Frische, die ihm gestern noch das Wasser in die Augen getrieben hatte, war plötzlich verschwunden, und Danzik sog erfreut die weiche, warme Luft ein. Von einem kaum bewölkten Himmel strahlte die Sonne auf knospende Sträucher und Rabatten, aus denen der Krokus seine blauen, weißen und gelben Blüten streckte. Danzik fuhr über die Maria-Louisen-Straße Richtung Stadtpark, der gewohnte Weg, um möglichst schnell sein Büro im Polizeipräsidium in Alsterdorf zu erreichen. Plötzlich bremste er scharf. Was waren das für Verrückte, die ihm einfach so vors Auto liefen? Überall Gewusel, Radfahrer, Fußgänger, Autofahrer, die lässig einen Arm aus dem Fenster hängten – alles bewegte sich wie beschwipst durcheinander. Der Frühling, dachte Danzik, einfach nur der Frühling. Und bin ich nicht auch ein bisschen verrückt? Er lächelte und fuhr langsamer.

Seine Heiterkeit hielt noch an, als er in die Hindenburgstraße bog. Dabei fahre ich einem Mordfall entgegen, dachte er.

Tügel saß schon am Schreibtisch und tat nichts, außer ausgiebig zu gähnen. »Hummel, Hummel«, rief Danzik.

»Darauf erwartest du wohl nicht die passende Antwort?«

»Natürlich nicht«, lachte Danzik. Das dazu gehörende »mors, mors« galt als unanständig, obwohl keiner so genau wusste, was es bedeutete.

Der Hauptkommissar warf die Akte auf den Tisch. »Eine Menge Spuren. Fingerabdrücke von der Familie und von der Putzfrau, das war zu erwarten. Fremde Abdrücke befinden sich auf zwei Gläsern, die in der Küche standen, außerdem auf einer Gin-Flasche, Brandy-Flasche und Saftflasche, mit denen offensichtlich ein Cocktail gemixt wurde. Sie alle sind aber nicht im Zentralcomputer registriert. Die Putzfrau erinnert sich, dass sie bei einem Blick in die Küche die beiden Gläser wahrgenommen hat. Hatte Elisabeth Holthusen jemanden zu Besuch?«

»Es sieht so aus. Der Mörder hat die Gläser noch vom Wohnzimmer in die Küche gebracht, wollte sie wohl gerade abwaschen und abtrocknen, das Geschirrtuch lag schon daneben. Aber dann ist er überrascht worden.«

»Oder die Mörderin. Könnte es auch eine Frau gewesen sein? Was meinst du, Torsten?«

Tügel hielt statt einer Antwort eine Hand vor den Mund.

»Hier, jetzt nimm mal einen Kaffee. Dieses Gegähne steckt mich sonst noch an.« Danzik griff nach zwei hohen Tassen und schenkte ein. »Wer kann den Mörder oder die Mörderin überrascht haben?«

»Ein Familienmitglied, das plötzlich zurückgekommen ist. Oder ein Nachbar, der das Zersplittern des Glases an der Terrassentür gehört hat.«

»Nicht schlecht«, sagte Danzik. Wobei »nicht schlecht« bei ihm bereits »gut« bedeutete. »Fragt sich, wann die Scheibe zerschlagen wurde. Wenn die Person Frau Holthusen bekannt war, dann kann das auch nachträglich geschehen sein. Als Täuschungsmanöver, da ja nichts geraubt wurde. Der Täter will suggerieren, dass ein Einbrecher am Werk war, der unterbrochen wurde, weil Frau Holthusen vor Schreck einen Herzanfall erlitten hat.«

»Nicht schlecht«, wiederholte Tügel grinsend. »Jedenfalls hatte der Täter keine Zeit oder Nerven mehr, etwas zu rauben.«

»Kommen wir jetzt zum Highlight unserer Sammlung.« Danzik hielt seinem Kollegen eine Spielkarte vors Gesicht. »Diese Karte lag im Wohnzimmer der Holt-husens unter dem Couchtisch. Auch darauf sind unbekannte Fingerabdrücke. Ein Tarotspiel gibt es aber in dem Haushalt nicht, danach habe ich die Holthusens schon gefragt.«

»Und du meinst, der Täter hat die Karte dort verloren?«

»Wäre denkbar. Jedenfalls habe ich mir das komplette Tarot-Spiel von einer Bekannten besorgt. Und zwar genau die Version, zu der eine solche Karte gehört: Das ›Avalon-Tarot. Arthus und das mythische Land der Seele‹.«

Tügel betrachtete die Karte. »Huuu. Das ist ja schauerlich.« Sie zeigte, wie eine Herde schnaubender Pferde, getrieben von einem Skelett, durch einen blauschwarzen, von Blitzen durchzuckten Himmel raste. Oben auf der Karte stand »13 Tod«. »Ja, der Tod«, sagte Danzik. »Ausgerechnet diese Karte. Überlegen wir weiter. Mit so einem Zukunftskram beschäftigen sich eher Frauen. Jemand hat Frau Holthusen die Karten gelegt. Hat dann nach dem Mord in Panik die Karte verloren oder sie absichtsvoll hingelegt. Als Warnung oder als Rachebeweis.«

»Du bist in Hochform, Chef.« Tügel nahm drei Schlucke Kaffee hintereinander. »Vielleicht sehnt sich die Täterin sogar danach, gefasst zu werden und wirft uns damit ein Lockmittel hin.«

»Jetzt vergiss mal einen Augenblick deine Psycho-Seminare und kehre auf den Boden der Realität zurück.«

»Gut.« Tügel bekaute intensiv einen Kugelschreiber. »Die Holthusen war eine Esoterik-Tante. Vielleicht gibt es ja doch ein Spiel in dem Haus. Die Holthusen hat es im Schrank versteckt, weil sie nicht zugeben wollte, dass sie sich die Karten legt. Wollte was über die Zukunft mit ihrem Galeristen-Freund wissen.«

»Hmm. Natürlich kann man Tarot ebenso gut mit sich selbst spielen, das hat auch meine Bekannte gesagt. Hier ist ein Begleitbuch – damit kann man sich selbst alles deuten.«

»Wir sollten einen Durchsuchungsbeschluss für die Wohnung erwirken.«

»Ja. Wenn das Spiel dort ist, werden wir es finden. Torsten, du klärst inzwischen, wo solche Spiele ver-

kauft werden. Vielleicht kannst du ja was über die
Kundinnen erfahren.«

»Und was ist jetzt mit Anja Holthusens Alibi-Zeu-
gin? Soll die ins Präsidium kommen?«

»Isabel Ackermann. Nein, die suchen wir zu Hause
auf. Im persönlichen Umfeld kommen oft unerwar-
tete Dinge zutage.«

Am Abend fuhren sie an der Isestraße 56 vor. Das
Haus war eines der berühmten Jugendstil-Häuser, auf
deren Klingelschildern man die massierte Stadtteil-
Präsenz von prominenten Schauspielern, Feuilletonis-
ten und TV-Leuten ablesen konnte. Isabel Ackermann
arbeitete freiberuflich als Innenarchitektin für eine
Wohnzeitschrift und fühlte sich deshalb zweifelsfrei
als Szenegirl. Wobei »girl« nicht mehr ganz passte.
Wie ihre Freundin Anja Holthusen war sie bereits
46. Was sie aber nicht hinderte, zwischen Jüngeren
im ›Madhouse‹ abzutanzen oder im ›Eisenstein‹ mit
Küsschen verteilen ihr In-Sein zu beweisen. »Bitte
setzen Sie sich«, sagte Isabel Ackermann und drehte
sich hektisch in verschiedene Richtungen. »Ich komme grad aus dem Studio, eigentlich hätte ich noch
bleiben müssen, aber dann hab ich den Rest meiner
Stylistin übergeben, Suscha ist wirklich megagut, wir
machen grad eine süße Kinderzimmer-Produktion
und – möchten Sie was trinken? Ich koch mir jetzt
sowieso meinen Abendtee, jeden Abend einen Yogi
mit Honig, also, ohne den Yogi könnte ich das alles
gar nicht – «

Die Kommissare verzogen das Gesicht. Tee, immer wieder Tee, dachte Danzik. Vielleicht ist auch der Mörder noch Teetrinker. »Ja, da trinken wir gern einen mit«, sagte Danzik.

Isabel Ackermann ging schwingend zur Küche, sie trug noch immer High heels und ihre Studio-Kleidung, einen khakifarbenen Overall, der trotz seines lässigen Schnitts ihre überfemininen Konturen erkennen ließ.

Ein pralles Sexpaket, dachte Danzik. Aber eine Spur zu ordinär oder vulgär. Oder eher halbseiden? Nein, das war auch nicht das richtige Wort. Ordinär. Wenn sich der Sex aufdrängte, anbot wie ein billiges Parfüm. Dagegen Laura. Ihr kühl-lasziver Sex, der lockte, aber immer etwas unerreichbar blieb. Eine Erotik wie bei der jungen Bacall. Kannten die Jüngeren diese Schauspielerin noch? Er blickte zu Tügel. »Ganz schön Kohle«, sagte Tügel. Er drückte sein Gewicht auf den schweren sienaroten Polstersessel und ließ seinen Blick von den ockerfarbenen Wänden über einen Flachbildschirm und einen Hifi-Turm bis zu einem gläsernen Zeichentisch schweifen, der das Zentrum im angrenzenden, durch Schiebetüren geöffneten Arbeitsraum bildete. »Nur kein Neid.« Preis einer unabhängigen, einsamen Single-Existenz, dachte Danzik. Vier Altbau-Zimmer für sich allein ... Oder lag er da falsch? »Der muss noch ein bisschen ziehen«, sagte Isabel Ackermann und stellte eine futuristisch geschwungene Kanne aufs Stövchen. Sie setzte sich auf ein sienarotes Sofa und warf ihre rötlich schimmernden dunklen Locken zurück. »Was möchten Sie nun wissen?«

Tügel zog das Protokoll zu Anja Holthusens Befragung aus dem Jackett. Während er auf das Blatt sah, bat er sie, den Hergang lückenlos zu schildern.

Die Ackermann kreuzte die Beine. »Um halb zwölf haben wir uns im ›Petit Café‹ getroffen. Es ist dort immer knackevoll, eigentlich gab es keinen Platz mehr, aber wenn man prominent ist, hat man natürlich kein Problem ...«

Nach ihrem Bericht sah Tügel etwas erschöpft aus. Wenn man von den eitlen Ausschmückungen der Architektin absah, stimmte jedoch alles minutiös mit der Schilderung ihrer Freundin überein. »Sie wissen, dass wir Sie unter Eid nehmen können?«

»Jaaa.« Isabel Ackermann drehte ihre Augen nach oben. »Wie war Anja Holthusens Verhältnis zu ihrer Schwiegermutter?«, fragte Danzik. »Ich nehme an, Sie als ihre engste Freundin können uns da Auskunft geben.«

Isabel Ackermann ließ das ›engste Freundin‹ unwidersprochen. »Es war furchtbar. Die Hölle, ein Albtraum. Ich weiß gar nicht, was ich da noch für Worte finden könnte.«

»Also nicht nur diese normalen Spannungen, wie sie zwischen Schwiegermüttern und Schwiegertöchtern üblich sind?«

»Nein, die Hölle. Anja hat tierisch gelitten. Ich meine, es ist ja an sich schon pervers, wenn jemand aus der alten Generation mit einem jüngeren Paar in ein und derselben Wohnung lebt. Also, ich für mein Teil würde noch nicht mal einen Mann hier herein lassen. Und wenn es mal einer geschafft hat, dann war er aber auch ruckzuck wieder draußen. Ich finde, Männer sollte man nur mal so zwischendurch –«

»Ja«, lächelte Danzik. »Aber was hatte Anja Holthusen denn nun zu erleiden?«

»Ja, wo soll ich da anfangen? Diese Alte – « Die Architektin schüttelte sich wie bei einer zu bitteren Medizin. »Die alte Holthusen hat alles, was Anja im Haushalt gemacht hat, kritisiert. Meist hat sie nur überheblich-vornehm getan und pikiert auf einen Teerand in der Tasse gezeigt – «

Dieser Tee verfolgt mich, dachte Danzik. » – Sie quälte quasi mit Nadelstichen. Sagte zu ihrem Sohn, während Anja dabei war: Mein Gott, bist du dünn geworden. Kein Wunder, wenn einem die eigene Ehefrau nichts Richtiges zu essen gibt. Oder: Mit diesem zerknitterten Hemd willst du ins Kontor gehen? Das ist ja schon geschäftsschädigend, was deine Frau da macht.«

»Und wie reagierte der Sohn?«

»Gar nicht. Ging einfach weg. Also, wenn ich ein solches Weichei hätte, da wäre ich schon längst auf und davon.«

»Aber Anja Holthusen konnte sich nicht lösen.«

»Nein, konnte sie nicht. Erst hat die alte Holthusen sie praktisch bei der Kindererziehung entmündigt, und später, als Bettine im Internat war, wurde Anja dann endgültig zum Fußabtreter.«

»Woher kam dieser Hass?«, fragte Danzik. »So was macht ein Mensch doch nicht ohne Grund.«

»Bin ich Psychologin? Ich nehme an, es lag an ihrer verkorksten Ehe. Sie hat wohl ihren Frust auf Anja übertragen, weil sie ihren Sohn, der sozusagen ihr Ersatzpartner war, nicht mehr für sich allein hatte.«

»Hat Ihre Freundin mal versucht, die Familie zu verlassen?«

»Nein, nicht ernsthaft. Ich hab ihr immer wieder angeboten, vorübergehend bei mir zu wohnen, um sich dann ein ganz neues Leben aufzubauen, aber sie hat's nicht gepackt. Selbst dann nicht, als diese furchtbare Sache passierte ...«

»Furchtbare Sache?«, fragten die Kommissare gleichzeitig.

Isabel Ackermann lehnte sich zurück und balancierte ihre Teetasse zu sich herüber. »Die alte Holthusen war ja eine Esoterik-Tante und sehr abergläubisch.«

»Hat sie sich auch Tarotkarten gelegt?«, unterbrach Tügel. »Nein, wieso?«

»Nun lass mal«, sagte Danzik. »Jedenfalls hat Anja mal zwischen Weihnachten und Neujahr Wäsche gewaschen, die Maschine steht bei denen in der Küche, und da kam die alte Holthusen rein, hat das gesehen und ist durchgedreht.«

»Warum?«, fragte Tügel. »Was weiß ich. Ein alter Aberglaube. Wenn man in dieser Zeit wäscht, wird jemand aus dem Haus gewaschen, der Tod kehrt ein.«

»Nie zwischen den Jahren. Hab ich gehört«, sagte

Danzik. »Jedenfalls hat die Alte dann schreiend auf ›Stopp‹ gedrückt und auf die Maschine gehauen. Dann einen Spaghettiheber vom Haken gerissen und auf Anja eingeschlagen. Der Unterarm sah schlimm aus.«

»Hat sich Frau Holthusen nicht gewehrt?«

»Nein, so was kann sie nicht. Die Alte ist dann gleich aus dem Haus, und Anja hat mich angerufen. Ich bin sofort rüber, hab den blutigen Arm gesehen und das Blut auf dem Boden und hab aus dem Auto meine Polaroid-Kamera geholt, um das zu dokumentieren.«

»Hat Frau Holthusen ihre Schwiegermutter angezeigt?«

»Nein, wo denken Sie hin. Sie hat den Arm sogar vor ihrem Mann versteckt.« Isabel Ackermann stand auf und ging zu einer Kommode. »Hier, ich hab das Foto noch.«

Danzik reichte das Polaroid an seinen Kollegen weiter und schüttelte den Kopf. »Ganz schön heftig!« Tügel starrte auf den rot gefärbten Unterarm. »Können Sie sich vorstellen, Frau Ackermann«, sagte der Hauptkommissar betont deutlich, »dass Frau Holthusen ihre Schwiegermutter getötet hat?«

»Getötet? Ermordet? Sind Sie verrückt? Meine Freundin ist das *Opfer*!«

»Eben«, sagte Danzik. »Und danke für den Tee.« Er erhob sich, Tügel folgte ihm.

10

Werner Danzik saß in seiner Wohnung in der Hallerstraße und nahm, intensiv kostend, einen Schluck Wein. Was war das bloß für Zeug? Er nahm noch einen zweiten und einen dritten Schluck. Nein, diesen chilenischen Wein hätte er nicht kaufen sollen. Reine Chemie. Beim Probieren in der Weinhandlung hatte er geschmeckt, aber jetzt ... Als Weinkenner konnte er sich wirklich nicht bezeichnen.

Laura hatte angerufen. Nein, heute Abend ginge es nicht, sie müsse noch einen Artikel in den Kasten kriegen, Abgabe morgen früh. Schade, um nicht zu sagen traurig. Danzik füllte sich nach. Zusammen mit den Käsehappen war das Gesöff zu ertragen. Er könnte den Fernseher einschalten, aber das schlechte Programm lief ihm nicht weg. Später. Seine Gedanken kehrten zwanghaft zu dem Fall zurück. Er musste die bis jetzt gefundenen Fakten noch mal ordnen, den Tag bilanzieren, erst dann würde er die abendliche Entspannung genießen können.

Anja Holthusen war zur Tatzeit nicht in der Villa gewesen, davon konnte man ausgehen. Ihre Aussage und die der Freundin stimmten komplett überein, Fangfragen an Isabel Ackermann hatten keinerlei

Widersprüche ergeben. Dennoch musste die Sache mit der Familie oder dem erweiterten persönlichen Umfeld zu tun haben. Ein ›Außenmörder‹, wie zum Beispiel ein Einbrecher, mixt keinen Medikamentencocktail zusammen. Es sei denn, er will den Verdacht auf eine bestimmte Person umlenken. Im Übrigen konnten sich auch ferner stehende Personen mit den Verhältnissen vertraut gemacht haben. Die Erfahrung zeigte, dass ein Motiv wie Rache sich immer wieder auf die vielfältigsten Begebenheiten zurückführen ließ, auf Geschehnisse, die manchmal tief verborgen in der Vergangenheit lagen.

Um Geld schien es aber nicht zu gehen. Niemand im engeren Kreis war so schlecht gestellt oder so verzweifelt ruiniert, dass er vorzeitig ein Erbe hätte anzapfen müssen. Elisabeth Holthusen war zweifellos ein unangenehmer Mensch gewesen. Herrisch gegenüber ihrem Mann, fast sadistisch gegenüber ihrer Schwiegertochter, und nur mit ihrem Sohn war sie liebevoll verbunden gewesen, so weit man davon bei ihrem manischen Egoismus überhaupt sprechen konnte. Sie schien auch etwas schauspielerhaft Überspanntes gehabt zu haben, die Befragungen hatten deutlich gemacht, dass sie von einer hysterischen Suche nach Anerkennung getrieben worden war. Sie mussten in jedem Fall in dem künstlerischen Milieu, in der Galerie-Szene, weiterforschen, und auch den esoterischen Spuren sollten sie nachgehen.

Was hatte sie sonst noch für Beziehungen gehabt? Wer konnte weitere Facetten ihrer Persönlichkeit auf-

decken, die zu Feindschaft und Mord hätten führen
können? Vielleicht hatte sie noch alte Freundinnen?
Auch solche scheinbar harmlosen Verbindungen
mussten erhellt werden. War die Putzfrau wirklich
erst erschienen, nachdem Elisabeth Holthusen schon
tot im Badezimmer lag? War schlecht behandelt zu
werden ein Motiv? Vielleicht konnte es einem mal
zu viel werden, und man schlug zu, im Affekt. Aber
wenn sich schlechte Behandlung akkumulierte und
akkumulierte? Dann war man wieder bei der Situation der Schwiegertochter.

Er griff nach dem Telefon, hielt aber inne. Sollte er
seine Mutter anrufen? Nach dem Desaster neulich war
sie halb-einsichtig in ihre Wohnung zurückgekehrt,
aber er wusste nie, wie lange die Phasen der Vernunft
anhielten oder ob sie wieder mit der Horror-Idee kam,
in seine Wohnung einziehen zu wollen. Zu ihrem Ta-
gesablauf gehörte nach ihrer Meinung der tägliche
Anruf von ihm. Der aber nicht kam. Inzwischen war
das Thema Wer-ruft-wen-wann-wie- oft-an schon in
einen Machtkampf ausgeartet. »Du hast wieder nicht
angerufen«, kam es streitbar und vorwurfsvoll durch
die Leitung. »Jetzt muss ich als deine alte Mutter noch
hinter dir hertelefonieren. So hätte ich mit meinen
Eltern nicht umgehen dürfen. Damals …«

Ja, ja, ja, damals, dachte Danzik erneut und ärgerte
sich, dass er, wenn auch renitent, an einer unsichtbaren
Nabelschnur hing. Ihre Eltern … er erinnerte sich nur
vage, was mit denen gewesen war. Ein »Kolonialwa-
rengeschäft« hatten sie gehabt, zu seinen Lebzeiten

hatte es nur noch die ewig schwarzseherische Großmutter gegeben. Als sie starb, hatte sie im Krankenhaus in einem Gitterbett gelegen. Nein, ihn interessierten weder die Vor- noch die Nachgenerationen. Er
würde auch im Alter an keinem Stammbaum basteln.
Im Alter – nein, nicht dran denken. Weg damit. Es
reichte, wenn es ihn, personifiziert in seiner Mutter,
täglich aufs Neue ansprang wie ein hässliches Tier.
Nein, er würde sie nicht anrufen. Sollte sie doch auch
mal zum Hörer greifen, schließlich war sie nicht hand-
behindert. Wenn man sich wirklich nahe stand, rief
man wechselweise an. Nein, kein Anruf, da konnte er
stur sein. Er war im April geboren, ein Stier in Rein-
kultur. Obwohl dieser astrologische Kram natürlich
Quatsch war. Elisabeth Holthusen allerdings hatte
daran geglaubt und ihre Zukunft aus einem Karten-
spiel erfahren wollen. Die Tarot-Karte. Die Tarot-
Karte, dachte Danzik, und hakte damit den Fall für
diesen Abend ab.

Er schaltete den Fernseher ein, drückte auf die
Fernbedienung und gleich wieder aus. Das Telefon
klingelte. Er nahm ab. Die Nachricht, die er hörte,
war alles andere als gut.

*

Regine Mewes wälzte sich von einer Seite auf die andere, ihr Kopf glühte, ihre Glieder glühten, und jeder
einzelne Knochen tat ihr weh. Ein kneifender Schmerz
durchdrang ihren Bauch und brachte sie dazu, sich wie

ein kleines Kind zusammenzurollen und ihre Hände auf den Unterleib zu pressen. »Der Wecker hat geklingelt, warum stehst du nicht auf?«, sagte Norbert.

Regine antwortete nicht. Sie hielt die Augen geschlossen, ihre trockenen Lippen hatten sich zu rissigen Hautfetzen gebläht. »Was ist los?«, sagte Norbert.

Regine öffnete kurz die Augen. »Krank«, stieß sie hervor. Dann machte sie die Augen wieder zu. »Stehst du denn nicht auf? Willst du dich nicht um Mutter kümmern? Ich muss gleich weg.«

»Ich möchte, dass mir jemand eine Hühnersuppe kocht.«

»Aber außer dir kann doch niemand kochen.«

Regine schwieg. »Also, ich verlass mich drauf, dass du Mutter wie gewohnt versorgst.« Norbert blickte noch einmal auf seine Frau, dann ging er hinunter und griff nach seinem Frühstückspaket. Sie hörte, wie die Haustür zuschlug.

Keine Kraft mehr, dachte Regine. Darmgrippe. Es war nicht zu fassen. Sie, die immer gesund blieb, wenn um sie herum alles schniefte, hustete und Bakterien verstreute. Das war der Preis jahrelangen Nichtaufmuckens. Wie unaufhörliche Schläge gingen die tyrannischen Forderungen der Alten auf sie nieder, zertrommelten ihr Immunsystem, bis es jetzt erschöpft zusammengebrochen war.

Sie versank erneut in ein schläfriges Dämmern. Die Gedanken begannen zu schwimmen, drifteten ab in einen Traum. Es war warm, angenehm warm. Sie schwebte unter Wasser durch türkisblaue Landschaften, suchend umfloss sie riesige Korallenriffe, und gerade, als sie Norbert laut herbeirufen wollte, glitt er auf sie zu. Nein, das war ja nicht Norbert, es war ein Fremder. Die Hände des Mannes strichen sanft und verlangend über ihre Haut, ihre Münder tauchten ineinander, und sie nahm seinen Körper in sich auf. Doch plötzlich bekam sie keine Luft mehr. Nach oben, nach oben, hörte sie sich keuchen, und als sie die Hand auf den Beckenrand legte, fühlte sie, wie ein Fuß darauf trat. Sie blickte nach oben – in das Gesicht ihrer Schwiegermutter.

Regine stieß einen Schrei aus und richtete sich schlagartig auf. Verdammt! Unten in ihrem Zimmer lag die Alte und würde gleich zu zetern anfangen. Jeden Moment konnte es losgehen, heiser, in einem wütend befehlenden Ton, der das ganze Haus durchdrang.

Sie müsste aufstehen. Aber ich kann nicht, ich kann nicht, dachte sie. Konnte der Körper zwingender als der Wille sein? Warum tat sie sich dieses Leben an? Das war doch keine Ehe, das war nur noch ein seelenloses Nebeneinander, festgelegte Routine, von der es kein Abweichen gab. Sie könnte wieder als Arzthelferin arbeiten, im medizinischen Bereich wurden immer Leute gebraucht. Nein, es war kein materielles Problem, da könnte sie unabhängig sein. Es war die tief verankerte Angst vor dem Alleinsein, sie musste und wollte zu zweit durchs Dasein gehen, aber nun war es ja eine Hölle zu dritt geworden ...

Das Läuten des Telefons ließ sie aufschrecken.

Schwerfällig nahm sie den Hörer und hielt ihn an das heiße Gesicht. »Ja, guten Morgen. – Dörte kann nicht kommen? – Das ist sehr bedauerlich. Ich hab auch die Grippe. – Sie haben keinen Ersatz? – Ich glaube, da überschätzen Sie mich, nein, ich bin gar nicht geübt. In meinem Zustand kann ich unmöglich meine Schwiegermutter versorgen. – Ja, kann man nichts machen. Auf Wiederhören.«

Regine sank aufs Kissen zurück. Wie sollte das jetzt gehen? Norbert anrufen? Nein, der würde bis ans Ende der Welt fliehen, bevor er seine Mutter anfasste. Aber sie, eine Angeheiratete, die schließlich nicht blutsverwandt mit ihr war, sollte sich damit abplagen.

Regine schwang die Beine aus dem Bett und versuchte aufzustehen. Aber wie an kiloschweren Gewichten zog es sie zu Boden, plötzlich durchfuhr sie ein Schwindel, und sie musste sich zurückfallen lassen. Sie lehnte sich an die Rückwand und presste die Decke um sich. Dann griff sie zum Telefon. »Anja Holthusen.«

»Ich bin's, Regine.«

»Ja?«

»Nun sprich doch nicht so ängstlich. Es ist doch nichts Schlimmes passiert.«

»Noch nicht. – Was ist denn mit deiner Stimme los? Bist du krank?«

»Ja. Darmgrippe. Und Dörte fällt heute aus. Hat ebenfalls Grippe. Und nun sitz ich hier mit der Alten.«

»Oh, je.«

»Anja, ich brauch deine Hilfe.«

»Ja. Und was soll ich dabei tun? Ich meine, ich kann doch nicht deine Schwie – «»Brauchst du doch auch nicht. Du sollst dich nur um *mich* etwas kümmern. Wenn du mir vielleicht eine Hühnersuppe kochen könntest. Dann käme ich schon zurecht.«

»Ja, klar.« Durch die Leitung kam vernehmbar ein Aufatmen. »Hast du alles an Zutaten da?«

»Ja, bitte beeil dich!« Regine stöhnte auf, wie unter einem plötzlichen Schmerz. »Einen Hausschlüssel hast du ja.«

»Jetzt sorg dich nicht, ich bin gleich da.«

Regine gab keine Antwort mehr, legte nur erschöpft den Hörer auf.

In diesem Moment war von unten ein tiefes forderndes Brüllen zu hören.

Regine setzte sich auf und fühlte, wie ihr abwechselnd heiße und kalte Wellen den Rücken herunter liefen.

Sie schleppte sich, das Geländer umklammernd, nach unten.

»Wo bleibst du denn? Wo ist Dörte?« Amalie Mewes lag, etwas aufgerichtet, schräg über ihrem Bett und starrte sie empört an. »Dörte kommt heute nicht, sie ist krank. Du musst mit mir vorlieb nehmen.«

»Mit dir. Du siehst ja vollkommen ramponiert aus. Hast du etwa einen Infekt? Dann komm mir bloß nicht zu nahe!«

Regine sagte nichts. Sie legte die Medikamente auf den Nachttisch und holte mit krummem Rücken ein Glas Wasser aus der Küche. In dem Moment klingelte es an der Haustür. »Dörte!«, rief Amalie Mewes hoffnungsfroh. »Nein, Anja.«

»Was will die denn hier?«

Regine schlich hinaus und kam kurz darauf mit Anja zurück. »Guten Tag, Frau Mewes.« Anja Holthusen nickte, leicht vorgebeugt, in Richtung des Bettes. »Tag.«

Amalie Mewes wollte sich zur Wand drehen, aber dann fiel ihr etwas anderes ein. »Ich muss aufs Klo.«

»Bitte geh in die Küche.« Anja Holthusen sah ihre Freundin unschlüssig an, folgte dann aber der Aufforderung.

Regine biss die Zähne zusammen und näherte sich ihrer Schwiegermutter. »Hier anfassen, hier.«

Endlich hatte sie die alte Frau in der Vertikalen. Beißend-süßer Uringeruch schlug ihr entgegen, sie hielt den Atem an und schaffte es gleichzeitig, ihrer Schwiegermutter die Krücken in die Hand zu zwingen. »Das kann ich nicht allein«, sagte Amalie Mewes auf der Toilette.

Regine hob das Nachthemd an, zog ihr die Hose runter und ließ sie auf das Klo fallen. »Ich komme dann wieder.« Unter Würgen keuchte sie hinaus.

Regine ging in die Küche und spülte sich die Hände ab. »Bleib bloß da sitzen, ich muss gleich zurück.«

»Ich hab schon mal das Frühstück gemacht«, sagte Anja.

»Danke, das ist lieb.«

Regine zog sich einen Stuhl herum und ließ sich

über den Tisch fallen. »Wir schaffen das«, sagte Anja. »Ja.« Regine lauschte zur Toilette, dann erhob sie sich.

Anja stellte mit lauten, klappernden Geräuschen das Geschirr aufs Tablett, dann drehte sie das Radio auf.

Regine kam zurück. »Du kannst wieder abstellen, ich hab sie schon wieder im Bett. Jetzt noch das Frühstück.«

»Hier.«

»Nein, für sie.« Regine spülte sich erneut die Hände ab und stellte auf einem zweiten Tablett Kaffee, Marmelade, Weißbrot und so weiter für ihre Schwiegermutter zusammen. »Jetzt reicht's aber«, sagte Anja. »Ich bring dich nach oben.«

Regine nickte. Sie befühlte ihr heißes Gesicht, dann ließ sie sich von ihrer Freundin die Treppe hochziehen. »Wo bleibt denn mein Frühstück?«, keifte es von unten. »Ich mach das«, sagte Anja und stieg wieder hinab. »Bitte, Frau Mewes.« Anja Holthusen zog die Platte aus dem Nachttisch und stellte das Tablett ab. »Nun haben Sie es ja endlich geschafft und sind Ihre Schwiegermutter losgeworden«, bemerkte die alte Frau giftig.

Anja Holthusen zuckte zusammen und sah auf. In ein Gesicht, in dem grau und scharf nur die Augen zu existieren schienen. »Meine Schwiegermutter ist – ermordet worden.«

»In der Tat. Aber von wem?« Amalie Mewes fixierte die Jüngere eingehend, als könne dadurch die passende Antwort hervorkommen. Wie bei einem fehlerhaften Automaten, der schließlich doch noch sein Geld ausspucken muss.

Anja Holthusen drehte sich wortlos um. Sie ging in die Küche und kochte die Hühnersuppe.

11

Werner Danzik fuhr mit überhöhter Geschwindigkeit und zwang sich, aus diesem Tempo nicht auszubrechen. An der Alster lang, Sechslingspforte, Wandsbeker Chaussee – er war auf dem Weg zum Wandsbeker Krankenhaus. »Sie sind der Sohn? Ja, wir haben Ihre Mutter hier in der Notfall-Ambulanz, wenn Sie bitte sofort kommen würden«, hatte die Stimme am Telefon gesagt. Sachlich, neutral, weder freundlich, noch unfreundlich. Sein Herz hatte einen Schlag lang ausgesetzt, und er hatte einen Hieb in den Magen gespürt. »Hat meine Mutter einen Unfall gehabt?« – »Nein, keinen Unfall, Sie brauchen sich nicht zu beunruhigen, wenn Sie dann bitte kommen würden.«

Er atmete ein paar Mal tief ein und aus, aber es nützte nichts. Das Herz schlug beschleunigt, die Muskeln waren bis zum Kopf hin angespannt. War es jetzt soweit? Lag seine Mutter im Sterben? Was würde ihn da erwarten? Ein kurzes Sterben, das er für ein paar Tage mit durchstehen musste, oder ein langes Sterben, das über Monate ging? Vielleicht musste er mit im Krankenhaus leben, ihre Hand halten und ohne die Fassung zu verlieren, ihrem angstvollen Blick standhalten. Er schüttelte sich, fühlte, wie sich seine Kopfhaut zusammenzog. Nein, er konnte sie nicht anfassen. Er würde sich ein paar Meter entfernt hinhocken und warten. Hocken und hocken, wie es seine Pflicht war. Würde er überhaupt weinen, würde ihn eine Erschütterung beuteln? Und selbst wenn – hier, in unserem Kulturkreis, riss man sich zusammen. Fassung, Contenance, das erstrebenswerte Ideal, wenn Tod und Trauer plötzlich in das eigene Leben einfielen. Wenn es einen als Angehörigen erwischt hatte, und mit über fünfzig erwischte es einen immer häufiger, dann musste man in irgendeiner Weise Farbe bekennen. Jackie Kennedy hatte in tränenloser, aufrechter Haltung mit ihrem salutierenden kleinen Sohn da gestanden – so sollte es sein, das war der höchsten Bewunderung wert. Dagegen Begräbnisse im Orient, im Fernsehen konnte man es erleben, Frauen, die gellend schrieen, das Gesicht verzerrten und um sich schlugen ...

Was hatte er eigentlich als Letztes zu seiner Mutter gesagt? Wenn sie schon bewusstlos war, welches waren seine letzten Worte zu ihr gewesen? Es fiel ihm nicht ein, es musste belanglos gewesen sein. Nie ein Abschied im Bösen, das immerhin hatte er sich zur Regel gemacht.

Jetzt lag links das Krankenhaus vor ihm, und Danzik bog ab von der Rodigallee. Ich muss da durch, dachte er.

Der Vorhang war aufgezogen, seine Mutter lag gleich in der ersten Kabine. Sie hielt ihre Handtasche über die Brust gepresst und sagte in leidendem Ton: »Da bist du ja endlich.«

»Sie sind der Sohn?«, sagte der junge Arzt, der plötzlich neben ihn getreten war. »Da sind Sie ja endlich.«

Danzik spürte eine Aufwallung von Zorn, ging aber über die Bemerkung des Arztes hinweg. Stattdessen wandte er sich nach rechts und begrüßte die Nachbarin seiner Mutter, die zusammengekrampft auf einem Stuhl saß.

Der Arzt sagte: »Ihre Mutter ist hier mit Herzrhythmusstörungen und Angstzuständen eingeliefert worden. Hat sie schon öfter mal über Herzrasen geklagt?«

»Nein, nie.«

Gerda Danzik sah ihren Sohn an, in ihrem Blick lag wütender Protest. Sie wollte etwas sagen, unterließ es aber. »Nun, wir haben alles durchgecheckt und nichts Pathologisches gefunden. Ihre Mutter hat eine Beruhigungsspritze bekommen, das Herz arbeitet wieder ganz normal. Sie können Ihre Mutter also nach Hause bringen. – Hier« – der Arzt überreichte Danzik einen Umschlag – »das ist der Bericht für den Hausarzt.«

»Danke.« Danzik nahm verblüfft den Umschlag und starrte dem Arzt hinterher, der um die Ecke in den Gang verschwand.

Er schaute unschlüssig von seiner Mutter zu der Nachbarin und wieder zurück. Dann wandte er sich doch zuerst an die hilfsbereite Frau. »Danke, Frau Burmester, dass Sie sich um meine Mutter gekümmert haben.«

»Da nich für. Ist doch selbstverständlich.« Die dicke, etwa 30-jährige Frau im schmuddeligen beigen Popelinemantel entspannte sich und wurde nun, da die autoritätsgebietende ärztliche Aura nicht mehr vorhanden war, geradezu gesprächig. »Also, es hat bei mir geklingelt, und da seh ich, es ist Ihre Mutter. Ich meine, sie klingelt ja sonst nicht bei mir. Da haben bei mir natürlich gleich die Alarmglocken geläutet. Sie sah wirklich furchtbar aus, sie konnte ja auch kaum noch sprechen, und dann die Hautfarbe, ich sag Ihnen, Herr Danzik – «

»Nochmals Dank, Frau Burmester.« Danzik drehte sich zu seiner Mutter, die empört zur Decke blickte. »Und erst die Augen. Ich hab mich furchtbar erschrocken. Jedenfalls hab ich sofort den Rettungsdienst angerufen, und die waren ja auch gleich da, und dann hab ich noch die Sachen Ihrer Mutter zusammengepackt, denn schließlich weiß man ja nie, wie lange so ein Aufenthalt – «

»Das haben Sie sehr gut gemacht, Frau Burmester. Wo sind denn die Sachen jetzt?«

»Dort im Schrank.« Die Nachbarin erhob sich. »Bleiben Sie nur sitzen.«

Danzik ging zum Schrank, fand darin einen Plastikbeutel und stopfte alles hinein: Schuhe, Kulturtasche, Wäsche, einen braunen Rock, eine gelbe Bluse –»Halt«, rief Frau Burmester. »Ihre Mutter muss sich doch wieder anziehen.«

»Ach, ja.« Danzik blickte zum Bett und bemerkte das weiße Krankenhaushemd, das seine Mutter trug. Er hielt noch immer die Schranktür fest. Drinnen baumelte der moosgrüne Nylon-Morgenrock, den er an seiner Mutter so hasste. »Ich helfe Ihnen.« Frau Burmester war schon aufgesprungen, drängte ihn zur Seite und nahm BH und Oberbekleidung heraus. Sie fing an, bei Gerda Danzik die Schlaufe des Nachthemdes zu lösen. »Sie gehen am besten auf den Flur, Herr Danzik. Ach, was sind Männer doch unbeholfen.« Sie scheuchte ihn vom Bett weg, und er zog von außen den Vorhang zu.

Gerda Danzik wand sich unter Stöhnen in ihre Sachen. Ihr Stöhnen schwoll zu einer Lautstärke, die ihr Sohn auf jeden Fall hören musste. »Wir können«, sagte Frau Burmester und machte den Vorhang auf. Sie hakte Gerda Danzik unter und wies auf den Plastikbeutel auf dem Bett. Danzik nahm ihn und hakte seine Mutter auf der anderen Seite unter. Zu dritt bewegten sie sich schrittchenweise auf den Ausgang zu. »Nun mal tüchtig Luft holen«, sagte die Nachbarin, als sie im Freien waren. »Viel zu kalt.« Gerda Danzik verzog den Mund.

Unter mühevollem Gerucke ließ sie sich von ihrem Sohn auf den Beifahrersitz platzieren. Der Plastikbeutel war nun bei Frau Burmester, die ihn auf dem Rücksitz ablegte. »Schöner Wagen«, meinte die Nachbarin, als sie zügig über die Rodigallee Richtung Dulsberg fuhren. »Machen Sie doch mal 'n bisschen Musik.«

Danzik drehte das Radio an und bemerkte im Spiegel, wie die Burmester hin- und herwippte. Über dem schmierigen Kunstblond ihrer Haare waren überall die dunklen Ansätze zu sehen. Danzik konzentrierte sich auf den Verkehr. »Stell sofort diesen Krach ab«, sagte Gerda Danzik mit wieder kräftiger Stimme.

Danzik machte das Radio aus. Der Rest der Fahrt verlief in Schweigen.

Er fand einen Parkplatz direkt vor der Wohnung und zog, zusammen mit Frau Burmester, seine Mutter aus dem Auto. »Alter vor Schönheit«, sagte die Nachbarin. »Schönheit?« Gerda Danzik sah die junge Frau gehässig an.

Im Wohnzimmer ließ sich Danziks Mutter auf ihren grünen Fransensessel fallen. »Danke, Frau Burmester, Sie haben uns sehr geholfen«, sagte Danzik. »Ich glaube, Sie können jetzt einen Kaffee gebrauchen.« Frau Burmester machte Anstalten, in die fremde Küche zu gehen. »Nein, danke, wir haben ja schon Abend.«

»Dann packe ich jetzt die Sachen aus.«

»Sehr freundlich, aber das schaffe ich schon.« Danzik geleitete sie mit einem bezwingenden Lächeln zur Tür. »Auf bald.« Frau Burmester hob winkend den Arm.

Gerda Danzik machte die Augen auf. »Schrecklich, diese Person. So was von aufdringlich.«

»Ist das nicht etwas undankbar?«

»Und redet und redet.«

»Ohne Frau Burmester wärst du vielleicht nicht mehr am Leben.«

»Blödsinn.« Gerda Danzik drückte sich mit einem Ruck von den Sessellehnen ab. Sie steuerte auf ein Silbertablett mit Flaschen zu und goss sich einen Cognac ein. »Willst du auch einen?«

»Nein, danke. Ich geh dann mal.«

»Jetzt? Jetzt, wo ich grade knapp am Tod vorbei-
geschrammt bin?«

Werner Danzik blieb noch zwei Stunden. Dann
erlaubte ihm sein Gewissen zu gehen.

*

Regine Mewes hatte ihre Grippe überwunden. Sekundenlang hatte sie daran gedacht, dass die Krankheit
auch etwas Gutes für sie haben könnte. Ausstieg aus
dem widerwärtigen täglichen Pflichtprogramm, eine
kleine Flucht- und Erholungspause, in der sie ihre
Schwiegermutter nicht sehen musste. Aber sie hatte
sich wieder mal verrechnet.

Es war Mittag, Regine wartete auf Dörte, als es klingelte. Wer konnte das sein? Dörte hatte einen Schlüssel,
und die Post war schon durch. Sie sah durch den Spion.
Ein Fremder. Groß, die Züge verschattet durch un-
kontrollierten Bartwuchs, dunkle Haare, die struppig
in die Stirn fielen. Regine löste sich mit angehaltenem
Atem von der Tür und wich mit lautlosen Schritten in
die Diele zurück. Sie fuhr zusammen, als es noch einmal klingelte. Lang und heftig. Sie beschloss, sich nicht
von der Stelle zu rühren, bis der Fremde gegangen war.
Aber nun klingelte es wieder, drängend und wütend,
ein paar Mal hintereinander. »Was ist denn da los? Warum machst du nicht auf?« Die rostige Raucherstimme
kam aus Amalie Mewes' Zimmer und musste bis nach
draußen zu hören sein.

Der Fremde schien jetzt die Geduld zu verlieren.

Mit lauten Schlägen hämmerte er in einem Stakkato gegen die Tür. »Ich weiß, dass ihr da seid. Mach die Tür auf!«

Regine zögerte noch immer. Aber nun wurden die Schläge härter und wilder. »Wenn du nicht sofort aufmachst, schlag ich die Tür ein!«

Er hatte ihren Namen nicht genannt, das tat er nie, sie war für ihn genauso Abschaum wie der Rest der Familie. Aber Regine hatte ihn erkannt. An der Stimme. Es war Norberts älterer Bruder Dieter.

Sie zog langsam die Tür auf. Sie wusste, dass es kein Entkommen gab, und so spielte es auch keine Rolle mehr, ob sie ihn bereitwillig oder unter Widerstand hereinließ. Dieter Mewes fiel leicht torkelnd in den Flur und hielt sich, immer noch weiterschwingend, an den Stäben des aufwärts führenden Geländers fest. »Na also, geht doch!« Er schwang nach vorn und sah ihr mit stierem Blick ins Gesicht. Eine Welle aus Alkoholdunst, Tabakpriem und stinkigem Schweiß schlug auf sie zu und trieb sie bis an die Wand zurück. Sie unterbrach das Atmen. Wagte nichts zu sagen und wartete, was geschehen würde. »Hä, das iss aber kein guter Empfang. Begrüßt man so den guten alten Didi?«

Regine starrte ihn an, auf der Hut, als könne jederzeit ein Angriff von ihm kommen. »Was willst du?«

»Ja, was will ich?« Dieter Mewes schaukelte weiter am Geländer hin und her. In seinem zugewachsenen Gesicht versteckten sich trübe Augen, die noch sichtbare Haut war gelb. Er trug eine verfleckte giftgrüne

Windjacke und eingerissene Jeans, was angesichts seiner Verwahrlosung keineswegs als Mode durchgehen konnte. Er blies ihr seinen biergeschwängerten Atem entgegen. »Von dir jedenfalls nichts, du kleine hässliche Schnecke.«

»Regine, was ist da los?« Aus dem hinteren Zimmer blaffte wieder die Stimme. Wer es nicht wusste, hätte sie für eine Männerstimme halten können.

»Ah, mein liebes Mütterchen. Also immer noch unter den Lebenden. Na, Schnecke, willst du mich nicht hineingeleiten?«

Dieter Mewes sah Regine herausfordernd an. Sie hatte sich inzwischen gefasst. Mochte er doch herumpoltern und sie beschimpfen, wie er wollte. Sie fühlte nur Ekel und den dringenden Wunsch, aus seinem unappetitlichen Dunstkreis herauszukommen. Sie schob sich an ihm vorbei, während er an die Wand griff und hinter ihr herschwankte.

Regine öffnete die Tür zum Zimmer ihrer Schwiegermutter. »Du hast Besuch.« Bei gedrosseltem Atem ließ sie Amalies ältesten Sohn an sich vorbei und ging in die Küche.

Dieter Mewes blieb wippend auf der Türschwelle stehen. Seine Mutter saß im Rollstuhl, schwer und formlos, ein kalter Block, der fast das ganze Zimmer einzunehmen schien. Aus der Kolosshaftigkeit stachen grau und sezierend ihre Augen heraus. Sie sah ihn an, durchdringend und ohne Wimpernschlag, und da wusste er, dass er bereits verloren hatte. Aber er gab nicht auf, er würde den Kampf aufnehmen. Warum sagte sie nichts? »Hallo! Ich wollte mal wieder – wie geht's dir denn?«

Amalies Blick änderte sich minimal, von Gefühllosigkeit zu Verachtung. »Was willst du?«

Er stolperte nach vorn. »War lange nicht hier. Wie gesagt, ich wollte mal wieder – dir geht's besser, oder? Du siehst gut aus.«

Amalie Mewes verschränkte die Arme über dem Bauch und sah ihn unverwandt an.

Dieter Mewes blickte in alle Richtungen. Erst nahm er gar nichts wahr. Die macht mich fertig, dachte er. Aber dann riss er sich zusammen. Ein Krankenhausbett, ein Gehwagen, zusätzlich Krücken, ein Nachtstuhl. Mein Gott, was das alles kostete. Er hatte gehört, dass sie auch eine Pflegerin eingestellt hatten. Die täglich kam und das mehrmals am Tag. Warum konnte das die Schnecke nicht allein übernehmen? Scheiße! Die Tausender seiner Alten verschlang der Pflegedienst. Ein gefräßiger Drache, der schluckte und schluckte ... »Kann ich mich irgendwo hinsetzen?«

Amalie Mewes wies schweigend auf einen weit genug entfernten Stuhl. Das ist gut, dachte er. Wenn ich ihr zu nahe komme, spuckt sie noch Feuer aus. Aber konnte ein Eisblock Feuer spucken?

Er blickte unsicher zu ihr hinüber. »Ich höre«, sagte sie.

»Was meinst du damit?«

Amalie Mewes' farblose Brauen zogen sich zusammen. »Früher hast du deine Schmutzwäsche hier abgeladen. Nachdem du dich offensichtlich nicht mehr wäschst, steht jetzt was anderes auf dem Programm. Also: Wie viel Geld brauchst du?«

»Ich – ich – «

»Hat's dir die Sprache verschlagen?«

Dieter Mewes ließ seine Hände umeinander kreisen. Seine Haut hatte sich gerötet. »Du weißt, was mit mir ist. Ich bin arbeitslos. Ich muss in die Suppenküche gehen.«

»Na, na. – Warum bist du denn deinen Job als Automechaniker losgeworden? Weil du dich nicht einfügen konntest. Wenn ich daran denke, wie mein Vater – ach!« Sie winkte ab, als sei er weiterer Erörterungen nicht wert.

»Scheißjob. Das hat doch sowieso keine Zukunft. Die Händler sind ja selber pleite. Aber eurem Nobby, dem habt ihr alles in den Arsch gesteckt. Geophysiker! Wenn ihr mir auch so eine Ausbildung – «

Nein, es hätte ja nichts genützt. Er war und blieb ein Ausgestoßener. Unehelich. Eine Tante hatte ihm erzählt, dass seine Mutter während der Schwangerschaft immer wieder wie eine Verrückte von einer Kommode gesprungen war. Aber er hatte es überlebt. Sein leiblicher Professoren-Vater vergnügte sich inzwischen mit seiner dritten Frau und dachte gar nicht daran, ihm von seinem Wohlstand etwas abzugeben.

»Wir wollen hier nicht über deine mangelnden Fähigkeiten debattieren. Also: Wie viel?«

»Es geht mir nicht darum, aus dir ein paar Hunderter herauszuleiern.«

»Ach nee.«

»Ich habe in der Zeitung gelesen, dass ein Erbe auch vorzeitig ausgezahlt werden kann. Als Schenkung. ›Mit warmen Händen schenken‹, heißt das. Das ist steuerlich günstiger.«

»Seit wann liest du Zeitung? Und seit wann verstehst du was von Steuern?« Amalie Mewes lachte höhnisch auf. Erst leise und scharf, dann immer lauter. Ihr Lachen steigerte sich bis in einen Krampf, der nicht mehr aufzuhören schien, bis er endlich in einer prustenden Ermattung abebbte. Sie zog ein Taschentuch hervor und wischte sich über die Stirn. »Vorzeitig«, wiederholte sie. »Damit meinst du vor meinem Tod.«

»Ja – äh – ich dachte – «

»Du gehst jetzt besser«, sagte Amalie Mewes. Ihre Stimme hatte einen schneidenden Unterton angenommen.

»Gib mir wenigstens einen Hunderter.« Er richtete sich auf, in einer Art verzweifeltem Stolz. »Immerhin bin ich dein Sohn.«

Seine Mutter sagte nichts mehr. »Regine!! Kommst du mal?«

Der Befehl war so laut gewesen, dass die Schwiegertochter umgehend auf der Schwelle stand. »Ja?«

»Gib ihm hundert Euro.« Amalie Mewes wandte sich ab und griff nach einem Glas Wasser. Sie schluckte so intensiv, als müsse sie eine komplette Lebensphase wegspülen.

Regine reichte ihrem Schwager mit spitzer Hand

einen Schein und ging zum Flur. Während er hinaus-
wankte, schob sie die Tür so schnell hinterher, dass
sie ihm fast ins Kreuz stieß.

12

Die Sonne fiel streifig ins Zimmer, in ihrem Licht tanzte Staub. Werner Danzik saß mit verquollenem Gesicht am Schreibtisch und warf das zirka fünfzehnte Tempo-Taschentuch in den Papierkorb. »Dir geht's nicht gut«, stellte Torsten Tügel fest.

»Ach was, das macht mir überhaupt nichts.« Danzik knipste mit mürrischem Gesicht eine Tablette aus der Packung und griff zu einem Glas Wasser.

»Diese Antihistamine sollen ja müde machen.«

»Tun sie aber nicht. Wie oft soll ich dir das noch erklären?«

»Klar Chef, aber warum sprichst du dann so schleppend?«

Danzik machte mit der Hand ein »Lass das!« und schlug in einer heftigen Bewegung die Akte auf. »Was haben deine Recherchen zu dem Tarot-Spiel ergeben?«

»In der Holthusen-Wohnung haben wir kein Tarot-Spiel gefunden. Ansonsten habe ich sämtliche Eso-Shops abgeklappert: ›Mandala‹, ›Hier und Jetzt‹, den ›Crystal-Lebensladen‹ und so weiter.«

»Wie viele waren es?«

»Zehn.«

»Und?«

»Alle Läden haben dieses Spiel verkauft, allerdings nur wenige Male. Es ist seit drei Monaten auf dem Markt und sehr teuer.«

»Wer hat es gekauft?«

»Tja, wer, Werner? Du erwartest ja wohl keine Namen, oder? Jedenfalls haben es nur Frauen gekauft, man kennt die Gesichter, weil die immer wieder kommen, aber man kennt die Namen nicht.«

»Dennoch sind das Stammkundinnen.«

»Ja. Übrigens sind auch sämtliche Ladeninhaber Frauen, und so hab ich einfach mal meinen Charme spielen lassen ...«

»Deinen Charme.« Danzik blickte noch immer mürrisch.

»Ja, natürlich. Alle zehn sind zur Kooperation bereit und werden beim nächsten Besuch der Kundinnen irgendwie die Namen rauskriegen. Unter dem Vorwand, sie wollten sie in eine Kartei aufnehmen, sie über Neues informieren und so weiter. Außerdem haben einige Kundinnen mit Scheckkarte bezahlt, so dass wir diese Namen vorab kriegen.«

»Alle Achtung, wie hast du das gemacht?«

»Na ja, zusätzlich zu meinem berühmten jungenhaften Lächeln hab ich noch meine esoterische Ader hervorgekehrt und jeweils ein Wahrsagebüchlein gekauft.«

Danzik brach in ein herzliches Lachen aus. »Du hast jetzt zehn solcher Bücher zu Haus?«

»Sind doch nur kleine Hefte.«

»Na wunderbar.« Danzik lachte noch immer. »Dann nehmen wir jetzt einfach die Hefte, schauen in die Zukunft und lassen uns verraten, wer uns als Mörder ins Netz geht.«

Tügel schwieg. Er schaute ein wenig beleidigt.

Danzik zupfte versonnen an seinem Schnauzer. »Im Zusammenhang mit solchen Kartenspielen stellt man sich immer vor, dass eine Zigeunerin in die Wohnung kommt, vielleicht auch noch aus der Hand liest und dann mit einem Obolus von dannen zieht.«

»Ausgeschlossen. Wer lässt heute noch Fremde ins Haus? Übrigens: Zigeuner sagt man nicht mehr. Also, selbst wenn sich nun solche Sinti und Roma eingeschlichen hätten, dann hätten sie höchstens was gestohlen. Und wenn sie nicht gestohlen, sondern einen Raubmord begangen hätten, dann hätten sie vielleicht zugestochen oder zugeschlagen. Aber so ein Medikamentencocktail – «

»Du hast ja Recht, Torsten. So oder so: Die Person wurde hereingelassen, es muss eine Verabredung gegeben haben.« Danzik seufzte. »Na, hoffentlich kommen wir mit deinen Tarot-Kundinnen weiter.«

»Bestimmt, Chef.«

»So, und jetzt lassen wir mal die Tarot-Spur. Ich war inzwischen bei der Bank und hab mich nach den finanziellen Verhältnissen der Holthusens erkundigt. Und da wirst du staunen: Die Firma Holthusen steht kurz vor der Insolvenz!«

»Nein!«

»Doch. In der Speicherstadt wurden die Mieten erhöht, der Teeabsatz geht zurück, und sie mussten deshalb schon Mitarbeiter entlassen.«

»Ich denke, Tee, Hamburg und anglophil sein, das gehört zusammen.«

»Falsch gedacht. Wo gehst du hin, wenn du dich kurz entspannen willst? Etwa in eine Teestube?«

Torsten Tügel drehte an seinem Ohrring. »Ich kenn keine. Außerdem trinke ich keinen Tee.«

»Eben. Wo gehst du also hin?«

»In einen Coffeeshop.«

»Richtig. Du trinkst da deinen Latte macchiato, und das nennt sich Lifestyle. Wer ist denn der wirkliche König in Hamburg? Nicht der Teekönig, sondern der Kaffeekönig, Darboven.«

»Erstaunlich.« Torsten Tügel griff unwillkürlich nach seiner Kaffeetasse. »Aber die Gesundheitswelle, der ganze Meditationskram? Grüner Tee, Rooibustee und wie das alles heißt?«

»Offensichtlich eine zu kleine Käuferschicht. Der Normalbürger trinkt Kaffee. Und die Youngsters auch. Schau dir die Coffeeshops mit ihren diversen Trend-Kreationen an. Früher gab's ja überall die Witt-hüs-Teestuben ...« Danzik winkte ab. »Na, das kennst du nicht mehr.«

»Und was heißt das nun für unseren Mordfall?«

»Ganz einfach. Dass der Alte ein Motiv hat. Dramatische Finanznot, der letzte mörderische Ausweg, um sich vor dem Ruin zu retten.«

Tügel kaute zweifelnd an seinem Stift.

»Das ist doch ganz klar. Durch den Tod seiner Frau hat er jetzt ihr Privatvermögen von zwei Millionen geerbt. Außerdem noch eine Million aus der Lebensversicherung, die er auf sie abgeschlossen hat.«

»Wow!«

»Ja, wow. Um nicht zu sagen cool.« Danzik hatte sich in gute Stimmung geredet und haute energiegeladen auf den Tisch. »Wir werden den alten Holthusen überwachen lassen. Und heute Abend gehen wir erst mal zur Vernissage. In die Singer-Galerie. Da werden nämlich posthum die neuen Blumenbilder der Ermordeten gezeigt. Da werden wir mal einiges durchleuchten. Die Galeristen-Ehefrau, die seinerzeit mit der Hundeleine auf Elisabeth Holthusen eingedroschen hat, sollten wir unbedingt kennen lernen.«

»Heute Abend«, sagte Torsten Tügel gedehnt.

»Ja, 19 Uhr. Ist irgendwas?«

»Ich habe mich mit Britta in der Tapas-Bar in Eppendorf verabredet.«

Danzik lächelte. »Hieß sie nicht Sandra?«

Tügel errötete leicht. »Nein, ich bin wieder mit Britta zusammen.«

*

Die Galerie »Flower Art« residierte in einem weißen Patrizierhaus in der Magdalenenstraße. In Pöseldorf, dem feinen Viertel, in dem Jil Sander einst ihr Modeimperium gegründet und Antiquitätenhändler Eduard Brinkama seinen architektonischen Ehrgeiz mit Renovierungen ausgetobt hatte. Die vielen Galerien waren immer noch hier, nun aber leise, fast inexistent, und medienwirksame, mit Paradiesvögeln bestückte Ausstellungseröffnungen tauchten nur noch selten in der Gesellschaftsspalte des »Hamburger Abendblattes« auf. »Flower Art« war da eine Ausnahme. Die Blumenbilder, auf die sich der ebenso »schöne« wie geschäftstüchtige Erik Singer spezialisiert hatte, verkauften sich wie von selbst. Der Trick: keine Hausfrauen-Stümpereien aber auch keine hohe Kunst. Ein Niveau dazwischen, das Elisabeth Holthusen meisterhaft bedient und sie zur Zugnummer der Galerie gemacht hatte. Romantik-Bilder mit einem Hauch Patina, ohne den Glanzlack heutiger Ölgemälde, gemalt nach Art der alten dänischen Schule und dennoch zeitgemäß. Das kam an.

Danzik und Tügel schoben sich durch die Massen hereindrängender Besucher in den Ausstellungsraum. In ihr Blickfeld gerieten mattgolden tapezierte Wände, darauf, nur bruchstückhaft zu sehen, die Blumenbilder der Verstorbenen. In einer Ecke bearbeitete ein junger Klavierspieler mit routinierter Melancholie die Tasten. Chopin, stellte Danzik fest, dem Anlass also angemessen. Schließlich war eine Tote zu ehren, eine gerade Ermordete, um genau zu sein. Bei der Kleidung des Publikums dominierte wie immer rabenschwarzer Minimalismus, was zu dem Trauerfall sogar passte. Eine lüsterne Unruhe lag in der Luft, Köpfe drehten sich unaufhörlich hin und her, als warte man, dass gleich etwas Sensationelles passieren würde.

Danzik und Tügel standen eingemauert in der

dunklen Menge, die Sektgläser vor die Brust gepresst, und lauschten angespannt auf die ersten Kommentare. Vorn neben einem Stehpult in Vogelaugen-Ahorn beugte sich gerade Henri Holthusen über die Hand einer dauergewellten, etwa 50-jährigen Blondine, deren dreireihige Perlenkette mit ihren Zähnen um die Wette blitzte. »Er sieht nicht besonders traurig aus«, zischte neben Danzik eine weibliche Stimme. »Na, den Ersatz hat er doch schon lange gefunden«, hörte er eine tiefere Frauenstimme antworten.

Danzik drehte sich herum. »Das ist wohl Madeleine Singer?«

»Sie kennen Sie nicht?« Das alte Gesicht vor ihm blickte erstaunt, der Mund fletschte sich zu einem Lächeln. »Das sollten Sie aber schnellstens nachholen.«

»Oder haben Sie etwa Angst vor Hundeleinen?«, kicherte die Jüngere. »Ich hab's gelesen«, lächelte Danzik. »Aber ich bin natürlich nicht so eingeweiht wie Sie. Sie sind sicher viel besser informiert.«

»Wieso? Halten Sie uns etwa für Klatschweiber?« Das Raubtiergebiss klappte zu. »Aber nein. Sie gehören im Gegensatz zu mir eben dazu.« Danzik sah ihr in die kalten, gelb-grauen Augen. »Und ein bisschen Klatsch tut doch jeder Seele gut, oder?«

Torsten Tügel starrte weiter nach vorn, er schien nur noch aus Ohren zu bestehen. »Da haben Sie Recht«, sagte die Ältere und fixierte Danzik mit einem Frau-zu-Mann-Blick.

»Und was sagt Erik Singer zu dem Verhältnis? Ist der nicht eifersüchtig?«

Die Raubtier-Dame winkte ab. »Ach, was. Geschäft, Geschäft, Geschäft. Die Holthusen war und ist sein bestes Pferd im Stall. Da legt er sich doch nicht mit dem Gatten an.«

»Ein Duell, das hätten Sie wohl gern?«, gluckste die Jüngere. »Gibt's aber heute nicht mehr.« Sie beugte sich näher. »Außerdem soll der doch selbst mit der Lissy Holthusen ... Weil nämlich seine Frau an Sex nicht mehr interessiert ist.«

Danzik blickte zwischen Sprayhaar-Köpfen nach vorn, wo Madeleine Singer mit angestrengtem Dauerlächeln weitere Spezialgäste begrüßte. Ihre tief liegenden blauen Augen funkelten gekonnt.

Insgesamt eine attraktive Erscheinung, konstatierte Danzik. Eine Frau ohne praktizierenden Sex? Wirklich das frigide Zickenmodell?

Tügel stieß ihn an. »Keine nennenswerten Frauen in Sicht.«

»Deshalb bist du doch wohl nicht hier!« Danzik fauchte, wenn auch im Flüsterton.

In dem Moment trat Erik Singer ans Pult. »Der schöne Erik«. Schön, dachte Danzik. Das musste schon etwas her sein. Ein übergroßer Typ, wahrscheinlich über einsneunzig, zerfurchte Züge, balkige dunkle Brauen unter dichtem grauen Haar. Was war die männliche Aura daran? Ein schiefes Lächeln hing ihm im Mundwinkel, auch an diesem Tag, war es das, was die Damen bezauberte?

Danzik trat von einem Fuß auf den anderen. Eine Rede durchstehen – was konnte schlimmer sein? Aber er und Tügel mussten zuhören, genau sogar. Am Ende war es dann doch das Übliche gewesen. »... eine begnadete Künstlerin ... Werke, die sich in ihrer unverwechselbaren Handschrift nicht nur im Heute einprägen werden ... grausamer Schlusspunkt eines Lebens, das noch so viele Möglichkeiten barg ... wer sie uns nahm, wissen wir noch immer nicht, die Polizei tappt im Dunkeln ...«

An dieser Stelle zuckte Danzik zusammen. Er blickte zur Seite zu den Damen, als hätte man ihn entlarvt. »Typisch«, sagte die Ältere. »Von denen kann man nichts erwarten.«

»Wer könnte sie denn ermordet haben?«, flüsterte Danzik. »In diesem Raum liegen doch alle Motive beisammen.«

»Ach, was. Das sind doch keine Beziehungsdramen, das sind Arrangements, die keinem wehtun.«

»Aha. Na dann ...« Danzik und Tügel schlossen sich erleichtert der Menge an, die sich jetzt nach allen Seiten auflöste.

Wo gibt's denn hier Stühle, fragte sich Danzik. Natürlich gab es keine. Das war bewusst so angelegt, die Inneneinrichter waren von ihren Auftraggebern entsprechend gebrieft. In diesem Fall: Alles schön im Fluss halten, nicht sitzen, sondern Bilder anschauen. Und die dann möglichst auch kaufen.

Wie aufs Stichwort stand plötzlich die Architektin Isabel Ackermann vor ihnen. »Oh, die Herren Ko – «

»Psst!« Danzik legte die Hand auf den Mund. »Wir sind inkognito hier.«

»Wie aufregend!« Anja Holthusens Freundin glitzerte die Kommissare aus kajalumschwärzten Augen an. »Diese Einrichtung hab *ich* gemacht. Alles von mir. Von der Sternchen-Beleuchtung bis zum goldenen Gästebuch.«

»Alle, Achtung!«, sagte Tügel, und es war nicht ganz klar, ob er ihre Kreationen oder ihren Busen unter dem getigerten Shirt meinte. »Nein, ich gehe nicht in Schwarz«, sagte sie, als hätte sie seine Gedanken erraten. »Bin ich blöd? Diese Eulen sehen doch alle gleich aus.«

»Stimmt«, sagte Tügel und ließ den Blick nicht von ihr los.

Danziks Jagdfieber hatte ein anderes Ziel. »Sie kennen also die Singers? Die Singers wie die Holthusens?«

»Natürlich.«

»Hatte Madeleine Singer ein Motiv, Elisabeth Holthusen zu ermorden?«

»Kommen Sie mal mit.« Isabel Ackermann tänzelte los und machte in einem kleinen Durchgang Halt. Sie zeigte auf die Aquarelle an der Wand. Bilder mit Tulpen, Rosen und anderen Blumen. »Die hat Frau Singer gemalt.«

»Hmm«, machte Danzik und trat näher heran. Die Beherrschung von Wasserfarben hatte er sich anders vorgestellt. Die Motive wirkten schwer und ungelenk, statt schwebender, zerfließender Leichtigkeit trat einem etwas Lastendes, wie an den Boden Genageltes entgegen. »Verkaufen sich überhaupt nicht«, wisperte Isabel Ackermann. »Seit einem Jahr hängen die hier. Nur, weil es seine Frau ist, opfert Erik diese Wände.«

»Erik?«, fragte Danzik.

»Nun ja, er ist nicht nur mein Auftraggeber, sondern auch ein Freund geworden.«

»Seine Gattin mögen Sie weniger?«

»Sicher mag ich sie. Schließlich hat sie mir schon Aufträge verschafft.« Die Innenarchitektin trat dicht heran, so dass die Kommissare ihr orientalisches Parfum riechen mussten. »Ich wollte Ihnen ja nur einen Tipp geben. Madeleine hat Elisabeth Holthusen gehasst, weil Erik ihre Bilder in den Himmel gelobt hat. Im Gegensatz zu ihren eigenen. Und auch sonst hieß es ja nur noch: Lissy hier, Lissy da ...«

»Sie hatten ein Verhältnis?«

»Und ob. Die Holthusen war ein scharfer Feger, sah ja auch zehn Jahre jünger aus.«

»Eine interessante Spur«, meinte Tügel.

»Sag ich doch. Ich musste das mal loswerden, weil Sie ewig meine arme Freundin im Visier haben.«

»Anja Holthusen«, sagte Danzik.

»Ja, die Anja. Was Absurderes gibt's ja wohl nicht. Also, ich muss dann mal wieder ... Ciao, ciao!«

Die Kommissare sahen ihr nach, wie sie sich in ihrem Ledermini durch die Stehtisch-Reihen schlängelte.

»Jetzt wird's ernst«, sagte Danzik. »Wir nehmen uns die Galeristin vor. Und zwar ganz offiziell.«

Die Kommissare schauten sich um. »Da hinten in

der Ecke«, sagte Tügel, der seinen Chef noch um ein gutes Stück überragte und somit den besseren Überblick hatte.

Madeleine Singer hatte für sich und ihren Freund, den 78-jährigen Henri Holthusen, zwei rostrote Korbstühle organisiert, und beide flirteten ebenso vertraut wie ungehemmt. Die Galeristin schien ihre Gastgeber- und Geschäftspflichten abgehakt zu haben, ihr Doris-Day-Lächeln wirkte jetzt entspannter.

Danzik beugte sich halb hinunter. »Frau Singer? Danzik, Kriminalpolizei. Mein Kollege Tügel.«

Über das Gesicht der Galeristin lief ein jähes Erschrecken, sie blickte sich hastig nach allen Seiten um. »Keine Sorge, wir behandeln das diskret«, sagte Danzik gedämpft.

Henri Holthusen war schon bei den ersten Worten des Kommissars aufgesprungen, sein Gesicht hatte sich in Sekunden gerötet, und es sah aus, als wolle er gleich zuschlagen. »Was wollen Sie hier? Erst verdächtigen Sie mich, und jetzt belästigen Sie auch noch Frau Singer. Unerhört ist das.«

»Lass nur, Henri.« Madeleine Singer hatte sich erhoben und sah Danzik an. »Ich stehe zu Ihrer Verfügung. Allerdings verstehe ich nicht ganz, weshalb Sie ausgerechnet mich – «

»Können wir irgendwo ungestört sprechen?«

»Bitte kommen Sie.«

»Madeleine – « Holthusen streckte hilflos die Arme aus. »Nein, Sie bleiben hier«, sagte Danzik.

Der Tee-Importeur sah den dreien empört hinterher, dann ließ er sich wieder in den Sessel fallen und griff nach seinem Sektglas.

Madeleine Singer führte die Kommissare in ein kleines, mit Kunstmagazinen, Katalogen und Papieren überhäuftes Büro und bat sie, auf einem graphitgrauen Sofa Platz zu nehmen, während sie sich auf der Kante eines ebenfalls graphitgrauen Sessels niederließ.

Sie hatte noch immer ihr Glas in der Hand, es schien, als wolle sie sich daran festhalten. Sie setzte ihr breites Lächeln auf. »Ja, also dann ... worum geht es denn eigentlich? Wie Sie wissen, habe ich für mein Vergehen bezahlt.«

»Ja, 2000 Euro Geldstrafe für Körperverletzung, das wissen wir«, sagte Danzik. »Die Frau mit der Hundeleine. Junge, Junge.« Tügel grinste, während er die Galeristin unverhohlen betrachtete. »Frau Singer«, sagte Danzik, »es geht um den Mordfall Elisabeth Holthusen. Wo waren Sie am 18. März?«

»Wieso?« Jetzt stellte Madeleine Singer doch ihr Glas ab. »Wollen Sie etwa andeuten, dass ich damit etwas zu tun haben könnte?«

»Der Hundeleinen-Fall ist zwar abgeschlossen, aber immerhin hatten Sie Frau Holthusen schon einmal blutig geschlagen. Und es ist kein Geheimnis, dass Sie Ihre Konkurrentin aus Eifersucht und Neid mit Hass verfolgt haben. Ihre eigenen Bilder – «

»Meine eigenen Bilder sind Kunst und werden von anerkannten Kennern geschätzt, während die Pinseleien der Holthusen nur reine Kommerzware sind.«

»Die Pinseleien verkaufen sich aber hervorragend.«

»Eben. Warum sollte ich also die Kuh, die uns ernährt, schlachten?« Die Augen der Galeristin funkelten auf. »Und überhaupt – nur, weil ich der mal ein
paar verdiente Striemen verpasst habe, soll ich gleich
eine Mörderin sein?«

Danzik seufzte und schluckte ein paar Mal trocken.
Jetzt könnte er ein Glas Wasser gebrauchen.

Tügel schlug die Finger gegeneinander. »Wo waren Sie am 18. März? Den lückenlosen Ablauf bitte.«

Madeleine Singer sah den jungen Kommissar spöttisch an. »Sie glauben doch wohl nicht, dass ich über
mein Leben Buch führe?«

»Rekonstruieren Sie den Tag«, sagte Danzik.

»Da müsste ich mal meinen Kalender – «

»Tun Sie das!«, sagte Danzik.

Madeleine Singer setzte sich hinter den Schreibtisch und entfaltete raschelnde Geschäftigkeit. Endlich
hatte sie den gesuchten Kalender in der Hand. »Mein
Mann und ich hatten einen wichtigen Kunden zu Besuch, Doktor Thomasius aus Berlin. Vormittags war
er hier in der Galerie, dann haben wir ihn zum Essen
ins ›Rexrodt‹ am Hofweg geführt, anschließend haben wir mit ihm noch das ›Antikcenter‹ besichtigt.«

»Schreiben Sie uns die Adresse von diesem Doktor
Thomasius auf. – Wann und wo haben Sie sich von
ihm getrennt?«

»So gegen 17 Uhr. Wir sind vom Antikcenter zum
Hauptbahnhof gegangen, und dort hat er ein Taxi zum
Flughafen genommen.«

Die Kommissare sahen sich an und schüttelten in

leiser Verzweiflung den Kopf. »17 Uhr«, murmelte
Danzik. »Wo waren Sie danach?«

»Wieder in der Galerie. Bis 20 Uhr. Wir hatten ja
einiges nachzuholen.«

»Also zusammen mit Ihrem Mann?«

»Ja.« Madeleine Singer lehnte sich zurück und
spielte mit einem goldenen Kugelschreiber. Ihre zu-
rückgewonnene Sicherheit wirkte fast provozierend.
»Wenn Sie Ihren Mann dann bitte holen würden ...«

»Wie Sie wünschen.« Die Galeristin hob ihre Brau-
en und stand auf. Kurz darauf kam sie zurück, hinter
ihr, die volle Türhöhe füllend, ihr Gatte Erik Singer.

Der blickte erstaunt, dann berichtete er mit schie-
fem Lächeln seine Version zum 18. März. Sie stimmte
mit der seiner Frau in allen Punkten überein.

*

»Tschüs, bis morgen.« Danzik sah Tügel nach, wie
er pfeifend und mit federnden Schritten davonging.
Diese Sorglosigkeit! Dabei steckten sie im Fall Holthusen ganz grauslich fest. Fühlte sich der Kollege un-
bewusst weniger verantwortlich als er? Einfach, weil
er jünger war und ihn, Danzik, als Chef noch über sich
hatte? Oder war es nur seine persönliche Art, dieses
unbekümmerte »Es wird sich schon richten«? Aber
er sollte Torsten nicht Unrecht tun, der junge Kollege
arbeitete präzise und fleißig, im Nachhinein musste
man das ohne Wenn und Aber zugeben.

Andererseits: Wann würde sich denn endlich was

richten?, dachte Danzik zum wiederholten Male. So, wie die Dinge zurzeit standen, sah im Fall Holthusen alles hoffnungslos aus. Er brauchte jetzt einen Absacker. Nein, nicht zu Hause, sondern in einer richtigen Kneipe. Ja, es war untypisch für ihn, im selben Moment stellte er es innerlich lächelnd fest. Aber er brauchte es jetzt. Allein sein unter Menschen, in einem Lokal, in dem man nichts von ihm wollte. Still entspannen nach dem ganzen Geplapper und Gesurre in der Galerie, das ihn doch etwas ermüdet hatte.

Danzik steuerte die nächste Kneipe an und setzte sich ins ›Zwick‹. Eigentlich ein In-Lokal und deshalb nicht gerade sein Ding. Aber das war jetzt egal. Außerdem waren Udo Lindenberg, Werner Böhm und Consorten heute nicht zu sehen. Er wählte einen dämmrigen Eckplatz und beugte sich über ein großes Pils. Er, der Weintrinker, trank Bier. Aber er fühlte sich wie ausgetrocknet, ausgepresst von all den Verdächtigen, vielmehr: Nicht-Verdächtigen, die an seiner nervlichen Substanz zehrten. Dabei hätte es umgekehrt sein müssen: Er, als Kommissar, holt aus ihnen alles heraus und fügt es zu einem schlüssigen Bild zusammen.

Von wegen. Nichts passte im Fall Holthusen zueinander. Danzik trank in großen durstigen Schlucken, als könne der nächste Schluck die entscheidende, alles auflösende Erkenntnis bringen. Doch bei längerem Nachdenken verwirrte sich alles nur noch mehr. Ein junger Typ mit Baseball-Kappe, der schräg gegenüber saß, nickte ihm freundlich zu, doch Danzik verzog nur den Mund und tauchte wieder in sein Bier.

Eigentlich war diese Unruhe doch nichts Neues. Sie befiel ihn zuverlässig immer in der Phase, in der die Fährte noch nicht fest stand. Die Fährte mochte ja falsch sein, das spielte keine Rolle, aber sie musste da sein. Und er musste von ihr überzeugt sein. Danzik schaute ohne Wahrnehmung auf die holzvertäfelte Wand. Vielleicht würde ja die nächste Lagebesprechung was bringen. Wenn Clausen, Bärwald und Rathjen dazukamen und sie die Erkenntnisse aus sämtlichen Spuren zusammenwarfen. Wenn man eine anständige Hypothese hatte ... Hauptsache, Doktor Kleinschmidt ließ sich nicht schon blicken. Diese arrogante und zugleich schneidige Art, mit der sich der Herr Kriminaldirektor entfernen würde, weil sie »nichts, aber auch gar nichts Konkretes« in Händen hatten ...

Danzik überlegte. Wie viele Fälle hatte es gegeben, die sie nicht aufgeklärt hatten? Dieses türkische Mädchen, das verschwunden war. Sicher ermordet, es konnte auch »nur« Entführung sein, jedenfalls gab es keine Spur. Was noch? Aus jüngster Zeit fiel ihm gerade mal ein zweiter Fall ein. Der Mörder des Kindes lief noch frei herum. Immerhin betrug die Aufklärungsrate bei Mordfällen über neunzig Prozent. Na also, es wird schon werden.

Motive, sinnierte Danzik. Kehr zurück zu den Motiven. Die Schwiegertochter, der Ehemann, die Galeristin. Die drangsalierte Putzfrau kam wohl nicht infrage. Der Mörder ist immer der Gärtner – Danzik lachte leise in sich hinein. Wer hat das stärkste Motiv? Ich weiß es nicht, gestand er sich ein. Alle hatten Alibis, und es sah nicht danach aus, als ob man eins von ihnen würde knacken können. Die Spuren – alle nicht registriert, nicht identifizierbar. Wie sollten sie da weiterkommen? Augenzeugen ranholen, er musste die Presse einbeziehen. Außerdem Beschattung von Henri Holthusen, dem Hauptverdächtigen. Und wenn sie nicht genehmigt wurde? Danzik ließ den Rest Bier im Glas und bezahlte. Geh nach Hause, alter Hase, morgen ist auch noch ein Tag. Plötzlich musste er an Laura denken. Er eilte aus dem Lokal und sog tief die weiche Luft des Frühlingsabends ein.

13

Sirenen drangen schmerzhaft heulend in die Ohren,
Blaulicht flackerte in die Fenster, Wagen um Wagen
raste durch die ruhige Villengegend. Es brannte. Bei-
ßender Rauchgeruch breitete sich über das ganze Harvestehuder Alleenviertel und stieg den Zuschauern
scharf bis in die obersten Nasengänge. Aber sie schienen es nicht zu bemerken. Sie hatten sich, soweit es
die Absperrungen zuließen, zu einem dichten Klumpen geballt und starrten hinüber zu dem Gelbklin-
kerhaus in der Parkallee Nummer 24. Was sie sahen,
glich einem mittleren Inferno: Flammen loderten in
großen Wellen aus den Fenstern des Hochparterres,
züngelten bereits zum ersten Stock, darüber schob
sich dichter grauer Qualm bis hoch in den blassblau-
en Himmel. Rund dreißig Feuerwehrleute, bewehrt
mit Atemschutzgeräten und Schläuchen, versuchten
zu löschen und ein Übergreifen der Flammen auf die
oberen Stockwerke zu verhindern.

Unten vor dem Haus spielte sich ein nicht minder
aufregendes Spektakel ab. Feuerwehr- und Rettungs-
wagen blockierten die Straße, Notärzte und Sanitä-
ter rannten hin und her und führten in Decken ge-
wickelte Bewohner ins Freie. Eine etwa 70-jährige

eulenäugige Frau hielt zitternd ihre graue Strickjacke zusammen und schaute wie in einem zwanghaften Rhythmus immer wieder zum Haus empor. In den Reihenvillen ringsum hatte es inzwischen sämtliche Bewohner, die an diesem Mittag zu Hause waren, an die Fenster getrieben.

Eben war auch die Polizei eingetroffen. Werner Danzik und Torsten Tügel sprangen aus dem Auto, das Lichtsignal zuckte weiter, aus den nächsten Wagen quollen Streifenbeamte, Spurensicherer in ihren weißen Overalls, der Polizeifotograf und Doktor Urban, der Gerichtsmediziner. Die Streifenbeamten machten sich sogleich daran, die Zuschauermenge noch weiter zurückzudrängen, die Kommissare und ihr Team mussten erst mal warten. Noch war nicht daran zu denken, ins Haus zu kommen, eine komplette Evakuierung der wenigen Bewohner des zweiten Stocks schien aber nicht notwendig zu werden.

Plötzlich ein vielstimmiger gedämpfter Aufschrei. Eine Bahre wurde herausgetragen, auf ihr, rußgeschwärzt und wie leblos, eine kiloschwere alte Frau. Die Feuerwehrleute, die sie trugen, hatten ihr eine Beatmungsmaske übergestülpt. »Amalie!«, rief die Frau mit der Strickjacke. Sie brach in ein leises Schluchzen aus.

Danzik trat auf sie zu. »Danzik, Kriminalpolizei. Sie kennen die Frau?«

»Das ist Amalie Mewes, meine Cousine.« Das Schluchzen der alten Dame war in ein Wimmern übergegangen.

Danzik umfasste ihre Schulter. »Und wie heißen Sie?«

»Sophie Bäumer.«

»Sie waren mit Ihrer Cousine in der Wohnung?«

»Ja. Ich bin aus Pinneberg gekommen, um meine Cousine zu betreuen, weil – die Schwiegertochter ist für eine Woche nach Abano geflogen.«

»Und da sind Sie eingesprungen. War denn Frau Mehlis – «

»Mewes.«

»War denn Frau Mewes behindert?«

Sophie Bäumer schluchzte erneut auf. »Ja. Arthrose und Osteoporose und dann noch ein schwaches Herz. Sie brauchte rund um die Uhr Betreuung, konnte ja nicht mehr laufen. Und ich habe die Verantwortung übernommen – «

»Und eine zusätzliche Pflegerin gab es nicht?«

»Doch, die Dörte. Aber die hatte Urlaub.«

Danzik legte wieder den Arm um ihre Schulter. »Sie waren also allein mit Ihrer Cousine.«

»Ja, das heißt ganz allein war ich nicht. Kurz vorher war noch eine Freundin von Regine gekommen – also Regine, das ist die Schwiegertochter – , und die hatte sich erboten, das Mittagessen zu kochen. Wissen Sie, ich bin ja auch nicht mehr die Jüngste, und diese Verantwortung – «

»Ist die Freundin vor dem Brand gegangen?«

»Ja.«

»Wie lange davor?«

Sophie Bäumer überlegte. »Mindestens eine Stunde vorher. – Ist das wichtig?«

»Vielleicht. In welchem Raum waren Sie zum Zeitpunkt des Brandes? Und wie haben Sie den Ausbruch des – Unglücks erlebt?«

»Wir waren in Amalies Zimmer. Sie hat da alles, was sie braucht. Rollstuhl, Krücken, ihre Medikamente. Zuerst habe ich es ja gar nicht bemerkt, so gut riechen kann ich nämlich nicht mehr, aber dann plötzlich, ich wollte gerade wieder in die Küche, da schlägt mir dicker Qualm entgegen – «

»Aus der Küche?«

»Ja. Dicker Qualm, und da seh ich auch schon große helle Flammen – « Sophie Bäumer stockte und begann, wie in einem Anfall zu zittern.

»Sie sind in das Zimmer Ihrer Cousine zurückgelaufen.«

»Ja, sofort, natürlich. Aber sie lag – sie lag – ja im Bett, und da konnte ich nichts – « Ein neuer Weinkrampf nahm der alten Dame die Worte.

»Sie konnten nichts machen, weil Ihre Cousine zu schwer ist. Sie sind eine zarte Person, und deshalb ging es nicht.«

»Genau.« Sophie Bäumer sah den Kommissar aus wässrigen Augen dankbar an.

»Und da sind Sie dann die Treppe runter.«

»Ja, in die Diele. Und da habe ich gleich die 112 gewählt.«

»Gut gemacht. Und nun beruhigen Sie sich erst mal. Sie werden gleich ins Krankenhaus gebracht, um sicher zu gehen, dass Sie keine Atemschäden erlitten haben. – Torsten, nimm doch mal die Personalien der Dame auf.«

Kurz darauf übergab Danzik Amalie Mewes' Cousine den Sanitätern.

Wenig später traf Norbert Mewes am Unglücksort ein. Seine Tante hatte dem Kommissar die Nummer des Instituts gegeben, und so hatte Amalies Sohn die schlimme Nachricht am Arbeitsplatz erhalten. Er war mit dem Bus gekommen, deshalb hatte es etwas gedauert, und nun drängte sich Norbert Mewes durch die schaulustige Menge nach vorn. »Halt!«, sagte ein Uniformierter. »Sie können hier jetzt nicht durch.«

»Ich wohne hier. Mit meiner Mutter.«

»Bitte.«

Norbert Mewes machte ein paar Schritte, blieb dann aber zögernd stehen. Offensichtlich wusste er nicht, an wen er sich wenden sollte. Er sah bleich aus und blickte immer wieder irrlichternd nach allen Seiten.

In dem Moment trat Danzik auf ihn zu. »Darf ich fragen, wer Sie sind?«

»Norbert Mewes. Der Sohn. Meine Mutter – wo ist sie?«

Torsten Tügel hatte sich neben seinem Chef aufgebaut, überließ diesem aber die Gesprächsführung. »Danzik, Kriminalpolizei. Ihre Mutter wurde aus dem brennenden Haus gerettet, ist aber bewusstlos. Sie befindet sich auf dem Weg ins Krankenhaus.«

»Oh!« Norbert Mewes begann, seine Hände zu kneten. »Was ist denn hier eigentlich los? Und wieso ist die Polizei hier? Man sagte mir, es handle sich um einen Brand – «

»Richtig. Um einen Brand. Dessen Ursache wir zu

ermitteln haben. Vielleicht können Sie uns ja bei der Aufklärung etwas helfen?«

»Ich? Ich war doch gar nicht dabei.«

Danzik lächelte. »Das sehen wir. Aber sicher können Sie uns etwas über die Gewohnheiten Ihrer Mutter berichten.«

»Ich weiß nicht ... « Norbert Mewes strich sich hektisch eine dunkle Strähne aus der Stirn. »Ja, wir verstehen das, Herr Mewes.« Danzik legte dem augenscheinlich verstörten Mann eine Hand auf den Arm. »Sie stehen noch unter Schock. Wir werden Sie später im Präsidium befragen. Jetzt wollen Sie sicher erst mal zu Ihrer Mutter ins Krankenhaus fahren.«

Norbert Mewes blickte zu der rußigen Fassade hinüber. Die Feuerwehrleute hatten inzwischen die Flammen niedergekämpft, aber noch drangen rauchige Schwaden aus den Fenstern, und jeder konnte sich vorstellen, dass die Verwüstungen, nicht zuletzt durch das Löschwasser, immens sein mussten. »Und was ist mit unserer Wohnung?«

»Wir haben schon mit Ihrer Tante gesprochen. Sie hat sich natürlich Sorgen gemacht und will Sie solange, bis alles wieder in Ordnung ist, bei sich aufnehmen.«

»Ihre Frau ist verreist?«, schaltete sich Tügel ein. »Ja.« Norbert Mewes sagte nichts mehr, jedes weitere Wort schien ihn plötzlich zu erschöpfen. »Und wann kommt sie zurück?«

»In einer Woche.«

Die Kommissare sahen ihm nach, wie er davon-

schlich, den Trench wie schutzsuchend um sich gezogen.

Inzwischen waren die Bewohner aus den oberen
Stockwerken, ein Mann in mittleren Jahren und eine
junge Frau mit zwei Kindern, von Verwandten abgeholt worden, und das Polizeiteam konnte endlich die
verqualmte Wohnung der Familie Mewes besichtigen.
Die Menschenmenge löste sich auf.

Danzik und Tügel standen vor neuen Fragen: Wie
war es zu dem Brand gekommen? Würde Amalie Mewes diesen Unfall überleben? Oder war es gar kein
Unfall?

*

Nein, sie würde nie wieder Theaterkarten besorgen,
hatte Laura gesagt. Das sei nun das allerletzte Mal gewesen. Ewig dieses Zurückgeben, das sei ja schon langsam peinlich. Danzik seufzte, aber er lächelte dabei.
Nein, geschimpft hatte Laura nicht, das war nicht ihre
Art, dieser nörgelnd-schrille Ehefrauen-Ton. Aber eine
leicht resignierte Frustration hatte er schon herausge-
hört. Seine Ex war in solchen Fällen einfach abgezischt,
und damit hatte sich's. Aber Laura wollte – und das
machte ihn glücklich – etwas mit ihm gemeinsam erleben. Theaterbesuche schienen für Kommissare jedoch
nicht vorgesehen zu sein. Mit Mühe hatte sie noch Rest-
karten für den »Tod des Handlungsreisenden« bekommen. Mit Uwe Friedrichsen. Und dann alles retour.
»Macht nichts, das ist doch ein recht unerfreuliches

Stück«, hatte er dummerweise gesagt. Beim nächsten und nun letzten Mal hatte sie ihm strahlend die Karten zu »Liebe zu viert« hingelegt. Mit Anita Kupsch und Peer Schmidt. »Mit Lachgarantie«, hatte sie gesagt, »du hast ja sonst nichts zu lachen.« Und wieder retour. Morde suchen sich eben nicht nur die Tagesstunden aus.

Als Kommissar hatte man bei Frauen ständig etwas gutzumachen. Und so saßen er und Laura am Sonntagmittag beim Brunch. Ganz feudal in der sanftgrün gestylten Orangerie des Hotels »Interconti«. Durch die Rundum-Verglasung ging der Blick auf die sonnig blinkende Alster, auf kleine weiße Dampfer, die schnell das Wasser zerteilten, im Hintergrund die Silhouette der kupfergrün bedachten Prachtbauten. »Schön«, sagte Laura und sah von der Alster wieder auf den langen Büffet-Tisch. »Das war eine gute Idee.«

»Finde ich auch.«

Werner Danzik bestrich langsam das knusprige Brötchen und träufelte Himbeermarmelade auf die Butter. Ausführlich zu frühstücken mit all den mehr oder weniger ungesunden Leckereien, die man sich sonst verkniff, gehörte zu den schönsten Seiten des Lebens. – »Gute Luft hier.«

»Ja, nur ein einziger Raucher. Hinten in der Ecke.«

»Rauch habe ich jetzt wirklich genug gehabt. Der Brand in der Parkallee – «

»Glaubst du, dass das ein Mordfall ist?«

»Schwer zu sagen, die Ergebnisse stehen noch aus.« Laura griff abwechselnd zur Kaffeetasse und zu

einem Glas mit Blutorangensaft. »Hmm, köstlich. –
Aber an Mord denkst du doch immer, oder?«

Danzik verzog den Mund. »Klar, immer mit Witterung in der Nase und dem Bösen auf der Spur. Das
ist nun mal berufsbedingt.«

»Brände in Zusammenhang mit alten Leuten sind ja
wirklich häufig. Auch ohne kriminellen Hintergrund.
Brennende Adventskränze, nicht ausgestellte Kaffeemaschinen, Einschlafen mit angezündeter Zigarette
... da gibt's 'ne ganze Menge. Irgendwann wird man
wohl mehr oder weniger dement.«

»Dement«, wiederholte Danzik.

Plötzlich schob sich ein unangenehmes, irritierendes Bild in seine Gedanken: Seine Mutter, wie üblich mit Zigarette in der Hand, war eingenickt, noch
immer trug sie, auch am Mittag, ihren moosgrünen
Nylon-Morgenrock. Die Zigarette war ihr aus der
Hand gefallen, sie schreckte auf, aber da stand sie
schon in Flammen. Sie schaffte es noch bis zur Dusche, doch das Nylon war schon mit ihr verschmolzen, verschmolz immer mehr, Nylon und Haut war
nicht mehr auseinander zu halten, schreiend verbrannte sie ...

»Was ist los, Werner? Geht's dir nicht gut?«

»Doch. – Ab wann wird man denn dement? Du als
Medizinjournalistin musst es doch wissen.«

Laura probierte einen Kiwisalat. »Das ist vielleicht
'ne Frage. Im Alter kann das jederzeit passieren.«

»Und wann ist man alt?«

Laura überlegte. »Wenn man keine Lust mehr auf Sex und aufs Arbeiten hat.«

»Muss ich drüber nachdenken. Falls ich nicht zu dement dazu bin.«

»*Du*? Also, vor siebzig würde ich mir da keine Gedanken machen.«

Mutter ist 78, dachte Danzik. Statt mit einer Zigarette könnte es auch mit einer nicht abgestellten Herdplatte geschehen. Ist sie noch verantwortlich? Vielleicht muss ich sie wirklich bei mir aufnehmen. Nein, verflucht, kein Kind muss seine Eltern aufnehmen. Ist ja auch illusorisch. Betreuen kann ich sie schließlich sowieso nicht. Jeder erwachsene Mensch muss berufstätig sein, um seine eigene Rente zu erwirtschaften. Und eben deshalb gibt es ja die Heime. Jedenfalls bei uns hier. Im Orient gibt es keine Heime, die kennen das gar nicht, für jeden Gebrechlichen findet sich irgendein Verwandter. Habe ich überhaupt Verwandte?»Im Ernst«, lachte Laura. »Außerdem pass ich schon auf, wenn es mit dir geistig abwärts geht.«

»Andere beurteilen also die eigene Demenz und entscheiden über einen. Ob man noch in der Wohnung bleiben darf oder ob man ins Heim muss.«

»Ja, wenn man zur Gefahr für die Allgemeinheit wird. Das mit der Parkallee ist bestimmt so ein Fall. Aber Heim ist ja nicht per se was Schlechtes. Manche finden das auch gut, weil sie sich dort sicherer fühlen. Außerdem gibt es inzwischen so viele Formen: betreutes Wohnen, Generationen-Projekte und was nicht alles.«

»Das liegt aber nicht jedem. Manche wollen partout in ihrer Wohnung bleiben, auch wenn sie tot umfallen und da liegen bleiben.«

»Könnte mir auch so gehen. Wenn nötig, lass ich mir den Lifta-Treppen-Lift einbauen. Und du?«

Danzik griff nach ihrer Hand.

»Ich stelle mir vor, dass wir beide bis zum Schluss in unserer Wohnung leben.«

»In welcher?«

»Ja, in welcher?« Jetzt musste auch Danzik lachen. »Jedenfalls bleiben wir privat.«

»Aber einer oder eine bleibt übrig.«

»Immerhin rauchen wir nicht.«

»Das ist ja tröstlich. Zum Wohl, Werner! Auf uns Trinker!«

»Zum Wohl! Carpe diem!«

Laura stellte ihr Glas ab. »Pass auf, ich erzähl dir einen Raucherwitz. Das heißt, eigentlich ist es eine Nachricht aus der Zeitung. Also, einer raucht. Sagt der Arzt: Wir müssen Ihnen leider das linke Bein amputieren. Macht nichts, sagt der Raucher, ich hab ja noch das rechte. Leider müssen wir Ihnen auch das rechte Bein amputieren, sagt der Arzt. Macht nichts, sagt der Raucher, es gibt ja Rollstühle.«

»Hat die Geschichte eine Pointe?«

»Dann setzt er sich mit der Zigarette aus Versehen in Brand. Und weil er nicht mehr laufen kann, verbrennt er.«

»Nicht sehr witzig.«

»Stimmt. War eigentlich die alte Dame, die man bewusstlos aus dem Haus getragen hat, Raucherin?«

»Das wissen wir noch nicht. Jedenfalls war sie auf den Rollstuhl angewiesen, wie mir ihre Cousine sagte, und so gut wie gehunfähig.«

Danzik begann, anhaltend zu seufzen. Plötzlich türmte sich der Fall Holthusen vor ihm auf, und wie in einer Vision türmte sich auf diesen ein zweiter Fall: Mordsache Amalie Mewes. »Übrigens sind Brände oft auch Vertuschungsmorde.«

»Dann hättest du noch mehr am Hals. Freizeit ade.«

»So oder so kommt auf unser Team einiges zu. Die haben ja jetzt alle Kräfte für den Fall Timo Gerken abgezogen, du hast das sicher in der Zeitung gelesen.«

»Der kleine Junge, der noch immer verschwunden ist.«

»Ja. Insofern war es klar, dass wir hier ran müssen. Kleinschmidt hat sogar gesagt: ›Noch 'ne alte Frau. Das passt doch.‹«

»Dass Vorgesetzte immer so eklig sind.« Laura stand auf und fasste nach seiner Hand. »Komm, wir belohnen uns noch mit einem Tiramisu.«

»Wofür?«

»Ach, für alles.«

Brauchte man für ein Leben als Mordermittler ständig einen süßen Ausgleich? Nein, so schlimm war es nun auch wieder nicht. Schließlich konnte man ein Dessert auch aus purer Lebensfreude essen.

14

Die Firma ›Holthusen Teehandel‹ in der Speicherstadt
war für ein paar Tage geschlossen. »Geschlossen wegen Trauerfall.« Henri Holthusen und sein Sohn Thomas sowie Schwiegertochter Anja saßen im Wohnzimmer der Leinpfad-Villa und warteten auf die Bestatterin, um für die ermordete Lissy das Begräbnis
zu arrangieren.

Thomas lag auf einem der cremefarbenen Schabrackensofas und hielt sich die Hand über die Augen.
Bei allen Vorschlägen, die ihm sein Vater unterbreite-
te, zwang er sich nur ein »Mach, wie du denkst« ab,
ohne die Hand vom Gesicht zu nehmen. Henri Holthusen gab es auf und zog sich mit dem »Hamburger
Abendblatt« in seinen braunen Ledersessel zurück.
Fast unhörbar war Anja hereingeschlichen und stellte,
behutsam wie bei einem Kranken, das Tee-Tablett vor
ihrem Mann ab. »Du musst was trinken«, flüsterte sie.
»Wieso muss ich was trinken?« Thomas setzte sich
mit einem Schwung auf und blickte sie aggressiv an.

Anja wich zurück. Dann schenkte sie schweigend
Tee in drei Tassen. »Bitte.« Sie reichte eine ihrem
Schwiegervater hinüber, der aber abwinkte. Erregt

raschelte er mit der Zeitung und schlug mit der Faust auf die Seite. »Hier: ›ZEUGENAUFRUF IM FALL HOLTHUSEN‹ ...«

»Was?« Thomas sprang auf. »Zeig mal her!«

»Gleich, gleich.« Holthusen machte eine Bewegung, als müsse er ein Insekt verscheuchen. »Das ist ja wirklich ... und wieder ein Foto von Lissy ... anstatt dass sie mal was Positives über uns berichten ... Mord, das wird unserer Firma für immer anhaften, das ist ja geradezu geschäftsschädigend ...«

»Geschäft, du denkst bei Mutters Tod ans Geschäft!« Thomas' Stimme überschlug sich. »Gib jetzt die Zeitung her!« Er riss sie dem Senior aus der Hand und warf sich aufs Sofa.

Anja hockte zusammengekrümmt auf einem Sessel. Schweiß überzog ihren Nacken, die Innenflächen ihrer Hände waren feucht geworden. Wie ein großer, hilflos gewordener Vogel sah sie mit ängstlichen Blicken zu ihrem Mann, versuchte, in dem quälenden Warten einen Krumen Information zu erwischen. Aber Thomas ließ sich Zeit, schien einmal, dann Wort für Wort noch ein zweites Mal zu lesen. Endlich schlug er die Zeitung zusammen und schleuderte sie auf den Butler-Tisch. »Sie suchen Zeugen, die sich zur Tatzeit in der Nähe des Hauses aufgehalten und etwas beobachtet haben. Autos, Kennzeichen, auffällige Personen, jeder Hinweis kann wichtig sein. Es ist eine Belohnung von 4000 Euro ausgesetzt. – Na super. Meine Mutter ist 4000 Euro wert. Nur 4000 Euro!«

»Jetzt beruhige dich, das ist doch besser als gar nichts.« Henri Holthusen verschränkte die Arme. »Endlich kommt die Polizei mal auf Touren.«

Thomas sah seinen Vater verächtlich an. Er atmete tief durch und nahm einen Schluck Tee. Dann kam ihm eine Idee. »Vielleicht sollten wir die Belohnung aufstocken.«

»Aufs-tocken? Bei unserer finanziellen Lage? Das vergiss mal, mein Sohn. Aber schnellstens.«

»Darf ich?« Anja fasste vorsichtig nach der Zeitung. Sie faltete die Seite auf und ging unwillkürlich auf Abstand, als ihr das Porträtfoto mit Elisabeth Holthusen entgegensprang. Dann duckte sie sich wieder tief in das Blatt, sie fühlte ein aufkommendes, unbezwingbares Zittern, das von den Händen bis auf den Körper übergriff. Zeugen! War das möglich? Würde sich da jemand finden? Wenn ja, dann würde es wirklich gefährlich werden. Nach den Beschreibungen fertigte man ein Phantombild an, und dann ... Anja legte die Zeitung ab, ihre Hände waren jetzt vollkommen außer Kontrolle geraten. Diese Phantombilder, dachte sie, waren meist erstaunlich genau, sicher arbeiteten sie mit Computer. Und irgendwann, wenn sie den Verdächtigen erwischt hatten, kam die Gegenüberstellung ... oh, Gott, die Schnur zog sich immer enger zu. Sollte sie Regine anrufen? Die amüsierte sich jetzt mit Latin Lovers in Abano, wollte bestimmt davon nichts sehen und hören, und außerdem wurde wahrscheinlich das Telefon überwacht. Ich brauche was zu trinken, dachte sie, aber ich schaff's nicht, vielleicht würde mir die Tasse sogar runterfallen …

In dem Moment klingelte es. Thomas eilte zur Haustür und kam mit einer dezent gestylten Dame zurück. Ein Make-up, das noch natürlicher als die Natur wirkte, schwarzes Kostüm und weiße Stehkragen-Bluse. Sie war zirka 45, aber die gesamte Erscheinung inklusive Formwelle sollte eher Mitte fünfzig suggerieren.

Henri Holthusen erhob sich. »Frau Böhme? Holthusen. Bitte nehmen Sie doch Platz. Das heißt – gehen wir lieber zum Esstisch rüber. Ihre Unterlagen sind ja ziemlich umfangreich.«

»Danke.« Frau Böhme nickte mit fast nicht wahrnehmbarem Lächeln vom Senior zum Junior und dann zu Anja.

Während sie ihre Mappen ausbreitete, zogen sich rechts und links von ihr die Holthusens einen Stuhl heran. Anja wechselte vom Sessel zum Sofa, von wo aus sie einen besseren Überblick hatte, und wagte es endlich, nach ihrer Teetasse zu greifen. Sie senkte die Lider, atmete fast nicht mehr, das Gehör auf vollen Empfang gestellt.

Frau Böhme schlug die Klarsicht-Blätter der ersten Mappe um. »Schön, schön«, murmelte Henri Holthusen, als sie mit dem rosa lackierten Fingernagel auf einen Mahagoni-Sarg mit Golddekor zeigte. »Weiter.«

Die Bestatterin blätterte und blätterte. »Stopp!«, sagte der Senior, als nun ein Kiefernsarg ins Bild kam.

»Das wäre doch was, schlicht und erhaben, ohne diesen ganzen aufwändigen Schnickschnack.«

Thomas Holthusen fuhr in die Senkrechte. »Aber, Vater! Das ist ja wohl nicht dein Ernst. Ein Kiefernsarg!«

»Warum nicht?« Der Senior stellte sich dumm.

Der Sohn schwieg empört. Dann sagte er, noch immer mit bebender Unterlippe: »Bedenke bitte, dass der aufgebahrte Sarg auch von unseren sämtlichen Geschäftspartnern in Augenschein genommen wird.«

»Hmm.«

Frau Böhme hatte profischnell einen Eichensarg aufgeschlagen und offerierte ihn mit einem charmanten »Wie wäre es damit?«

»In Ordnung«, murrte der Alte.

Die nächste Mappe zeigte Blumen-Arrangements vom Feldblumenstrauß bis zur alabasterweißen Rosen-Lilien-Kaskade, unter der das Holz des Sarges kaum noch zu sehen war. »Rosen!«, sagte Thomas Holthusen. »Das waren die Lieblingsblumen meiner Mutter. Sie hat sie wieder und wieder gemalt.«

»Ich weiß.« Frau Böhme lächelte fein. Sie wandte sich wieder Henri Holthusen zu.

Der zuckte mit den Schultern. »Dieses«, sagte Thomas Holthusen und zeigte auf das Wasserfall-Dekor.

Danach wurden noch Kerzen, Lieder und die Texte der Traueranzeigen besprochen. »Wir übernehmen alles«, sagte die Bestatterin. »Sie brauchen sich um nichts zu kümmern.«

»Gut.« Henri Holthusen reckte seinen Rücken, als

habe er zu lange gesessen. »Auf wie viel kommen wir
dann insgesamt? Bei der Version mit Eiche, Rosen für
den ganzen Raum – «

»Moment.« Frau Böhme betätigte einen Taschen-
rechner. »Das wären dann insgesamt ...«

Zu dumm, dachte Anja. Die Bestatterin hatte sich
Holthusens leiser gewordener Stimme angepasst und
ihre Stimme gedämpft. Nun war ihr die Summe ent-
gangen. Na egal, ich bezahle es ja nicht. Und selbst
wenn die Firma nicht so gut lief ... sie, Anja, brauchte
sich ja wohl keine Sorgen zu machen. Elisabeth Holthusen hatte ihren geliebten Sohn sicher ausreichend
bedacht. Ihren Sohn-Ehemann, dachte Anja beinahe
ironisch, so viel habe ich bei meiner Therapie immerhin gelernt. Aber jetzt war es aus mit der inzestuösen
Partnerschaft, endlich würde sie Thomas ganz für sich
gewinnen.

In diesem Augenblick klingelte das Telefon. »Ja,
ist in Ordnung«, sagte Anja Holthusen. Sie fühlte,
wie ihr eine monströse Faust in den Magen schlug,
ihr Blick vernebelte sich, und sie musste sich setzen.

Drei Augenpaare blickten zu ihr hinüber. »Nichts
Besonderes«, presste Anja Holthusen hervor. Dass
Hauptkommissar Danzik sie aufs Präsidium geladen
hatte, behielt sie lieber für sich, wer weiß, was die
sonst für Schlüsse zogen.

Sie nickte der Bestatterin ein »Auf Wiedersehen«
zu und ging schwerfällig hinaus. Oben im Schlafzimmer öffnete sie den Schrank. Unter den Handtüchern, die schon wieder durcheinander lagen, zog

sie den Flachmann hervor. Mechanisch stapelte sie die Wäsche gerade. Dann huschte ein Lächeln über ihr Gesicht. Nein, es konnte sie niemand mehr kontrollieren. Ihre Schwiegermutter war doch tot. Wirklich und wahrhaftig tot.

15

Regine Mewes hatte sich wieder für das ›Neroniane‹ entschieden. Eigentlich merkwürdig, dachte sie, dass ein Hotelbesitzer einen Namen wählte, der an den blutrünstigen römischen Kaiser erinnert. Konsequenterweise hatte man im Thermalgarten sogar ein paar Säulen arrangiert, einige stehend, von Pflanzen umrankt, andere wie zufällig auf dem Boden liegend. Davon abgesehen, entsprach das Hotel genau Regines Geschmack. Der Komfort von vier Sternen, was bei diesen Kurhotels im italienischen Venezien durchaus hochklassig war, eine nur dreistöckige Anlage ohne den üblichen Kasten-Effekt, ein weitläufiger Garten, der fast naturbelassen wirkte.

Genau genommen lag das Hotel nicht in Abano, sondern, nur wenige Kilometer entfernt, im weniger städtischen lieblichen Montegrotto. Aber jetzt, im Urlaub, konnte sie auf Stadtleben gern verzichten. Und wenn sie sich wirklich eine neue Tasche gönnen wollte, konnte sie ja den Bus nehmen.

Regine Mewes war wie eine Verdurstende im Hotel angekommen. Der tägliche Terror ihrer Schwiegermutter, den sie ertragen musste, ohne zurückschlagen zu können, hatte sie ausgezehrt. Aber sie wusste: Die Montegrotto-Therapie würde wirken. Und das nicht nur auf ihren strapazierten Rücken. Die Ruhe, die sich gleich nach der Ankunft wie ein sanfter Schleier über sie legte. Die weiche Luft, die ihren halbnackten Körper umspülte und alle Aggressionen ihrer aufgepeitschten Seele wegschwemmte. Wenn sie aus dem Innenbad hinausschwamm ins Außenbad, dann schloss sie die Augen und sog den Duft der roten und weißen Blumen ein, deren Namen sie nicht wusste, aber irgendwann erfragen wollte. Sie drehte sich schwimmend im Kreis und sah auf die grünen welligen Hügel, die sie von allen Seiten besänftigend umschlossen. Ihre geliebten Colli Euganei. Die Euganeischen Hügel.

Die Saison hatte gerade begonnen. Es war noch nicht sehr warm, aber man konnte schon im Garten liegen. Regine hatte sich in den hoteleigenen weißen Bademantel gehüllt und döste auf der Gartenliege vor sich hin. Träumen, immer weiterträumen. Tief und grenzenlos die friedliche Ruhe genießen. Obwohl – irgendwann würde sie tanzen gehen. Ins »Casa Blanca«. Wenn sie sich erholt hatte. Sie zog erneut wie eine Inhalierende die Luft ein. »Signora! Teléfono!« Der schwarz gekleidete junge Luigi vom Empfang lief auf sie zu, um gleich wieder kehrtzumachen. Regine sprang auf, fuhr in ihre Badeschuhe und hastete hinterher. Wer konnte das sein? Norbert? Der hatte doch vorgestern angerufen. Mehr pflichtgemäß. Einen Anruf pro Woche pflegte er sich abzuringen. Weil sie, Regine, es ja nicht tat. Das machte zwei Anrufe für zwei

Wochen. Aber diesmal hatte sie ja nur eine Woche gebucht. Und selbst diese eine schwiegermutterlose Woche durchzusetzen, war schwer genug gewesen. Nein, so überwältigend waren Norberts Gefühle nicht, dass er schon wieder anrufen würde. Waren sie es je gewesen? Wie auch immer. »Es kommt nichts Besseres mehr nach«, hatte ihr eine Wahrsagerin prophezeit.

Regine lief in kleinen Schritten über die Fliesen am Innenschwimmbad vorbei. Oder war es Anja? Plötzlich fühlte sie ihren Puls in den Schläfen rasen. Aber das war noch zu früh ... Sie hatten doch ausgemacht, dass Anja ... Sie beschleunigte das Tempo und stand keuchend dem graumelierten Empfangschef gegenüber. Der deutete eine winzige Verbeugung an und reichte ihr den Hörer. »Signora Mewes. – Prego!«

Regine drehte sich zur Seite. »Mewes. – Was? Das ist ja furchtbar, Norbert. – Bewusstlos? Im Koma? – Ah, im Eppendorfer Krankenhaus. – Glaubst du, dass sie mit ihrer Zigarette ... Ja, entschuldige, natürlich ist das jetzt egal. – Bei Tante Sophie, ja das beruhigt mich. – Von Pinneberg kannst du doch aber die S-Bahn ins Institut nehmen. – Du schaffst das nicht? Aber ich habe einen Sonderflug gebucht, das kann ich nicht umterminieren. – Ja, wie gesagt, am Sonnabend, also in drei Tagen. – Gut, ich überleg es mir, ich ruf dich wieder an.«

»Schlechte Nachricht, Signora Mewes?« Giacomo, der Empfangschef, zeigte die Trauermiene eines Bernhardiners und beugte sich neugierig vor.

Regine Mewes sah ihn abwesend an. Ihr schien,

als habe sich ein Gespinst vor ihre Augen geschoben.
Sie knipste ein Lächeln an. »Nein, nein, alles halb so
schlimm.«

Dann stürzte sie zum Fahrstuhl und drückte mehrmals heftig die Nach-oben-Taste.

In ihrem Apartment ließ sie sich auf den blau-weiß
geblümten Sessel fallen. Ihre Gedanken kreuzten hektisch hin und her, fanden nirgends Halt, tauchten auf
und verschwanden als chaotische Fetzen. Endlich
bahnte sich etwas Klarheit in ihr Gehirn. Nein, sie
musste nicht zurückkehren. Schließlich war es *seine* Mutter. Norbert wusste nur zu gut, dass sie und
Amalie sich hassten. Er machte immer auf harmlos,
wischte, als sei alles normal, über den permanenten
Kriegszustand hinweg. Aber tief im Innern wusste er
es. Einmal, sie hatte der Alten etwas zu laut den Teller hingestellt, war es aus ihm herausgebrochen: »Du
hasst meine Mutter. Ich weiß wirklich nicht, was dir
diese alte Frau getan hat.«

Von wegen, die arme alte Frau. In Regines Kehle
würgte sich ein Ekel hoch. Schnell schenkte sie sich
ein Glas Wasser ein. Amalie Mewes lag also im Koma.
Das war aufregend. Bilder einer neuen beschwingten
Freiheit taten sich auf, ihr eigenes Leben würde sich
von Grund auf ändern ... Konnte sie sich das wirklich
vorstellen? Sie war fest davon überzeugt gewesen,
dass ihre Schwiegermutter ewig leben würde. Das
hatte ja auch die Hellseherin gesagt, als sie ein Foto
von Amalie Mewes mitgebracht hatte. »Aggressiv,

nicht sehr gebildet. Die Dame wird noch sehr lange leben.«

Dieser Brand, was für eine merkwürdige Sache. Hatte das Schicksal ein Einsehen gehabt, um ihr, Regine, doch noch ein paar gute Jahre zu schenken? War es Zufall, oder hatte jemand mit Plan am Rad des Schicksals gedreht? Sie musste wissen, wie es Anja ging. Ah, shit, nun war es doch vorbei mit dem paradiesischen Montegrotto-Leben. Sie musste abreisen. Sie würde es einfach nicht aushalten, so fern vom Geschehen abzuwarten. Warten, dass Amalie Mewes ... Nein, das konnte kein Urlaub mehr werden. Sie würde hier sitzen, angespannt wie eine Feder, in jeder Sekunde dran denkend, wann der nächste Anruf kommen würde. Regine sprang auf und zog sich ein Shirt und weiße Hosen an. Sie musste für morgen einen Flug bekommen, koste es, was es wolle.

In dem Moment schrillte das Telefon. »Pronto! Signora Mewes? Teléfono!«

»Grazie. – Mewes. – Oh, Anja. Du bist's. Das ist gut, dass du anrufst. Ich bin ja vollkommen von der Rolle.«

»Ich auch«, kam es durch den Draht. »Du hast es also schon gehört?«

»Ja, Norbert hat mich angerufen. Was ist denn eigentlich passiert? Ein Brand? Ja, aber wie denn und wodurch?«

»Weiß man noch nicht. Jedenfalls hat man deine Schwiegermutter abtransportiert. Offensichtlich mit einer Rauchvergiftung.«

»Das ist ja ominös. Warst du in der Wohnung?«

»Ja, schon, aber vorher. Ich habe wie ausgemacht den beiden Damen das Mittagessen vorbereitet. Danach bin ich weg.«

»Dann hast du erst hinterher von dem Brand erfahren?«

»Ja, natürlich. Deine Tante hat mich informiert.«

»Und ich dachte schon, du hättest ...«

»Regine, ich bitte dich. Wir haben uns doch versprochen, dass wir nie am Telefon ...«

»Ja, ist ja schon gut.«

Durch die Leitung ging ein stöhnendes Seufzen. »Regine, bitte lass mich jetzt nicht hängen. Ich steh das allein nicht durch. Morgen muss ich aufs Präsidium.«

»Aufs Präsidium?«

»Ja, der Kommissar hat mich vorgeladen. Ich habe keine Ahnung, was die wollen. Ich habe ihnen doch schon alles gesagt.«

»Mach dir keine Sorgen, manchmal wollen sie eben das Ganze noch mal hören. Dein Alibi steht, was kann also passieren?«

»Ja.« Es klang kläglich. »Und nun noch die Sache mit deiner Schwiegermutter. Wer weiß, wie der Brand entstanden ist. Und ich war immerhin in der Wohnung. Vielleicht komme ich da auch noch unter Verdacht. Das ist dann ein doppelter Verdacht.«

»Nun beruhige dich. Ich sause sofort los, um für morgen einen Flug zu bekommen.«

»Danke. Danke, dass du kommst.«

»Ciao, Anja, ich melde mich.« Regine legte auf. Sie

spürte eine neue undefinierbare Energie. War es die Entscheidung, statt des passiven Verharrens aktiv zu werden? War es die Erwartung, in Hamburg würde irgendetwas geschehen, an dem sie teilhaben musste? War es eine kleine Sorge um Norbert?

Sie warf einen Abschiedsblick auf die blau-weiße Einrichtung. Die bestickten Florentiner Decken, die taubenblauen Vorhänge, das weiß lackierte Tischchen. Dann ging sie hinunter und teilte dem verblüfften Empfangschef ihre Entscheidung mit. Wenig später war der Rückflug ab Venedig im Kasten. Und Giacomo blickte erneut wie ein Bernhardiner.

*

Das Besprechungszimmer der Mordkommission zwei war im gleichen Grauweiß wie die Büros eingerichtet. Eine Kombination, die weder störte noch erfreute und jenen unaufdringlichen Komfort-Standard bot, den man nach dem Umzug in das neue Präsidiumsgebäude in Hamburg-Alsterdorf erwarten konnte. Ein rechteckiger weißer Konferenztisch, dazu graue Freischwinger-Stühle, die einem schnellen Ermüden vorbeugten.

Hauptkommissar Danzik hatte sein vierköpfiges Team um sich versammelt und leitete die Besprechung. »Mordsache Elisabeth Holthusen. Fassen wir zusammen, was wir haben. – Torsten, du hast mit diesem Doktor Thomasius aus Berlin gesprochen. Dem

Kunsthändler, der das Galeristen-Paar besucht hat. Was ist dabei herausgekommen?«

Torsten Tügel drehte an seinem Kugelschreiber. »Er konnte das Alibi der Singers bestätigen. Also wieder nichts.«

»Wobei die Zeitlücke am Abend bleibt, wo sie sich gegenseitig ein Alibi geben. Erik Singer scheint seine Frau in jedem Fall schützen zu wollen. Ihm geht es in erster Linie darum, gute Geschäfte zu machen, und das vor allem mit den Bildern der Holthusen. Das innige Verhältnis zwischen Henri Holthusen und seiner Frau Madeleine scheint ihn nicht weiter gestört zu haben, er hat es offensichtlich nur als Techtelmechtel angesehen. Frage: Wie war das Verhältnis wirklich? Elke, du warst mit dem Durchsuchungsbeschluss in der Wohnung. Was hat sich da ergeben?«

Elke Clausen, naturblond und blauäugig, trug trotz ihrer 38 Jahre einen Pferdeschwanz, den sie nur mit verschiedenfarbigen Spangen variierte. Sie fand das am praktischsten. Jedes Mal, wenn von der ARD – Serie ›Die Kommissarin‹ mit Hannelore Elsner die Rede war, bekam sie einen höhnischen Kreischanfall. »Eine Kommissarin mit Pumps, so ein unrealistischer Blödsinn!« Sie selbst versteckte ihre femininen Formen, die zeitweise in taillenbedrohende Korpulenz entgleisten, meist in einem Jeans-Anzug.

Die junge Kommissarin zog eine Thermosflasche aus der Tasche und stellte sie auf den Tisch. »Was soll das denn?« Danzik beugte sich vor.

»Geköcheltes Wasser. Ich mach grad eine Ayur-veda-Diät.«

»Wasser macht schön«, bemerkte Torsten Tügel. »Den Diät-Plan musst du mir geben. Das wird meine Frau interessieren. Sie ist schon ganz depressiv, weil nichts anschlägt.« Georg Rathjen war Mitte vierzig und hätte selbst eine Diät gebrauchen können. Unter seinem roten Pullunder wölbte sich der Bauch, die farblosen, quer über den Kopf gelegten Resthaare konnten das nicht gerade ausgleichen. »Kriegst du.« Unter den Blicken aller goss sich Elke Clausen un-gerührt Wasser ein.

Karsten Bärwald, der fünfte im Team, sah abschät-zig zu ihr hinüber. Wie Elke war er 38. Sein großer, durchtrainierter Körper hatte kein Gramm zu viel, seine Igel-Frisur signalisierte den aggressiven Charme des Alt-Rockers. »Für wen müssen Emanzen abneh-men?« Bärwald, der sich gern »Bully« nennen ließ, schien seine üblichen Provokationen zu starten. »Schluss jetzt!« Hauptkommissar Danzik haute auf den Tisch. »Kommen wir endlich zur Sache.« Er hatte sich dabei ertappt, wie er auch schon dem Diät-The-ma nachhing. War er zu dick für Laura? Nein, er war gerade richtig. Mit Karstens muskulöser Erscheinung konnte er natürlich nicht mithalten, den überließ er auch gern den Macho-Anbeterinnen. Aber wie Georg sah er zum Glück auch noch nicht aus. Dicke Män-ner ohne Haupt- oder wenigstens Barthaar mussten doch auf Frauen geschlechtslos wirken... »Elke, was hast du in der Wohnung gefunden?«

Die Kommissarin schlug eine Mappe mit Fotos und Briefen auf. »Ich möchte erst mal mit der Toten anfangen. Die Beziehung zwischen Elisabeth Holthusen und dem Galeristen ist eindeutig. Hier: ›Darling, es war so schön mit dir. Wann kommst du? Lass mich nicht zu lange warten, in Liebe, dein Erik.‹ In diesem Tenor gibt's 'ne ganze Menge Briefe, oder sagen wir: Briefchen. Es sind immer nur ein paar Zeilen.«

»Willst du damit sagen, dass die miteinander ins Bett gehüpft sind?« Karsten »Bully« Bärwald brach in ein tiefes, dröhniges Lachen aus. »Warum nicht?« Elkes volle Lippen wurden schmal. »Meinst du, Sex ist für die Jugend gepachtet?«

Bully lachte weiter, bis Danzik dazwischen ging. »Ich glaube, diese Frage ist ziemlich unerheblich. Ob sie nun oder ob sie nicht. Eines ist klar: Erik Singer hat sie hofiert. Er hat ihre Bestseller-Bilder gepriesen und die seiner Frau für stümperhaft gehalten. Es muss ja nicht alles nur aus der Sex-Ecke kommen. Konkurrenzneid ist manchmal ein viel stärkerer Motor für Hassgefühle.«

»Hmm«, machten die Anwesenden. »Weiter«, sagte Danzik.

Elke Clausen hielt ein paar Fotos hoch, die Kollegen neigten sich über den Tisch. »Hier: Erik Singer Wange an Wange mit der Holthusen. Hier: mit Wangenkuss. Und hier: beide Arme um sie gelegt, ganz schön im Clinch.«

Danzik schüttelte den Kopf: »Das sagt nur, dass sie beide miteinander ihre Interessen verfolgen. Mehr nicht.«

»Aber die Galeristen-Gattin wird zur Megäre. Na super.« Bully Bärwald legte seinen Kaugummi auf einer Untertasse ab. »Unterdrückte Hausfrauen rasten aus«, bemerkte Georg Rathjen. »Ist schon oft vorgekommen.«

»Was noch?«, fragte Danzik.

Elke Clausen zog ein Kunstbuch hervor: »Die Maler der dänischen Schule.« Sie schlug es auf und zeigte auf die Widmung: »Nicht übel. ›Meiner Meisterin und Herzdame, in Liebe, Erik‹.«

»Passt ins Bild«, sagte Danzik. »Im wahrsten Sinn.«

Torsten Tügel klopfte rhythmisch mit dem Kugelschreiber auf den Tisch. »Machen wir weiter?«

»Was hat Henri Holthusens Geheimschublade enthalten?«, fragte Danzik. »Irgendwie dasselbe in Grün. Briefkarten von Madeleine Singer: ›Ich danke dir für die wundervollen Stunden. Meinem einzigen Herzensfreund, in Liebe, Madeleine.‹«

»Fotos?«

»Ja. Hier: mehrere Fotos, wo sie am Wasser stehen. Die Singer lehnt sich an ihn. Die Singer umklammert seinen Arm. Die Körpersprache verrät, dass sie Zuwendung suchte. Von ihr geht mehr Körperkontakt aus als von ihm ...«

»Unsere Psychologin.« Bully Bärwald lachte ein spottendes Lachen.

Elke Clausen sandte ihrem Kollegen einen Wutblick, schwieg aber. »Alles recht harmlos, oder?«, bemerkte Georg Rathjen. »Und wer macht solche Fotos?« Torsten Tügel schaute fragend in die Runde.

»Bekannte«, sagte Rathjen. »Eben deshalb ist es
harmlos.«

»Ja, das sind nur kleine Rachepläekeleien«, sagte
Danzik.

»Die Galeristen-Gattin hat von dem Geld, das ihr
Mann mit dem Holthusen-Bildern gemacht hat, recht
gut gelebt. Vielleicht können wir die Singer jetzt mal
beerdigen.« Bully Bärwald schob sich einen neuen
Kaugummi in den Mund.

»Beerdigen ist gut. Apropos Geld – « Danzik blät-
terte in seinen Unterlagen. »Holthusen stand vor der
Pleite, die er dank seines Erbes nun abwenden kann.
Somit avanciert er zum Hauptverdächtigen.«

Einen Moment entstand Schweigen. »Meine Fotos
und Briefe überzeugen euch wohl nicht.« Elke Clausen klang enttäuscht, sie sagte es aber mehr zu sich
selbst. »Doch, das bringt uns weiter.« Danzik sah sie
aufmunternd an. »Quasi im Ausschlussverfahren. –
Kehren wir noch mal zu dem Mordmittel zurück,
dem Digitoxin. Wir müssen uns fragen, wer Zugang
zu solch einem Medikament haben konnte.«

»Jemand, der selbst herzkrank ist.« Rathjen strich
sich mit der rechten Hand über die linke Seite.

»Genau. Ist Madeleine Singer herzkrank?«

»Das müssten wir noch eruieren«, sagte Tügel.

»Ja, aber wie? Da stoßen wir wieder auf die Schweigepflicht der Ärzte!« Danzik nahm wie zur Beruhi-
gung einen Schluck Kaffee.

»Bisher haben wir die noch immer weich geklopft.«

»Tja, auf jeden Fall muss Elke die Bekannten der

Singer abklappern.« Bully Bärwald grinste. »Ich?« Die junge Kommissarin warf ihm einen empörten Blick zu. »Für niedere Arbeiten kenn ich jemand anderen.«

»Ruhe!« Danziks Stimme wurde lauter. »Elke, was für Medikamente hast du bei Henri Holthusen gefunden?«

»Jedenfalls kein Digitoxin, damit kann ich nicht dienen. Mittel gegen zu hohen Blutdruck, Entwässerungstabletten und Prostata-Tabletten.«

»Sieh an, sieh an.«

»Was soll das, Karsten?«, sagte Danzik scharf. »Kannst du nicht mal was Konstruktives beitragen? Weiter, Elke.«

»Ich hab zur Sicherheit noch mal die Schwiegertochter zu den Krankheiten der Familie befragt. Sie erzählte mir, dass ihr Schwiegervater vor drei Jahren einen Herzinfarkt erlitten habe. Es ginge ihm aber wieder sehr gut.«

»Er ist Zigarrenraucher.« Danzik machte eine angewiderte Miene. »Vielleicht hat er vor drei Jahren Digitoxin genommen und sich das aufgehoben«, äußerte Rathjen. »Nicht schlecht. Könnte so sein, lässt sich aber nicht beweisen.« Danzik richtete sich in einem plötzlichen Entschluss auf. »Wir werden Henri Holthusen observieren und das Telefon in der Villa überwachen lassen.«

»Du meinst, zwei Fliegen mit einer Klappe –« Rathjen schnippte Daumen und Zeigefinger zusammen. »Ja, natürlich. Die Schwiegertochter hatte ein sehr schlechtes Verhältnis zu der Ermordeten. Anja

Holthusens Tagebuch habt ihr ja schon gelesen. Sie hat Tag für Tag eine häusliche Hölle durchlebt. Auch ein zwingendes Mordmotiv.«

Elke Clausen schenkte sich die zweite Tasse Wasser ein. »Ich habe mit der Schwiegertochter lange gesprochen. Das ist ein ganz armes Schwein. Schwer depressiv. Nimmt dauerhaft Tofranil gegen ihre Depressionen. Die ist viel zu schwach, um jemandem was anzutun. – In ihrer Schlafzimmer-Kommode habe ich übrigens was Interessantes gefunden. Ich meine, es muss nicht ernsthaft was bedeuten, aber – «

»Ja, was denn nun?«, unterbrach Bärwald.

Elke Clausen fischte ein Blatt aus der Mappe und hielt es hoch, als zöge sie den letzten Trumpf aus einer Wundertüte. »Hier – ein Abschiedsbrief, der einen Selbstmord ankündigt. Geschrieben auf Schreibmaschine.«

»Von wem?«, sagten mehrere Stimmen gleichzeitig.

»Weiß ich nicht. Ich kann euch nur den Text liefern.«

»Das sagst du erst jetzt?«, fauchte Bärwald. »Lies mal vor«, sagte Danzik. »Hier: ›Ich mache Schluss, ich kann nicht mehr. Ich danke allen, die mich geliebt haben. Verzeiht mir.‹«

»Keine Unterschrift?«

»Nein, keine Unterschrift.«

»Warum schreibt man einen Abschiedsbrief auf der Maschine?«

»Weil es gar nicht für einen selbst ist. Weil es ein Entwurf für den angeblichen Selbstmord eines anderen ist«, sagte Rathjen. »Gut, Georg«, sagte Danzik. »Und zwar für den angeblichen Selbstmord der Elisabeth Holthusen. Ich werde Anja Holthusen damit konfrontieren. Morgen kommt sie aufs Präsidium, dann ist sie dran.«

16

Werner Danzik parkte vor der Spar-Filiale in der Hallerstraße. Er mochte diese Filiale: die überschaubare Gliederung, der Raum nicht zu groß, dazu das vielseitige Angebot. Man brauchte in keine Weinhandlung und in kein Feinkost-Geschäft mehr zu gehen, alles, was sein Feinschmeckerherz begehrte, war hier zu moderaten Preisen versammelt.

Er ging zu der Schlemmer-Ecke hinüber und pendelte unschlüssig zwischen Salat-, Käse- und Fischbuffet hin und her. Neben der Salatbar erstreckte sich das Weinregal. Sollte er mal einen neuen Wein probieren? Im Trend lagen jetzt Australien, Südafrika und Kalifornien. Aber was hieß schon Trend, die mussten ja nicht besser schmecken. Er sollte lieber die deutschen Weinbauern unterstützen. Er griff nach einem Riesling. Und jetzt noch ein paar passende Leckereien dazu ... Danzik konnte sich nicht entscheiden. Er wurde abgelenkt durch die eigene innere Euphorie, die ihn beflügelte. Er war dem Fall näher gekommen. Der Entwurf des Abschiedsbriefs. Es konnte gar nicht anders sein: Anja Holthusen war die Täterin. Von ihrer Schwiegermutter so ausdauernd und tief gedemütigt, bis der letzte Lebensfunke zertreten war. Bis es nur noch Depression gab, die umgeschlagen war in Aggression. Der letzte verzweifelte Versuch zu überleben, um doch noch eine friedliche Ehe mit ihrem Mann Thomas führen zu können. Sie oder ich – eine Konstellation, die nicht selten vorkam, weil die ältere Generation nicht für sich bleiben wollte oder konnte. Seine Mutter fiel ihm ein, und sein heiteres Erhobensein verflüchtigte sich. Er fühlte sich wieder schwer, als sei jeder Schritt eine Aufgabe ... »Kann ich Ihnen behilflich sein?« Er schreckte auf. Er stand vor der Fisch-Theke und wusste nicht, was er wollte. »Danke, ich seh mich noch ein bisschen um.«

Plötzlich lächelte er leise. Werner Danzik nahm das Handy und wählte Lauras Nummer. »Meine Süße – ja, es geht mir gut – bei Spar, ich bin grad dabei, was Schönes für uns einzukaufen. – Ja, ich bin heute früher zu Hause. – Was, du kannst nicht? – Na, immerhin. Ciao, bis später.«

Er fasste nach dem Einkaufswagen. Ja, das war ein Fehler von ihm, dass er immer dachte, sie sei parat für ihn, sitze da auf Abruf, um jederzeit zu ihm rüberzukommen. »Nur, weil ich free-lancer bin, denkt jeder, dass ich Zeit habe. Dass ich sofort losspringen kann. Eine so genannte Freundin von mir, die keinen Führerschein hat, hat mich doch allen Ernstes gebeten, sie mit meinem Auto zu Antiquitäten-Geschäften zu chauffieren. Ein anderer wollte, dass ich mit ihm auf eine Behörde gehe.«

Du hast ja Recht, meine Süße, dachte Danzik. Aber was soll ich machen? Dienst ist Dienst, und Mord ist

Mord. Ja, es war, nach kurzer telefonischer Verabredung, ein ständiges »Herüberkommen«. Sie zu ihm oder er zu ihr. Er fand es inzwischen trist und auf die Laune drückend, wenn er ohne sie die Nacht verbringen musste. Mit ihr zu schlafen, im doppelten Sinn, war ihm ein unentbehrliches Bedürfnis geworden.

Sie kam also später. Na, das machte nichts. Dann hatte er genug Zeit, alles vorzubereiten, und sie brauchte sich nur noch an den gedeckten Tisch zu setzen. So, jetzt hatte er sich entschlossen: Krabben-Avocado-Cocktail, danach ein Kartoffel-Lauch-Gratin, dazu natürlich einen Berg Salat, wie Laura es liebte. Das Gratin machte sich von selbst, in der Zwischenzeit konnte er sich um alles andere kümmern.

Werner Danzik wandte sich mit neuem Schwung zu der Fisch-Theke, dann schob er seinen Wagen zur Gemüse-Abteilung. Zum Schluss packte er noch eine Rote Grütze ein. Ein Fertig-Dessert. Schmeckte aber trotzdem.

Er stellte seinen Wagen auf einem Parkstreifen zwischen den Grindel-Hochhäusern ab und ging zu seinem Haus hinüber. Während er die Zutaten auspackte, pfiff er vor sich hin. Aber sein Vorrat an Melodien war begrenzt, deshalb stellte er das Radio an. NDR Info. Die Nachrichten vom Irak-Krieg und den Bombenattentaten in Tschetschenien waren unfassbar, er musste sich immer wieder neu dagegen panzern, damit sie seine Seele nicht beschädigten, aber man durfte auch nicht weghören. Die blutigen Bilder im Fernsehen waren schlimmer. Und die blutigen Bilder seines Kriminalalltags. Gleichzeitig essen? Es ging nicht. Vielleicht war es auch nur eine Frage der Pietät. Irgendwann schob man die Szenen dann wieder weg ...

Werner Danzik machte das Radio aus. Er hatte keine Zeit, um den Oldie-Sender zu suchen, und außerdem hätte er dafür eine Brille gebraucht.

Das Telefon läutete. Nein, nicht das Handy. Ein Einsatz hätte ihm gerade noch gefehlt. Er nahm ab: »Danzik«. Jemand war in der Stille der Leitung und legte dann auf. Gut so, für ein Gespräch fehlte sowieso die Zeit.

Eine Weile später klingelte es an der Tür. Unten. Danzik sah auf die Uhr. Sie wollte doch später kommen. Also hatte sie sich für ihn beeilt – wunderbar. »Ja, bitte?« Er griff zum Hörer der Gegensprech-Anlage. »Hier ist deine Mutter.« Diese knarrende und vom Rauchen tiefer gefärbte Stimme. Er erschrak. Und wunderte sich, dass es da etwas zum Erschrecken gab. »Moment.« Er drückte auf die Taste.

Werner Danzik öffnete die Wohnungstür und beugte sich übers Geländer. Er sah, wie sich seine Mutter aus der Tiefe des Treppenhauses nach oben arbeitete. Relativ flink, konstatierte er. Wenn er doch endlich mal wüsste, wie krank sie wirklich war. Objektive Labordaten müsste man haben. Oder war Gesundheit eine Frage des subjektiven Empfindens?

Oben angekommen, schwankte sie ein wenig hin und her, als habe sie die Anstrengung schwindlig gemacht. Dann fing sie sich wieder und keuchte die Luft aus. »Komm rein«, sagte er.

Er nahm ihr den gelbgrünen Regenmantel ab. Sie ging voraus, die beige Kunststoff-Tasche am Arm, und ließ sich im Wohnzimmer auf das Velours-Sofa fallen.

Sie atmete noch immer hörbar aus und sah ihn an. »Was guckst du so säuerlich? Muss sich deine Mutter bei dir anmelden?«

»Ja, das wäre nicht schlecht.«

»Hab ich natürlich gemacht. Hättest ja im Dienst sein können.«

»Du hast bei mir angerufen?«

»Ja, natürlich. Es war aber gerade besetzt.«

Nein, er würde sich jetzt auf keine Diskussion einlassen. Er würde alles im Griff behalten. Dennoch spürte er fast körperlich, wie seine Stimmung sank. »Ich bekomme Besuch«, sagte er. »Von Laura.«

»Schön«, sagte sie, sah aber nicht so aus, als ob sie das meinte. Sie rutschte tiefer ins Sofa und verschränkte die Arme. Ihm war klar, dass sie so schnell nicht wieder gehen würde.

»Ich muss in die Küche«, sagte er.

»Kochst du ein warmes Essen?«

»Ja.«

»Dann komm ich ja genau richtig.«

Er erwiderte nichts. Dass sie ihm in irgendeiner Weise Hilfe angeboten hätte, war noch nie vorgekommen. Aber das kannte er ja. Aus seiner Kindheit. Er und sein Vater hatten sich Tag für Tag mit einer Minimal-Versorgung aus Bratkartoffeln und Rührei begnügen müssen. Vielleicht war er deshalb zum Hobbykoch geworden. Ausgehungert auf der ganzen Linie. Leiblich und seelisch ... Im Hinausgehen bemerkte er, wie sie nach seiner Fernseh-Zeitschrift griff. Wahrscheinlich suchte sie nach dem Kreuzworträtsel. Das konnte sich lohnen, er würde noch eine ganze Zeit brauchen.

Er band sich die Schürze um und legte sich das Schneidbrett zurecht. Während er die saure Sahne für die Vorspeise abschmeckte, erschien sie an der Küchentür. »Hast du mal einen Kaffee?«

Er brauste innerlich auf, beherrschte sich aber. »Jetzt nicht, du siehst doch, dass ich zu tun habe.«

»Ich kann ihn mir selber machen.«

»Nein! – Außerdem ist es für Kaffee zu spät.«

Sie schob mit einem Achselzucken hinaus. Wenig später roch er, dass Zigarettenqualm in seine Küche drang.

Das Gratin war im Ofen, alles Übrige fertig. Er nahm das blau-weiße Hutschenreuther aus dem Schrank. Schade, nun konnte er mit Laura nicht in der Küche essen. Das hier war ein Zweier-Platz, der Platz für ein Paar.

Er ging mit dem Geschirr zum Wohnzimmer, als es klingelte. Laura! Danzik rannte zur Tür.

Schon vor den letzten Stufen lächelte sie ihm entgegen, dann stand sie oben und fiel ihm in die Arme.

Er ließ sie los. »Meine Mutter ist plötzlich hier aufgetaucht!« Ihr Lächeln verschwand. »Ich kann wieder gehen, kein Problem. Ich hab's ja nicht weit.«

»Nein, das lasse ich nicht zu! Du wirst doch wohl nicht kneifen?« Er zog sie an der Hand in die Wohnung. »Ich glaube, das ist nicht der richtige Ausdruck.«

Gerda Danzik blickte auf und zugleich an Laura vorbei, während diese ihr die Hand reichte. Der Gesichtsausdruck der alten Frau ließ keinen Zweifel, dass sie den Besuch als eine Art Beleidigung empfand.

Danzik schaute der Begrüßung zu und fühlte, wie eine leise, hilflose Wut in ihm aufstieg. Was für ein unüberbrückbarer Kontrast: Laura, schlank und elegant in einem cyclamroten Kostüm, anmutig bis in die kleinste Bewegung. Und seine Mutter: gelbgraue borstige Haare, wie immer ungekämmt, zum blauen Wollrock eine braun gesprenkelte Polyesterbluse. Am schlimmsten aber ihre kaum verhohlene aggressive Art. Er hatte eine Proletenmutter. Nein, es war keine Altersfrage. Plötzlich musste er an Elisabeth Holthusen denken. An ihr gepflegtes, jugendliches Aussehen. Auch Elisabeth Holthusen war 78 – gewesen, musste man nun sagen. »Was hast du da für eine komische Schürze an?«, bemerkte Gerda Danzik.

»Wieso?« Danzik blickte an sich hinunter.

»Na, was da drauf steht.«

»Ach, so.«

» ›Every one needs a little help now and then‹«, las Laura vor. »Na, wenn das keine Aufforderung ist. Ich komme mit in die Küche!«

»Nein, bitte nicht. Und dann in deinem Kostüm. Am besten, ihr unterhaltet euch solange.«

Laura setzte sich wieder auf den braunen Sessel.

Die braune Garnitur hatte Danzik von einem Freund bekommen, nachdem ihm seine Ex bei der Scheidung nur das himbeerrote Sofa gelassen hatte. Hässlich, diese Möbel, dachte Danzik, als er sich zur Küche drehte. Ich muss mir endlich Zeit nehmen und mit Laura eine Einrichtungstour machen. Am besten zur Halstenbeker Wohnmeile. Da würden sie was finden, das ihnen beiden gefiel. Schließlich würde all das hier irgendwann auch Lauras Heim werden.

»Geht es Ihnen wieder besser?«, wandte sich Laura an Gerda Danzik.

»Wieso?«

»Sie sind doch gerade aus dem Krankenhaus zurückgekommen.«

»Ach, so, das meinen Sie.« Auf Gerda Danziks gelbem Gesicht hatte sich unversehens eine leichte Röte ausgebreitet. »Ja, danke.«

Damit war das Thema beendet. Laura überlegte, was sie jetzt sagen könnte. Musste sie überhaupt was sagen? Natürlich, das gehörte sich so. Sie bemerkte, dass die alte Frau die Lippen so fest verkniffen hatte, als wolle sie heute überhaupt nichts mehr sagen. Nun wühlte Gerda Danzik in ihrer Tasche. Sie kramte eine Packung hervor, zündete sich eine Zigarette an und blies den Rauch langsam und mit voller Kraft in Lauras Richtung. »Sie rauchen wohl nicht.«

»Nein.« Laura zog ihren Sessel zurück. Wenn Werner jetzt nicht bald kam ... Noch nie war ihr Gehirn so leer gewesen. Was sollte sie die Alte fragen? Was sie früher gemacht hatte? Wie sie wohnte und lebte?

Das war ja gerade der heikle Punkt. Wer weiß, was da plötzlich losbrechen konnte.

Zu ihrer Erleichterung stellte Gerda Danzik den Fernseher ein. Unhöflicher geht's nicht, dachte Laura. Aber das soll mir recht sein. »Essen fertig!«, rief Werner Danzik und kam aus der Küche. In den behandschuhten Händen hielt er die Gratin-Form.

»Das duftet wunderbar.« Laura erhob sich. »Hast du Knoblauch drin?«

»Ja, klar.«

»Knoblauch? Igitt. Ich esse nie Knoblauch.« Gerda Danzik verzog den Mund.

»Da musst du heute wohl eine Ausnahme machen.« Danziks Züge spannten sich an. – »Wieso läuft jetzt der Fernseher? Mach das mal aus!«

Seine Mutter wand sich betont langsam aus dem Sofa und schlurfte zum Fernseher. Nachdem sie ausgestellt hatte, setzte sie sich an den Esstisch und füllte sich von dem Gratin auf. Laura war mit ihrem Lebensgefährten inzwischen in der Küche verschwunden. Als beide mit den restlichen Speisen zurückkamen, war Gerda Danzik bereits dabei, das Essen einzuschaufeln, den Kopf zentimeternah über dem Teller, die Unterarme auf den Tisch gelegt.

Werner Danzik schenkte den Riesling ein. »Zum Wohl!«

»Prost!« Gerda Danzik kippte, die Faust ums Glas geschlossen, mit vollem Mund den Wein runter und stieß geräuschvoll mit ihm an. Laura und Danzik ließen ihre Gläser aneinander klingen, dann hielt Laura der Alten ihr Glas entgegen. Aber die setzte ihres schnell ab und beugte sich wieder über den Teller.

Danzik stellte die Schalen mit dem Krabben-Cocktail hin. »Bitte, Laura, fang an.«

Er lehnte sich zurück. Die Scham über seine Mutter krümmte ihm den Magen zusammen. Er hatte das Gefühl, als würde er von diesen Köstlichkeiten keinen Bissen essen können, als lösten sie in ihm ein unbezwingbares Würgen aus. Er schluckte trocken. Ja, schlucken. Wie würde Laura das schlucken, dieses unsägliche Schauspiel, das seine Mutter bot?

Die Alte hielt, auf die Ellbogen gestützt, Messer und Gabel hochkant. »Sie sind geschieden, oder?«

»Ja.«

»Mein Sohn ja auch. Leider. Dabei hatte er eine ganz entzückende Frau. So was von patent und hilfsbereit. Egal, was ich für Probleme hatte, ob mit dem kaputten Wasserhahn oder mit meinen Einkäufen, immer hat sie mir geholfen.« Gerda Danzik seufzte befriedigt. »Noch jetzt geht sie regelmäßig mit mir zum Kaffee trinken. In die Konditorei Andersen. Da kommt sie extra nach Wandsbek rausgefahren.«

»Schön, wenn sich so was hält.«

»Ja, nicht? Eine ganz Tüchtige ist das. Arbeitet im Reisebüro, bei Hapag Lloyd am Mittelweg. Sie sind Akademikerin, oder? Wie hieß noch gleich dieser Titel – «

»Laura hat den Magister«, sagte Danzik schroff. »Aber ich glaube nicht, dass dir das ein Begriff ist.« Er hatte nun doch mit den Krabben begonnen, seine Kiefer mahlten, als wolle er nicht nur die Tierchen zermalmen. »Ach ja. Na, jedenfalls sind Sie was Höheres. Wissen Sie, woran Sie mich immer erinnern? Sie sehen genauso aus wie die Schauspielerin Helga Feddersen.«

»Mutter!« Danzik knallte die Serviette auf den Tisch, mit der er sich gerade den Mund getupft hatte, und blickte zu Laura.

Laura lachte herzhaft. »Das ist ein Riesenkompliment, Frau Danzik. Helga Feddersen – eine so wunderbare, zutiefst menschliche Frau.«

Die alte Frau blickte irritiert und zog sich den Salat-Teller heran. Schnell hatte sie sich wieder gefangen. »Die war auch älter als ihr Mann. Älter als dieser Olli.«

»Was heißt auch?«, fauchte Danzik. Sein Gesicht, das eine grimmige Beherrschung verriet, hatte sich gerötet, und das nicht nur vom Essen und dem Wein.

Laura dagegen schien sich mehr und mehr zu amüsieren. »Das haben Sie verwechselt, Frau Danzik. Ich bin nicht älter, sondern drei Jahre jünger als Ihr Sohn.«

»Aha.« Die Alte leckte ihr Messer ab. »Na, wie auch immer. Wann läuten denn nun die Hochzeitsglocken?«

Jetzt rötete sich auch Lauras Gesicht. Volltreffer, dachte Danzik. Es war nur noch eine Frage der Zeit, wann Laura diesen beleidigenden Dialog beenden und aus der Wohnung laufen würde. »*Du* wirst von einer Hochzeit jedenfalls als Letzte erfahren!«

»Spricht man so mit seiner Mutter?« Gerda Danzik drehte sich zu Laura. »Na, ich werd's schon erfahren.

Es wird dann allerdings etwas eng hier werden. Ich habe mir gedacht, ich nehme das kleine Zimmer vor dem Schlafzimmer ...«

»Sie wollen hier einziehen?« Auf Lauras Zügen spiegelte sich ungläubiges Erstaunen.

Danzik knüllte in einem letzten Akt der Kontrolle seine Serviette zusammen. Er fühlte den Impuls, seiner Mutter ins Gesicht zu schlagen. Stattdessen knirschte er: »Ich hol die Rote Grütze.«

»Das Dessert hat sehr gut geschmeckt, Werner.« Laura sah ihn besänftigend an. Sie senkte den Blick, als sie bemerkte, wie Gerda Danzik in den Zähnen bohrte.

Sie trug noch das Geschirr in die Küche, dann verabschiedete sie sich. »Ich weiß, es ist nicht die feine Art, gleich nach dem Dessert zu gehen. Aber ich sagte dir ja, dass ich heute noch so viel zu tun habe. Nimm es mir nicht übel, Werner.« Sie standen an der Tür, und Laura hielt ihn an beiden Händen fest. »Ciao.«

»Ciao ...« Werner Danzik hörte den Nachhall seiner eigenen Stimme.

Wenig später gab er seiner Mutter Geld und setzte sie in die angeforderte Taxe. Ich habe Angst vor mir selbst, dachte er, Angst, wozu ich fähig wäre. Ich, ein Mann, der Mörder überführt.

*

Regine Mewes nahm den Koffer vom Band und rollte zum Ausgang. In der Ankunftshalle drängten sich die Menschen und spähten suchend nach ihren Angehörigen. Nein, sie gehörte nicht zu den Glücklichen, die in die Arme wartender und winkender Menschen eilen konnte. Dennoch war das heute ungewohnt. Wenn es auch keine aufschäumende Liebe für sie gab – sie hatte es stets genossen, dass einer da war und noch dazu ein Ehemann, der sie vom Flughafen abholte. Nein, sie war keine dieser armseligen Singlefrauen, die zu viel arbeiteten und zu wenig Nestwärme hatten. Obwohl – ihr eigenes Nest war ja vergiftet, noch immer, »sie« lebte und würde, wenn die Ärzte zu tüchtig waren, vielleicht sogar gerettet werden.

Norbert war jetzt im Krankenhaus. Bei seiner Mutter. Natürlich. Wenn es um Pflichten ging, war er berechenbar zuverlässig. Was er wirklich in dieser Situation empfand? Regine wusste es nicht. War er aufgewühlt und überwältigt von Gefühlen? Sie würde nicht darüber spekulieren, ihm einfach nur zur Seite stehen.

Die windige Luft draußen weckte sie auf. Auch als Großstadt war Hamburg noch immer frisch. Sie stieg in eine Taxe. »Zum S-Bahnhof Eidelstedt.« Die Fahrt war lang genug. Mit Meckerei oder Ablehnung wegen einer Kurzstrecke brauchte sie nicht zu rechnen. Der grauhaarige Fahrer in Lederjacke sagte nichts. Früher hatte sie mit Taxifahrern geflirtet. Aber das war vorbei. Sie sandte keine Signale mehr aus, und so kam auch nichts zurück. Auch heute versank sie, kaum hatte sie sich in den Fond gedrückt, sofort in der Welt ihrer quälenden häuslichen Bilder.

In Eidelstedt nahm sie die S-Bahn nach Pinneberg. Von der Station war es zum Glück nicht weit. In einer plötzlichen Eingebung begann sie zu laufen, rollte mit dem Koffer ratternd die Bahnhofstraße hinunter. Vielleicht war ja schon etwas passiert ... Das schmutzig-gelbe Mehrfamilien-Haus, in dem Tante Sophie wohnte, hatte den Krieg überlebt, auch nach dem Tod ihres Mannes war sie in der Drei-Zimmer-Wohnung geblieben. Regine zog ihren Koffer die Treppen zum zweiten Stock hoch und drückte heftig atmend auf die Klingel. Schlurfende Schritte, dann einen Augenblick Stille. Sicher hatte die alte Dame durch den Spion geschaut. Endlich ging die Tür auf. »Gott sei dank, du bist da.« Sophie Bäumers Gesicht bebte, als unterdrücke sie ein lange angestautes Weinen, dann siegte die Erleichterung. »Tante Sophie!« Regine nahm die dürre Gestalt andeutungsweise in die Arme. »Komm rein.« Die Tante ging zu einer Art Gäste-Arbeitszimmer voraus, das mit einer Bettcouch, einem Teak-Schreibtisch vor dem Fenster, einer Teak-Regalwand und einem Sperrholz-Schrank möbliert war. »Hier kannst du dich ausbreiten.«

»Und Norbert?«

»Der wollte lieber im Wohnzimmer auf der Couch schlafen.« Tante Sophie ließ ein winziges Lächeln sehen. »Da kann er doch wenigstens fernsehen.«

»Ich pack eben aus.«

»Aber dann kommst du rüber, ja? Ich koch uns einen Tee.«

»Gut.« Regine ließ den Blick kurz durchs Zimmer streifen und fühlte im selben Moment, wie ihr das Unvertraute und Spießige der Umgebung auf die Seele schlug. Schnell stapelte sie ihre Sachen in den Kleiderschrank und eilte hinaus.

Auf dem braun gekachelten Couchtisch standen schon die weißgelben Teetassen mit Goldrand bereit. »Du bist sicher vollkommen kaputt von dem Flug.« Sophie Bäumer schenkte den Tee ein. »Ach, das geht. Dauert ja nicht so lang.« Regine Mewes schaute sich um. Dann schloss sie die Augen und sog das heiße Getränk ein. Beim Anblick dieser tristen, voll gestopften Wohnhöhle fiel ihr die eigene Wohnung ein. Vielleicht war die vollkommen ausgebrannt. Eine Katastrophe? Nein, ein Geschenk des Himmels. So konnte sie sich ganz neu einrichten, Amalie war hoffentlich weg, und dann ... Bilder von frischen, farbigen Sitzgruppen, Vorhängen und Tapeten stiegen vor ihr auf, nichts würde mehr an ihr vorheriges Leben erinnern, und sollte doch noch eine Spur von »ihr« geblieben sein, dann würde sie sie auslöschen. Musste man vorher nicht alles desinfizieren? Die Wahrsagerin konnte ihr bestimmt helfen. Es gab da so Zeremonien, mit Sprüchen und Ölen ... Regine bezwang ein aufkommendes Lächeln. Das Ganze würde »ausgeräuchert«. Im selben Moment wurde ihr das Makabre des Ausdrucks bewusst. Noch mehr Rauch war in dieser zerstörten Wohnung wohl kaum vonnöten. Vielleicht konnte man ein Raumspray nehmen. Pfefferminze oder Zitrone oder Rose ...

»Du willst jetzt sicher wissen, wie es Amalie geht.«

Regine schrak auf. »Ja, natürlich. Wie geht es ihr?«

»Sie ist noch immer bewusstlos, im Koma. Vielleicht wird sie nie wieder – « Sophie Bäumer schluchzte auf und zog ein Taschentuch aus dem Rock. »Und ich bin schuld.«

»Aber, nein, Tante Sophie, so was darfst du nicht sagen. Wir alle wissen doch, dass es unglückliche Umstände waren.«

»Ich hätte schneller reagieren müssen, sofort zum Telefon laufen müssen. Stattdessen habe ich Zeit verloren, ich habe doch versucht, sie aus dem Bett –« Sophie Bäumer brach in neuer Verzweiflung ab.

»Weiß man inzwischen, wie der Brand zustande kam?«

Die alte Frau zuckte die Schultern.

»Vielleicht hat es mit ihrer Raucherei zu tun. Sie hat falsch mit ihrer Zigarette hantiert, die Zigarette hat was in Brand gesteckt, und dann hat sie die Kontrolle verloren – «

»Aber das ändert doch nichts!«

Sophie Bäumer heulte mit überraschender Energie auf. »Ich hatte die Verantwortung, und ich hab versagt!«

Die Nenn-Nichte beugte sich vor. »Du hast alles richtig gemacht, glaube mir. – Und Anja war schon weg?«

»Ja, ich war doch ganz allein in der Situation.«

»Jetzt beruhige dich. – Hast du Rum im Haus?«

Die Tante wies schweigend zu einer Nussbaum-Konsole.

»Hier.« Regine Mewes goss für beide Tee nach und gab Rum dazu. »Gleich wird es dir besser gehen.«

»Meinst du?« Sophie Bäumer blickte mit verquollenen Augen hoch. »Ganz bestimmt. Alles wird gut. Bald sitzt Amalie wieder quicklebendig vor dir.«

Sophie Bäumer steckte das Taschentuch ein. »Du machst dir sicher Sorgen wegen eurer Wohnung.«

»Halb so wild. Für den Schaden kommt natürlich die Versicherung auf.«

»Ja, das hat Norbert mir erzählt. Er hat schon alles in die Wege geleitet.«

Regine seufzte leicht auf. »Fragt sich nur, wie lange die Renovierung dauert. Wir fallen dir hier zur Last –«

»Aber nein, Kindchen. Das ist doch wohl das Mindeste, was ich tun kann. Ich bin ja so froh, dass ich diese geräumige Wohnung habe.« Die alte Frau umfasste mit liebevollen Blicken die biberbraune Sitzgarnitur, die pergamentgelbe Tütenlampe und die Gitter-Stores, die den kleinen Balkon verhüllten. »Jetzt möchtest du sicher was Ordentliches essen.«

Sophie Bäumer erhob sich mit unerwartetem Schwung, als es an der Wohnungstür klingelte. »Norbert!«, hörte Regine ihre Tante rufen. Es klang so durchdringend entsetzt, dass sie aufsprang und zum Flur lief. Ihr Ehemann taumelte ihr entgegen, mit leeren Augen unter dem wirren Haar, das Gesicht so graubleich verfallen, dass sie zurückwich und die ausgestreckten Arme sinken ließ.

Norbert wankte an ihr vorbei und ließ sich auf das Sofa fallen. Während Regine und die Tante nachkamen und ihn aufs Höchste alarmiert anblickten, starrte er an ihnen vorbei. »Mutter ist tot!«, stieß er hervor. »Nein!«, schrie Sophie Bäumer. Sie presste eine Hand vor den Mund und sank auf den nächsten Sessel. »Waas?« Regine spürte, wie ihr Herz schnell und laut zu hämmern begann. Sie starrte abwechselnd ihren Mann und ihre Tante an und wusste nicht, wem sie sich zuerst zuwenden sollte.

Dann entschied sie sich für ihren Mann. Sie setzte sich zu ihm aufs Sofa und legte den Arm um ihn. »Das ist ja furchtbar. Mein armer Norbert!«

Amalies Sohn stieß wortlos ihren Arm weg. Regine wollte aufspringen, besann sich aber und blieb mit verkrampften Händen neben ihm sitzen. »So sag doch was, Norbert!« Sophie Bäumers Schock hatte sich in ein wimmerndes Weinen aufgelöst. »Bitte!«

Ihr Neffe drehte sich in einer unendlich langsamen Bewegung zu ihr um. Der Wunsch, für immer verstummen zu dürfen, und die Notwendigkeit, auf den flehentlichen Appell seiner Tante zu antworten, kämpften gegeneinander. »Mutter ist tot«, wiederholte er. »Sie ist aus dem Koma nicht wieder aufgewacht. Die Ärzte sagen, die Rauchvergiftung sei zu stark gewesen, ihre Lunge habe das nicht mehr verkraftet – «

Ihre Raucherlunge, durchfuhr es Regine. Aber sie knipste den Gedanken sofort wieder aus und hörte Norbert weiter zu. » – sie hätten nichts mehr machen können. Schließlich habe das Herz ausgesetzt.« Er verbarg das Gesicht in den Händen.

»Wo ist sie jetzt?«, flüsterte die Tante.

Norbert schaute auf, tränenlos. »Noch im Krankenhaus.«

»Du hast also Abschied genommen. Kann ich hinfahren?« Sophie Bäumer schluchzte erneut.

»Nein. Wenn du hinkommst, dann ist sie – dann ist sie – schon im Kühlfach.«

»Oh, Gott.« Norberts Tante weinte lauter. Immer wieder schüttelte sie den Kopf, so, als habe der Tod sich in der Adresse vertan. Mit dem Taschentuch drückte sie ihre Tränen weg. Doch die Schuld, die sie empfand, ließ sich nicht so schnell wegdrücken.

Regine stand auf. »Ich mach uns jetzt Kaffee.«

Niemand antwortete.

17

Feiner Regen sprühte gegen die Bürofenster, kurz darauf brach Sonnenlicht durch die Wolken. Es war April geworden. Werner Danzik saß am Schreibtisch und studierte erneut Anja Holthusens Tagebuch, während Torsten Tügel unterwegs zu einer Vernehmung war. Danzik las und schüttelte den Kopf, immer wieder. Dies war ein Dokument aus den Abgründen des Lebens, das Tagebuch einer unendlichen Leidensgeschichte. Was so erschütterte: Hier schlug, bis auf wenige Ausnahmen, nicht brutale körperliche Gewalt zu, die man gerichtlich hätte ahnden können, hier prasselte ein Angriff aus feinsten, scharfen Stichen auf das Opfer nieder. Bis dieses geduckt am Boden lag und sich nicht mehr rührte. Ein Wesen ohne Würde. Von Attacken ausgehöhlt, bis alle Selbstachtung vernichtet war. Oder hatte es doch eine Gegenwehr gegeben? Hatte Anja Holthusen den tödlichen Cocktail angerührt und ihrer Schwiegermutter verabreicht?

Danzik beugte sich wieder über das Tagebuch. »Isabel hat mir einen Rosamunde Pilcher-Roman geliehen. Eine schöne, romantische Welt. Es hat mich beruhigt, ich konnte gar nicht aufhören mit dem Lesen. Plötzlich kam L., riss mir das Buch aus der Hand: ›Was liest du da für Schund‹, schrie sie. ›Und der Haushalt bleibt liegen. Was bist du bloß für eine Schlampe.‹«

»Ich sollte die leeren Flaschen zum Container bringen. Seit Tagen fühle ich mich so müde, dass ich nicht aufstehen kann oder mich gleich wieder hinlegen muss. Ich weiß nicht mehr, wie viele Tage ich die Flaschen habe stehen lassen. Heute Morgen hat L. die Flaschen vor der Haustür die Treppe runtergeworfen. Sie sind kaputt gegangen, und dabei ist auch meine Seele kaputt gegangen, soweit das überhaupt noch möglich ist. Ich musste die Scherben einsammeln und das Ganze zum Glas-Container bringen.«

»Nichts Besonderes heute. Nur die alte Drohung, sie würden mich wegen meiner Depressionen entmündigen lassen, weil ich den Haushalt nicht bewältige. Dabei ist L. die Kranke: Dieser Perfektionismus ist doch nicht normal, sie hat eine Zwangsneurose.«

»Heute fand ich eine Waffe zwischen meinen Nachthemden. Ziemlich schwer. Auf jeden Fall zu schwer für einen Spielzeugrevolver. Ich muss irgendwo in den Wald fahren, um sie auszuprobieren. Ich weiß, was L. mir damit sagen will: Ich soll mich umbringen, das wäre das Beste für mich und auch für die anderen. Ich war erst sehr erschrocken, dann bekam ich eine Wut. Inzwischen erscheint mir der Gedanke verführerisch. Aus. Schluss. Der Vorhang fällt. Mein Leiden hat ein Ende.«

Danzik klappte das Buch zu. Er lehnte sich zurück und schloss die Augen. Der Ansatzpunkt lag hier, in

diesem zerrütteten Verhältnis zwischen Schwiegermutter und Schwiegertochter. Aber in welcher Art?
Je mehr er darüber nachdachte, desto mehr drehte er
sich im Kreise. Sollte er die Polizeipsychologin zu
Rate ziehen? Andererseits war der Fall doch sehr klar,
sogar ein psychologischer Laie musste die Zusammen-
hänge erkennen.

Konnte ein depressiver Mensch zu einem aggressiv
Mordenden werden? Ein Fall aus dem Alten Land fiel
ihm ein. Ein Gartenbau-Betrieb. Der Vater verwitwet,
ein jähzorniger Alkoholiker, der schwache, gutmütige
Sohn bei ihm angestellt. Der Sohn muss unterm Dach
hausen, bis zum Umfallen arbeiten, das Haus putzen.
Der Vater beschimpft ihn, weil er keine Frau hat, als
›schwule Sau‹. Der Vater bricht die Rosen ab, die der
Sohn züchten will. Der Vater will den Sohn entlassen,
der Sohn soll den Betrieb nicht übernehmen dürfen.
Zehn Jahre Demütigungen, die Lebensgrundlage ist
dahin. Da nimmt der Sohn ein Kissen und erstickt den
Vater. Er nimmt ihm den Atem, weil er selbst nicht
mehr atmen konnte.

Eine Tat, die nach einer wachsenden affektiven
Aufladung geschah. War es hier nicht genauso? Danzik öffnete die Augen und sah auf seine Uhr. Gleich
musste sie kommen. Anja Holthusen. Seine Taktik
hatte er sich bereits zurechtgelegt.

Es klopfte. Er sah zur Tür und bemerkte, wie sich
zögerlich Anja Holthusen hereinschob. Sie trug einen
beigefarbenen weiten Mantel, ihren schweren, kor-
pulenten Körper verbarg ein locker fallendes hell-

braunes Leinenkleid. Ihre Hände krampften sich um
eine braune Bügel-Tasche. Sie blinzelte ins Gegenlicht,
hinüber zu dem Kommissar, dessen Gesicht nur wenig erkennbar im Schatten lag. »Nehmen Sie Platz.
Möchten Sie einen Kaffee?«

»Oh, nein danke.« Anja Holthusen wirkte fast erschrocken. Sie setzte sich vorsichtig auf einen der dunkelgrauen Freischwinger. Das Licht blendete noch
immer, und nun fand sie den Mut, den Stuhl ein wenig rumzurucken.

»Sie wissen, warum Sie hier sind?«

Anja Holthusen hob die Schultern. »Ich hab Ihnen
doch schon alles gesagt.«

»Wir möchten alles über den Freundes- und Be-
kanntenkreis von Frau Holthusen wissen. Bitte denken Sie nach, lassen Sie nichts aus, jeder Hinweis ist
wichtig.«

Danzik ließ ihr Zeit. Er wusste, dass sie nicht gleich
reagieren würde, dass sie eine Falle witterte, in die sie
auf keinen Fall tappen wollte. Endlich kam die Antwort. »Sie war ja meistens in der Galerie. Fast alle, mit
denen sie verkehrte, hatten was mit ihrer Malerei zu
tun. Richtig befreundet war sie nur mit Herrn Singer.«

»Dem Galeristen. Wie stand sie zu *Frau* Singer?«

»Das Verhältnis war gespannt. Wegen dieser Hun-
deleinen-Geschichte. Trotzdem ging alles weiter, weil
Thomas' Mutter ja diesen enormen Erfolg mit ihren
Bildern dort hatte.«

Warum sagt sie nicht ›meine Schwiegermutter‹,
überlegte Danzik, wie es doch normal wäre. Aber

hier ist eben nichts normal. Der Abscheu musste grenzenlos sein. Bei der ersten Befragung war ihm das nicht aufgefallen. Da hatte sie wohl nur »sie« gesagt. »Wer kam regelmäßig zu Besuch zu Ihrer Schwiegermutter?«

Anja Holthusen wurde plötzlich rot. Sie senkte den Blick und griff fester nach ihrer Handtasche. »Niemand.«

Getroffen, dachte Danzik. Seine Formulierung, die einen regelmäßigen Besuch als Tatsache hinstellte, hatte verfangen. »Niemand?? In dem Alter hat man doch seine Kaffeerunden, pardon: in dem Fall Teerunden. Eine Nachbarin? Jemand aus der Galerie-Szene? Eine Verwandte?«

»Nein.« Anja Holthusens Röte schien jetzt in eine beengende Hitze überzugehen. Sie schob den Mantel etwas die Schultern hinunter.

Danzik drehte schweigend an seinem Schnurrbart. Unter seinem Blick begann sein Gegenüber immer stärker zu schwitzen. »Sagen Sie mir einfach, welche Kontakte es noch außer den Galerie-Leuten gab. Es war von einem Esoterik-Kreis die Rede.«

»Das sind doch nur tatterige alte Tanten.«

»Gab es irgendjemanden, der mit ihr verfeindet war? Der vielleicht eine alte Rechnung zu begleichen hatte?«

Anja Holthusen stieß die Luft aus. Es sah aus, als wiche plötzlich eine Last von ihr. »Ja, natürlich, die Edith Niehoff.«

»Und wer ist das?«

»Eine alte Schulfreundin.« Anja Holthusen beugte sich verschwörerisch vor. Auf ihrem Gesicht war fast so etwas wie Freude zu erkennen. »Das ist eine ganz seltsame Geschichte. Vor Jahrzehnten hat Elisabeth den Sohn dieser Freundin totgefahren.«

»Das ist ja 'n Hammer.«

»Ja, nicht wahr?« Anja Holthusen störte sich nicht an dem Ausdruck. Sie genoss es, den Kommissar – wenn auch nur kurz – verblüfft zu haben. »Wie kam das?«

»Sie hat ihn an der Garagentür zerquetscht. Das Auto rollte ungebremst los, irgendein Defekt, rein technisch kann ich es Ihnen nicht erklären. Jedenfalls hat die Untersuchung ergeben, dass sie absolut keine Schuld hatte.« Anja Holthusen erzählte es, als bedaure sie das noch heute. »Wie hat die Freundin, diese Frau – Niehoff reagiert?«

»Sie hat den Kontakt abgebrochen, wollte Elisabeth nie mehr im Leben sehen. Weil es doch ihr einziger Sohn war. Und den hatte sie ganz mühsam bekommen. In letzter Tüte, mit 41 Jahren.«

»Wie meinen Sie das – mühsam?«

Anja Holthusen machte eine Miene, als gäbe sie ein Geheimwissen preis. »Na, mit Samenklau. Sie hat sich einen geschnappt, nur um – na, Sie wissen schon. Schlimm, nicht?«

Gegen seinen Willen musste Danzik ihr Recht geben. Für Momente schweiften seine Gedanken ab, und es überkam ihn ein leiser Schauder. Konnte es sein, dass auch ihn eine Frau schon mal reingelegt hatte? Liefen vielleicht irgendwo in der Welt ein paar uneheliche Kinder von ihm rum? »Und wer war oder ist der Vater?«

»Weiß man nicht. Außer der Mutter sollen es nur die Holthusens gewusst haben. Man einigte sich, dass alle darüber schweigen würden.«

»Was hat denn Frau Niehoff beruflich gemacht?«

»Die?« Anja Holthusen verzog verächtlich den Mund. »Die hat früher als Apothekenhelferin gearbeitet. Hat jedenfalls nur eine kleine Rente.«

»Apothekenhelferin«, murmelte Danzik und machte sich innerlich eine Extra-Notiz. »Und Frau Niehoff hat nie wieder mit Ihrer Schwiegermutter Kontakt gehabt ...«

»Nein. Das heißt eben doch. Sie hat Telefonterror gemacht. Über Monate. Hat die Elisabeth bedroht, hat Rache geschworen, hat behauptet, das Gutachten sei falsch, und die Elisabeth habe eindeutig Schuld am Tod des Sohnes. Dann fing sie an, Geld zu verlangen, und die Holthusens haben sogar gezahlt.«

»Öfter?«

»Weiß ich nicht.« Anja Holthusen wirkte auf einmal erschöpft.

Plötzlich zog der Kommissar ein Blatt hervor und hielt es ihr dicht vors Gesicht. »Haben Sie das getippt?«

Anja Holthusen nahm das Papier. Sie brauchte einen Moment. Dann überzog sich ihr Gesicht erneut mit einer tiefen Röte. »Ja.«

»Die Ankündigung eines Selbstmords. Wollten Sie aus dem Leben scheiden?«

»Ja – manchmal habe ich daran gedacht.«

Der Kommissar riss ihr das Blatt weg. »Und so einen Abschiedsbrief schreiben Sie nicht mit der Hand, nein, Sie tippen ihn auf der Maschine. Warum?«

Anja Holthusen rutschte auf dem Stuhl hin und her. »Das war nur ein Entwurf. Außerdem habe ich so eine unleserliche Schrift.«

»Eine sehr dürftige Erklärung!« Danziks Ton wurde scharf. »Ich will Ihnen sagen, warum. Dieser Entwurf war für Ihre Schwiegermutter gedacht. Sie hatten geplant, bei dem Mord an Ihrer Schwiegermutter einen Selbstmord vorzutäuschen!«

»Nein! Glauben Sie mir, das war nur für mich!« Anja Holthusen fiel unversehens zusammen, der Kopf mit ihren stumpfgrauen Haaren sank auf die Brust.

Danzik stand auf. »Sie können jetzt gehen. Aber das war nicht unser letztes Gespräch.«

Anja Holthusen schraubte sich langsam vom Stuhl hoch. Sie sah den Kommissar verwirrt an, dann stürzte sie hinaus.

Werner Danzik ließ sich auf seinen Sessel fallen. Eine neue Spur? Oder wieder nur die alte, die ihn narrte wie ein Trugbild?

*

Er goss sich gerade seinen dritten Kaffee ein, als Tügel hereinschwang. »Na, erleuchtende Erkenntnisse gewonnen?«

Tügel ließ sich von Danziks ironischem Ton nicht beirren. Er blickte auf die Namensliste. »Von den Tarot-Kundinnen, die mit Scheck bezahlt haben, hab ich die Hälfte durch. Es waren alles nette ältere Damen, die das Spiel gekauft haben, um für sich allein die Karten zu legen, oder die es verschenken wollten. Keine ist bei der Befragung in Panik geraten, sie kannten den Fall Holthusen nur aus der Zeitung.«

»Na toll. Vielleicht ist diese ganze Tarot-Sache überhaupt ein Irrweg. Vielleicht mühen wir uns da umsonst ab.« Danzik sah trotz des Kaffeekonsums müde aus. »Nein, Werner, das müssen wir bis zum Ende durchziehen. Was ist denn heute los mit dir?«

»Die junge Holthusen war hier. Hat von einer Edith Niehoff erzählt. Die hatte einen Wunschsohn, und den hat Elisabeth Holthusen aus Versehen totgefahren.«

»Was? Das sieht ja nach einem echt starken Motiv aus!«

»Vielleicht. Aber das war vor zehn Jahren.«

»Trotzdem. Wenn man Kinder hat ...«

»Und davon verstehst du was!«

»Meine Güte, Werner. So was ist doch ständig in der Presse. Denk an die Flugkatastrophe vom Bodensee. Ein Mann, der dabei sein Kind verloren hat, hat zwei Jahre später den fahrlässigen Fluglotsen ermordet. – Ich seh schon, du hast heute wieder deinen Negativ-Tag. Davon lass ich mich aber nicht anstecken.« Torsten Tügel kippte sich einen Kaffee in den Becher. »Übrigens bin ich noch mal den Spuren von Isabel Ackermann und Anja Holthusen gefolgt. Was sie für den Tattag angegeben hatten. Die Ackermann ist im ›Petit Café‹ namentlich bekannt, hat sich da als Architektin groß in Szene gesetzt. Sie käme sehr oft, immer mit dieser dicken jungen Frau im Schlepptau.«

»Und?«

»Na ja, für den Tattag wollten sie sich nicht festlegen.«

»Und im ›Tessajara‹?«

»Der indische Wirt sagt, sie sind ab und zu da gewesen, die Gesichter kennt er, aber ob sie nun am 18. März da waren, wisse er nicht. Es täte ihm sehr Leid, aber …«

Danzik sah schweigend zur Decke. »Ich zisch dann mal ab, Werner. Ich will noch die Tarot-Liste abarbeiten.«

»Tu das.« Nachdem Tügel hinaus war, blickte Danzik auf die Uhr. Bis zum Mittagessen würde er noch den Termin mit seinem Kollegen vom Brandkommissariat unterbringen.

In dem Moment klopfte es laut, und gleichzeitig mit dem Klopfen kreiselte ein untersetzter, grauköpfiger Mann von zirka fünfzig Jahren herein. Jürgen Fedder, der Brandermittler. »Grüß dich, Werner.« Der Kollege platschte auf einen Stuhl. Seine blauen Augen funkelten fuchsig. »Brandfall Mewes. Jetzt wirst du aber staunen.«

Danzik lächelte. »Einen Kaffee, Jürgen?«

»Ja, ja. – Du hörst mir zu, Werner?«

»Aber sicher.«

»Also: Das Haus in der Parkallee. Es war Brandstiftung!«

»Nein!« Danzik stellte die Tasse ab.

»Doch. Du warst also nicht umsonst vor Ort.«

»Dann hab ich jetzt noch einen Mordfall Mewes am Hals.« Danzik ließ seinen Kopf in die Hand fallen.

»Hast du. Pass auf: Der Brand ist in der Küche gelegt worden. Aber er hätte überall gelegt werden können. Das mit der Küche war nur eine Finte. Weil dort gewöhnlich am meisten passiert. Der Täter wollte nur was suggerieren: Der Herd war nicht ausgestellt oder die Kaffeemaschine, oder es gab ein defektes Haushaltsgerät und so weiter. Ein paar angebrannte Kerzen lagen auch herum. Aber wer zündet im Frühling schon Kerzen an? Tatsächlich haben wir einen Brandbeschleuniger und ein billiges, quietschgrünes Feuerzeug gefunden.«

»Benzin?«

»Ja, ganz simpel Benzin. Aber nur ganz wenig. Minimal. Der Täter hat offensichtlich Angst vor einer Verpuffung gehabt. Muss ein ziemlicher Döskopp sein, dass er uns solche Spuren hinterlässt.«

»Könnte es auch ein weiblicher Döskopp sein?«

»Kaum. Statistisch gesehen, machen so was überwiegend Männer.« Jürgen Fedder ließ ein polterndes Lachen los. »Jetzt rattert bei dir schon die Motivsuche an, hab ich Recht?«

»Stimmt. Jürgen, du hast dich auch mit Profiling befasst. Erklär mir noch mal, was diese Brandstifter für Typen sind.«

»Gut. Ich will das mit aller Vorsicht mal generalisieren. Der Typ hat psychische Defekte, ist oft alkoholkrank, wird geleitet von einem Motivbündel persönlicher Probleme, die bis in Kindheit und Elternhaus zurückreichen und sich in Schule und in den ersten Berufsjahren fortsetzen.«

»Lieber Jürgen, mein Vater hat mich kujoniert, meine Mutter hatte keine Zeit für mich. Ich war ein Schlüsselkind und hatte in Mathe eine ›kaum noch Fünf‹.«

»Und trotzdem bist du Hauptkommissar und Leiter der Mordkommission geworden.« Jürgen Fedder schaute ein ganz klein bisschen beleidigt. »Soll ich nun weitermachen?«

»Aber ja.«

»Also: Der Typ ist nicht in der Lage, Konflikte zu bewältigen, er übt sich in Selbstmitleid, fühlt sich von der Gesellschaft benachteiligt, sucht die Schuld für sein vermeintliches Unglück stets bei anderen, obwohl er sich seinen sozialen Abstieg meist selbst zuzuschreiben hat. Er ist der ewige Verlierer.«

»Klingt fast nach Pennertum.«

»Ja, kann so enden. Es sind in jedem Fall verwahrloste Menschen. Körperlich wie seelisch. Dieses Psychogramm betrifft vor allem Wiederholungstäter.«

Danzik nahm langsam einen Schluck Kaffee. »Bei Ersttätern könnte sich also ein ganz anderes Bild ergeben?«

»Durchaus. Nehmen wir an, es handelt sich um Versicherungsbetrug. Oder um Vertuschungsmorde. Das Opfer wird aus Habgier oder Eifersucht umgebracht, hinterher legt der Täter Feuer, damit der Mord nicht herauskommt.«

»Das sind dann auch wieder Männer, oder?«

»Ja, weil Männer auch Explosionen in Kauf nehmen. Oder denk an den Typ Amokläufer. Jemand hat ihm was angetan, und aus Rache lässt er das Haus in die Luft gehen.«

Danzik überlegte. »Hatten wir überhaupt mal den Fall einer Brandstifterin?«

»Ja, hatten wir. Der Fall Rita Blohm. Die 50-jährige hatte ihren Mann erdrosselt und dann mit Streichhölzern die Wohnung in Brand gesteckt. Der Mann hat sie gequält und geschlagen, die Frau hatte ein Martyrium hinter sich. Später in der Zelle hat sie sich dann erhängt.«

»Ja, grauenhaft, ich erinnere mich.«

»So, Werner, und hier die Fotos vom Brandort.« Jürgen Fedder fächerte einen Satz Bilder auf den Tisch. Sie zeigten die Ausbruchsstellen, Spuren und Beweismittel und das Ausmaß des Schadens, der durch verkohltes Holz, verschmorte Geräte und das Löschwasser entstanden war.

»Die Besitzer sind nicht zu beneiden.«

»Ja, ein Riesenärger. Ein Schaden von mindestens 100 000 Euro, schätze ich mal.«

»Das muss die Versicherung bezahlen.« Danzik lehnte sich zurück. »Also Brandstiftung. Dann muss ich jetzt die Obduktion der Toten veranlassen. Vielleicht ist es ja wirklich ein Vertuschungsfall. Wer könnte denn ein Interesse haben, Amalie Mewes ...«

»Ja, Werner, das ist *dein* Job. Ich will dann mal

wieder. Viel Erfolg bei der neuen Verbrecherjagd!«
Jürgen Fedder legte noch den Brandbericht auf den
Tisch, dann schob er in seinem Seemannsgang hinaus.

Danzik sah ihm leise seufzend hinterher. Er verschränkte die Arme und holte die Bewohner der Familie Mewes vor sein inneres Auge: Sophie Bäumer,
die Cousine beziehungsweise Tante; Norbert Mewes,
der Sohn; Regine Mewes, die Ehefrau. Und Amalie
Mewes, das Opfer. Die Bewohner der oberen Stockwerke konnte man außer Acht lassen, das waren nur
Mieter. Das heißt – es gab auch Racheakte von Mie-
tern. Mieter, die durchgedreht waren, weil man ihnen
aus irgendwelchen Gründen mit Rauswurf gedroht
hatte. Aber würden die zündeln, wenn ihr eigenes
Mobiliar dabei mit draufging?

Telefonisch informierte der Kommissar seine
Teamkollegen über den Fall und setzte eine Lagebesprechung an. Dann endlich ging er zum Mittagessen
in die Kantine hinunter.

*

Der Dienstwagen der Kriminalpolizei, ein schwarzer
Golf, fügte sich unauffällig in die Reihe parkender
Autos ein. Elke Clausen gähnte. Sie hatte sich schon
um acht Uhr morgens aufgebaut, wenn auch der alte
Holthusen mit Sicherheit erst um neun oder vielleicht
noch später seine Villa am Leinpfad verlassen würde. Jetzt war es viertel vor neun. Von ihren Fenstern
aus konnten die Holthusens sie nicht sehen, es würde

also nicht auffallen, dass hier eine junge Frau schon so lange in einem Auto saß. Aber sie durfte nicht ins Blickfeld geraten. Immerhin war sie neulich, bei der Hausdurchsuchung, in der Villa gewesen, und so würde man sie zweifellos wieder erkennen. Zu dumm, dass der dafür vorgesehene Kollege krank geworden war. Zur Sicherheit trug sie deshalb ihre blonden Haare nicht wie sonst als Pferdeschwanz, sondern offen, und eine große dunkle Sonnenbrille verdeckte ihre Züge fast völlig.

Elke Clausen gähnte erneut. Eigentlich war sie top-fit, aber dieses Warten erschöpfte auch die Fittesten. Sie griff zur Thermosflasche und nahm einen Schluck Kaffee. Nur einen Schluck, ermahnte sie sich, sonst musste sie während der Observierung noch aufs Klo. Diese Unmöglichkeit, sich zum Pinkeln mal eben in eine Ecke zu stellen, war gemein von der Schöpfungs-macht, eine Bestrafung des weiblichen Geschlechts. Dafür konnte sie besser Auto fahren als die Jungs. Deshalb hatte Werner sie ja ausgewählt für diese Ak-tion. Weil sie am wendigsten fahren konnte.

Sie warf einen Blick auf das Boulevard-Blatt: »Klaus-jürgen Wussow: Hochzeit mit der Scholz-Witwe?« Das würde sie zu gern mal lesen ... Nein, nicht jetzt. Sonst würde es ihr noch wie Bully gehen. Der hatte seiner-zeit so tief in den Sportteil geguckt, dass ihm dieser verdächtige Albaner durch die Lappen gegangen war. Eine Riesenblamage. War ihm recht geschehen, diesem Bully. Hielt sich für einen zweiten ›Columbo‹, konnte aber nicht viel mehr, als frauenfeindliche Sprüche los-

zulassen. Noch einmal sah sie auf das Titelblatt. Die
Bubi-Scholz-Sache war ja auch ein Kriminalfall. Der
Boxer hatte seine Frau erschossen und trotzdem noch
mal heiraten können. Vielleicht hatte die neue Frau
Scholz ein Helfer-Syndrom ...

Die Polizeibeamtin schreckte hoch. Eben öffnete sich die Tür der Villa, und Henri Holthusen ging
durch das Eisentor zur Garage. Im sandfarbenen of-
fenen Mantel, sicher ein Burberry, vermutete sie, darunter ein hellbrauner Anzug mit gelbem Einstecktup-
fer. Kurz darauf lenkte er seinen dunkelblauen Mercedes auf den Leinpfad. Elke Clausen folgte ihm, als
er den Leinpfad verließ und links in die Fernsicht und
dann in die Bellevue einbog. Straßennamen, die nicht
treffender hätten sein können: Rechts ging der Blick
auf die Außenalster, das Wasser glitzerte in der Sonne,
gegenüber leuchteten weiße Patrizierhäuser aus zart-
grünen buschigen Parkgärten. Aber am schönsten das
Bild am Horizont. Im lichten Dunst die Türme der
Stadt: Sankt Jacobi, Sankt Petri, Sankt Katharinen,
das Rathaus und der Michel. Dazwischen als reprä-
sentativer Konsumtempel das Alsterhaus, rechts das
Finnland-Haus.

Henri Holthusen fuhr gemächlich, sie hatte keine Mühe, an ihm dran zu bleiben. Noch immer ging
es an der Alster entlang. Wenn der Frühling etwas
weiter war, würde sie bei »Bodos Bootssteg« wieder
einen Liegestuhl und einen Caipirinha nehmen ... Jetzt
zur Herbert-Weichmann-Straße, die Alster war nicht
mehr zu sehen, aber schon am Schwanenwik, gleich

hinter dem Literaturhaus, kam sie mit ihren weißen tanzenden Booten wieder in Sicht. Als der Mercedes nach links in den Glockengießerwall bog, war klar, wo die Fahrt enden würde: in der Speicherstadt, in Holthusens Firma oder in seinem Tee-Museum.

Was sollte diese Beschattung denn wohl ergeben, dachte Elke Clausen mit leisem Zweifel. Das war doch verlorene Zeit. Andererseits konnte er sehr gut der Mörder sein: Er hatte seine Frau gehasst, war ein Fremdgänger, er war fast pleite und wusste, dass er sie beerben würde. Dass sich seine Fingerabdrücke in der eigenen Wohnung befanden, war normal. Er hatte die beste Gelegenheit, sie umzubringen. Sicher musste man davon ausgehen, dass Elisabeth Holthusen, bei ihren leichten Herzrhythmus-Beschwerden, entgegen der Aussage der Familie und des Arztes entsprechende Medikamente im Haus gehabt hatte. Oder der Alte hatte noch welche von seinem damaligen Herzinfarkt. Wie sollte man die tödliche Verabreichung aber nachweisen? Überdies waren die Grenzen zwischen Medikamentenunfall und Medikamentenmord durchaus fließend. Vergiftung, dachte sie, ist das Schwierigste, man denke nur an den Fall Uwe Barschel. Hinzu kamen diese hammerharten Alibis. Gab es den perfekten Mord? Nein, nicht für die Polizei. Polizisten akzeptierten keinen perfekten Mord. Also nicht aufgeben, ermunterte sich Elke Clausen. Der Alte zuckelte jetzt den Sandtorkai hinunter, und dabei blieb es. Endstation Tee-Museum.

Die Kommissarin stellte ihren Dienstwagen etwas

entfernt von Holthusens Mercedes ab. Das würde jetzt langweilig werden. Sie schlug die Zeitung auf. Aber die Warterei wurde nicht so schlimm, wie sie befürchtet hatte. Plötzlich öffnete sich die schwere dunkelgrüne Tür des Kontorhauses, und der alte Holthusen trat auf die Straße. In seiner Begleitung eine Dame von Mitte fünfzig, die etwas füllige Figur wurde von einem eleganten braunen Kostüm gezähmt, die dunklen, von Grau durchzogenen Haare waren hochgesteckt.

Nach der Beschreibung im Polizeibericht musste das Irene von Sassnitz, seine Mitarbeiterin, sein. Die Kommissarin erfühlte sogleich, was für eine Beziehung die beiden verband. Kein Zweifel, da schwirrten Hormone hin und her. Die Art, wie der alte Holthusen um seinen Mercedes wirbelte, der Dame die Tür öffnete und ihr dabei tief in die Augen schaute, war mehr als kavaliersmäßige Höflichkeit. Die zwei hatten wirklich was miteinander, während Holthusens Dauerflirt mit der Galeristen-Gattin wohl nur eine geschäftliche Grundlage hatte. Oder einfach der übliche Küsschen-Küsschen-Umgang in der Pöseldorfer Kunstszene war.

Elke Clausen nahm die Kamera hoch und fing die ersten Fotos ein. Vielleicht war dies der Anfang eines beweiskräftigen Films? Sie ließ den Motor an. Der Mercedes vor ihr glitt den Sandtorkai hinunter, bog links Bei Sankt Annen ein und fuhr über die Brandstwiete bis zum Alten Fischmarkt. Auf dem großen Areal vor der Sankt Petri-Kirche fand Henri Holthusen einen Parkplatz. Elke Clausen kurvte hinterher, aber alles war besetzt. Während sie das Paar schon aus dem Auto steigen sah, gelang es ihr, sich beim Adressbuch-Haus am Schopenstehl in eine Lücke zu zwängen.

Jetzt aber hinterher. Sie spurtete los. Was hatten die beiden vor? Sicher waren sie auf dem Weg zu Hamburgs nobelster Shoppingmeile. Tatsächlich – vom Jungfernstieg spazierten sie in den Neuen Wall. Und hier reduzierten sie ihre Schritte aufs Schlendertempo. Elke Clausen seufzte auf. Was für klingende Modenamen: Armani, Bulgari, Escada, Féraud. Und sie selbst kaufte nur im Second Hand. Jetzt gingen sie zu »Beutin« hinein, sie folgte. War ein Taschenkauf angesagt? Irene von Sassnitz drehte sich mit einer nachtblauen Unterarm-Tasche vor dem Spiegel. Während die Kommissarin wie absichtslos an ihrer Digital-Kamera spielte, hatte sie die Szene auch schon im Kasten.

Arm in Arm, die von Sassnitz nun mit einer Hochglanz-Tüte an der Hand, ging es weiter den Neuen Wall hinunter, wo weitere Tüten hinzukamen: mit einem Kostüm, einem Kleid und einem Paar Schuhe. Ganz schön bei Kasse, der Alte. Nun ja, das Lissy-Erbe konnte ihm keiner nehmen, das würde auch sein angeschlagenes Geschäft sanieren. Außer, er war der Mörder. Wurde der denn gar nicht müde? Ich muss jetzt dringend aufs Klo, dachte Elke Clausen. Ah, sie drehten zum Hanseviertel ab, stiegen hinunter ins ›Mövenpick‹. Das Paar tafelte ausgiebig, zwischen den Gängen kamen jede Menge Handküsse und innige Blicke auf den Film. Elke Clausen bestellte sich eine

Apfeltorte und einen Kaffee. Dann endlich wagte sie es, die Beschatteten allein zu lassen und zur Toilette zu verschwinden.

Nachdem sich Henri Holthusen und seine Begleiterin noch mit einem Espresso gestärkt hatten, wechselten sie zur Kaufmannshof-Passage hinüber, wo weitere Modeerlebnisse auf sie warteten, dann querten sie den Rathausmarkt und bummelten über die Mönckebergstraße bis zu ihrem Parkplatz bei der Sankt-Petri-Kirche. Im Passagen-Viertel wäre Elke Clausen gern noch in ein paar Läden für Wohnaccessoires gegangen, aber das musste sie auf ein anderes Mal verschieben.

Jetzt wurde es spannend. Wohin würden die beiden fahren? Nach einer Rückkehr zum Museum sah es nicht aus, das ›Tee-Juwel Am Sandtorkai‹ funktionierte offensichtlich auch mit Minimal-Besetzung. Ich muss aufpassen, dass ich sie nicht verliere, dachte die Kommissarin, keine Ahnung, wo sie hin wollen. In seine Villa würde der alte Holthusen die Dame wohl kaum schleppen. Die depressive Schwiegertochter war dort, vielleicht könnte auch Thomas, der Muttersohn, auftauchen.

Der dunkelblaue Mercedes fuhr aus der City hinaus Richtung Pöseldorf. Wollten sie auch dort noch Klamotten kaufen? Der Wagen schwenkte in die Alsterchaussee und parkte vor einem modernen hellen Wohnhaus mit Erker-Anbau. Eng umfasst steuerte das Paar auf den Eingang zu, aus ihrer schwarzen Kroko-Tasche nahm Irene von Sassnitz einen Schlüsselbund.

Das war's dann, dachte Elke Clausen. Wahrscheinlich Liebe am Nachmittag. Weiter konnte sie sich nicht heranpirschen. Und was drinnen passiert, geht niemand was an. Wäre sie jetzt in einem TV-Krimi, wäre natürlich alles ganz einfach: Irgendwo ginge ein Licht an, und man wüsste gleich Bescheid, wo sich die Verdächtigen aufhielten. Aber im Moment war Nachmittag und das im April. Außerdem pflegten sich die Fremdgeher im Film immer vor aufgezogenen Gardinen zu lieben. Ein gut sichtbarer Coitus vor den Augen der Verfolger, und alles war klar ...

Elke Clausen näherte sich vorsichtig dem Haus und sah auf die Klingelschilder. »von Sassnitz« – das Schild war dem ersten Stock zugeordnet. Die Kommissarin sah zu den Fenstern hinauf. Frustriert drehte sie sich um und ging zu ihrem Auto zurück.

18

Werner Danzik fuhr schneller. Er war auf dem Weg zur Gerichtsmedizin, dem Institut für Rechtsmedizin in Eppendorf. Wieder mal dem Tod ins hässliche Gesicht schauen. Auf den Verkehrsinseln blühten satt und gelb Narzissen, der Stadtpark, an dem er vorbeifuhr, lud mit seinem frischen Grün die ersten Picknick-Gäste ein. Neues, knospendes Leben, wohin man blickte, und er bewegte sich der stinkenden Vorhölle der endgültigen Auslöschung entgegen. Dabei war der süßlich-durchdringende Leichengeruch kaum zu bemerken, die modernen Klima-Anlagen arbeiteten höchst effizient, es war mehr die persönliche Erwartungshaltung, es könne stinken, die ihn jedes Mal anspannte. Seltsam, dass die Angst vor dem Geruch noch stärker war als die Angst vor dem Anblick der Toten. Wenn er den Sektionssaal betrat, atmete er anders, am liebsten hätte er das Atmen ganz gelassen, er spürte ein wachsendes Unbehagen, als könne etwas geschehen, das ihn die Kontrolle über sich verlieren ließ. Wenn er dann erst mal neben dem Stahltisch stand und Hajo Urban ihm, direkt an der Leiche, die fachlichen Details erläuterte, verlor sich der Schrecken. Eingeweiht und involviert in die neuen Erkenntnisse, wurde er wieder zum Kommissar, den der Fall mitriss und elektrisierte, zum Jäger, der die Beute wollte, um jeden Preis. Auch wenn der Preis manchmal hoch war und die eigene Sensibilität auf die härteste Probe stellte.

Doktor Hajo Urban, der leitende Gerichtsmediziner, war in Ordnung, fand Danzik. Ein freundlicher, zugänglicher Kumpel, der sein Wissen unarrogant und verständlich rüberbrachte. Die zynische Ausdrucksweise, die manche Mediziner pflegten, hatte er nicht angenommen, er hatte solche Abwehrmechanismen nicht nötig. Er stand zu seiner Arbeit, und er hielt sie gut aus. Aber wiederum nicht so gut, dass er mit seinem Frühstücksbrot neben der Leiche gestanden hätte ...

Die Stahltür zum Sektionssaal öffnete sich automatisch, Danzik trat vor und blieb an der gefliesten Wand stehen. Er blickte nach oben zu der großen Glaskuppel, durch die ein Strom strahlenden Frühlingslichts nach unten floss, hinunter auf die wächserne Gestalt, die Doktor Urban mit Latex-Handschuhen und im grünen Kittel untersuchte. »Komm her, Werner, grüß dich. Nur keine Müdigkeit vorschützen, sagt meine Tante immer.« Hajo Urban lächelte fast amüsiert.

»Müde? Keine Spur. Ich bin so munter wie nie. Amalie Mewes. Ich bin gespannt, was du mir zu sagen hast.«

»Immer mit der Ruhe. Warum bleibst du da hinten stehen? Nun komm doch her. Jetzt, in der schönsten Pollenzeit, sind deine Schleimhäute ja wohl dicht. Wie geht’s dir denn?«

»Gut.« Danzik stellte sich neben den Stahltisch.

»Ich nehm meine Zyrtec-Tabletten, und damit hat sich's. Ist kein Thema für mich.«

»Umso besser, Werner. Tja, Tabletten, da ist im Fall Mewes so einiges zu berichten.«

»Was denn? Nun mach's doch nicht so spannend.«

»Moment.« Doktor Urban legte eine Pinzette auf die Ablage.

Danzik blickte der Leiche ins Gesicht. Ein älterer Mann. »Was ist mit dem?«

»Angeblich ein Treppensturz. Aber so harmlos ist die Sache nicht. Ich habe hier Anzeichen, dass – na, der Fall betrifft euch ja nicht.« Doktor Urban zog das Laken über die Leiche und ging zum Waschbecken, der Kommissar folgte ihm. »Also: Amalie Mewes«, drängte Danzik. »Wir sind mit allem durch. Willst du sie sehen?« Doktor Urban machte Anstalten, zu den Kühlfächern hinüberzugehen.

Danzik hob die Hände.

»Nicht?«

»Nein, es reicht mir, wenn du mir den Sachverhalt ohne Besichtigung darstellst.«

»Gut. Die Dame war multimoribund. Sie hätte jeden Moment an einer ihrer vielen Krankheiten sterben können. Diabetes, Osteoporose, Herzinsuffizienz. Aber eines natürlichen Todes ist sie nicht gestorben. Sie ist ermordet worden.«

»Ja, klar. Der Brandstifter hat ihren Tod zu verantworten. Das ist Mord.«

»Richtig.« Doktor Urban streifte sich die Handschuhe ab. »Sie ist an der Rauchgasvergiftung gestorben. Die Lunge war ohnehin geschwächt, sie war ja Raucherin, dann kam eine Lungenentzündung hinzu, dazu der Sauerstoffmangel durch die Gasvergiftung. Sie ist innerlich erstickt.«

»Danke. Dann müssen wir jetzt den Brandstifter ermitteln.«

»Stopp!« Hajo Urban seifte sich bis zu den Ellbogen die Arme ein. »Das ist nicht alles. Frau Mewes wurde schon vorher lebensbedrohlich geschädigt. In ihrem Magen haben wir eine erhöhte Dosis von Zyban gefunden.«

»Und was ist das?« Danzik sah den Mediziner gespannt an. »Zyban ist ein Raucherentwöhnungsmittel. Der Täter hat hier also nach dem Motto ›Doppelt hält besser‹ gehandelt. Erst die Tabletten, dann das Feuer.«

»Das ist ja interessant.« Danzik sah sich um, als suche er einen Stuhl. Dann lehnte er sich gegen die Wand. »Also ein äußerst planvolles Vorgehen.«

»Wobei es nicht ein und derselbe Täter gewesen sein muss.«

»Stimmt. Da taucht sofort die Frage auf, wer kommt an dieses Mittel ran. Aber gut, ich will dich nicht mit meinen Spekulationen aufhalten. Vielleicht kannst du mir nur noch einiges über das Medikament sagen. Ist es verschreibungspflichtig?«

»Ja. Bei einer Überdosierung von Zyban kommt es zu zentralnervösen Krampfanfällen sowie zu schweren Herzrhythmusstörungen. Das kann bis zum Herztod führen. Das war aber hier nicht der Fall, dazu war die Dosis sozusagen zu halbherzig. Die Patientin ist geschwächt worden und dann an der Rauchgasvergiftung gestorben.«

»Junge, Junge.« Danzik atmete trotz der anwesenden Leiche tief durch. »Wie gut, dass wir beide keine Raucher sind. Raucher müssen doch saublöd sein. Anstatt damit aufzuhören, werfen sie sich so ein riskantes Zeug ein. Sind das Tabletten?«

»Ja. Lassen sich leicht untermischen. Einfach ein paar mehr, und schon ist der ungeliebte Zeitgenosse hinüber.« Doktor Urban trocknete sich Hände und Arme ab. »Wenn du bedenkst, dass man schon mit der Normaldosis ins Schleudern kommt. In Großbritannien hat es angeblich 57 Todesfälle durch Zyban gegeben. 500 000 Menschen haben dort das Medikament genommen. Die Pharmaindustrie redet sich natürlich darauf raus, dass diese Leute bereits durchs Rauchen todkrank waren und ohnehin gestorben wären.«

»Alte Menschen schlucken einfach zu viel.«

»Da hast du Recht, Werner. Wenn ich hier die Mägen ausräume und sehe, was die alles an verschiedenartigen Medikamenten zu sich genommen haben, dann wundere ich mich, dass sie an diesem Bombardement nicht schon früher draufgegangen sind.«

»Und ich nehm ständig dieses Heuschnupfen-Mittel. Sollte ich vielleicht auch in den Müll tun.«

»Lieber nicht, sonst niest du mir noch die Bude voll. – Na, wenn's nur dies eine ist.« Hajo Urban begann zu grinsen. »Oder brauchst du noch was anderes? Bist ja nun auch schon über fünfzig ...«

»Nein, danke, kein Bedarf.« Danzik grinste zurück. »Im Übrigen tummelst du dich in derselben Altersklasse. Wenn mich nicht alles täuscht, bist du genau mein Jahrgang.«

»Hatte ich fast vergessen.« Urban lachte laut. »Also dann: gutes Gelingen beim Verbrecher fangen! Den Bericht bekommst du noch.«

»Alles klar. Ciao, Hajo.« Danzik drehte sich zur Tür. »Entschuldigung!« Fast wäre er beim Hinausgehen mit Uta Rabe, der jungen kurvigen Kollegin des Gerichtsmediziners, zusammengestoßen. »Ging ja noch mal gut«, lächelte sie.

Von wegen Potenzmittel, dachte Danzik. Dafür bin ich nun wirklich noch zu jung.

19

»Dann sehen wir uns die Dame mal an!« Danzik griff nach seinem anthrazitgrauen Lumberjack, Tügel warf sich seine schwarze Lederjacke über.

Edith Niehoff, Elisabeth Holthusens alte Schulfreundin, wohnte in Eimsbüttel. Ein urban geprägter Stadtteil, noch nicht auf dem Niveau von Winterhude, aber mit zunehmenden »In«-Qualitäten. Das multikulturelle Schanzenviertel gehörte ebenso dazu wie die Osterstraße, Einkaufsmeile und pulsierender Ausgangspunkt für die umliegende Kneipenszene. Seriöses Bürgerleben konzentrierte sich rund um den Unnapark mit seinem kleinen Weiher, wo Jugendstil-Häuser und mäßig hohe Nachkriegsbauten eine harmonische Symbiose bildeten. Edith Niehoff wohnte in der Straße »Am Weiher« in einem schmucklosen Klinkerhaus, hatte aber das Privileg, von ihrer Wohnung direkt auf den baumbesäumten Teich blicken zu können.

Danzik drückte auf die Klingeltaste. »Ja, bitte?«

Der Kommissar zögerte für Sekunden, die weibliche Stimme klang sehr jung. »Kriminalpolizei. Wir möchten zu Frau Niehoff.«

»Oh!« Trotz des erschreckten Ausrufs wurde umgehend die Tür geöffnet.

Danzik und Tügel stiegen zum zweiten Stock hoch, wo sie bereits von einer jungen kurzhaarigen Frau im weißen Jogging-Anzug erwartet wurden. Sie krauste fragend die Stirn. »Danzik. Mein Kollege, Herr Tügel.« Die Kommissare zeigten ihre Dienstausweise.

Die Frau warf nur einen kurzen Blick darauf. »Bitte kommen Sie!« Beim Vorausgehen drehte sie sich noch einmal um. »Ich bin die Physiotherapeutin. Wir sind mitten in einer Behandlung. Wenn Sie dort bitte warten würden.«

Das nicht sehr große Wohnzimmer war eingerichtet mit gelbblau gestreiften Schabracken-Sofas, einer gelben Tapete mit winzigen blauen Blüten und einem Couchtisch in Kirschbaum. Stilmöbel à la Biedermeier, konstatierte Danzik, während er gleichzeitig mit Tügel an das kleinteilige Fenster trat. Unten schimmerte grüngrau der Weiher, auf den Parkbänken ringsum hatten sich ein paar ältere Leute und eine Mutter mit Kinderwagen niedergelassen. »Nicht schlecht. Ein idyllisches Fleckchen«, bemerkte Danzik. »Ich könnte mir durchaus vorstellen, hier zu wohnen. Nah am Einkaufsviertel und doch ruhig mit viel Grün.«

»Nicht schlecht«, wiederholte Tügel Danziks übliche Floskel. »Vorausgesetzt, die Wohnung wird total aufgemöbelt.«

»Was bei dir heißt, du würdest alles rauswerfen.«

»Aber claro.«

»Schau mal hier.« Danzik wies auf ein Stillleben aus Rosen und Anemonen. »Signiert mit ›Elisabeth Holthusen‹. Wohl aus alten, harmonischeren Zeiten.«

»Mit Sicherheit.« Tügel dämpfte die Stimme. »Guck mal, das hier ist auch interessant.« Der junge Kommissar blieb vor einer dunkelbraunen Kommode stehen. »Ah, der Hausaltar.« Danzik beugte sich vor. »Das ist sicher der Sohn.« Das Foto mit schrägem Trauerflor zeigte einen jungen Mann von zirka Ende zwanzig, weiche Züge, helles, feines Haar, das in die Stirn fiel, das Lächeln wirkte ein wenig scheu. »Und hier die Mutti mit Sohn.« Die junge Frau mit den kinnlangen blonden Haaren und dem kräftigen Kinn presste einen kleinen Jungen an sich, der steif in die Kamera schaute. »Das wär's erst mal«, sagte Tügel. »In ihren Briefen und Papieren können wir schließlich nicht herumschnüffeln.«

Die Kommissare wollten sich gerade hinsetzen, als die Tür aufging. »So, Frau Niehoff, das sind die Herren von der Kriminalpolizei. Dann bis zum nächsten Mal. Tschüs.« Die Physiotherapeutin wartete die Antwort nicht mehr ab, sie war schon in den Flur verschwunden.

Vor ihnen stand eine schwergewichtige alte Frau, die sich auf einen Gehstock stützte. Das Kinn vorgeschoben, der Blick kalt und unbewegt. Eine Aura des Misstrauens ging von ihr aus. »Ja, bitte?« Die Frau rührte sich nicht. Wenn sie ihre Stellung verändern würde, dann wahrscheinlich nur, um mit dem Stock aufzuschlagen, dachte Danzik. Nach einem Platzangebot sah es jedenfalls nicht aus. »Kriminalpolizei. Mein Name ist Danzik. Mein Kollege Tügel. Wir ermitteln im Mordfall Holthusen.«

Edith Niehoff schob ihr Kinn noch weiter vor. Als
wolle sie sich vorbeugend wappnen. Nur ein leichtes
Zittern verriet, dass ihre steinerne Maskierung nicht
ganz perfekt war. Sie wies mit der Hand zum Sofa.
Während sich die Kommissare setzten, hinkte sie zu
einem Sessel. »Sie sind eine alte Schulfreundin von
Elisabeth Holthusen«, begann Danzik.

»Ja und?«

Der barsche Ton ließ den Kommissar sekundenlang
zusammenzucken. »Wir wissen, dass Frau Holthusen
durch unglückliche Umstände den Tod Ihres Sohnes
verursacht hat.«

»Umstände ... verursacht ... so kann man es auch
ausdrücken. Schuld war sie!« In Edith Niehoffs fah-
lem Gesicht flammte etwas auf, um ebenso schnell
wieder zu verschwinden. »Sie hat meinen Sohn getötet. Sie hat mein Leben zerstört.«

»Wann haben Sie Frau Holthusen zuletzt gesehen?«

Die alte Frau starrte zu Boden. Endlich blickte sie
auf. »Nach dem Tod meines Sohnes habe ich Elisabeth
überhaupt nicht mehr gesehen.«

»Aber gesprochen«, fuhr Tügel dazwischen. »Sie
haben sie am Telefon bedroht.«

»Woher haben Sie denn diesen Quatsch?«

»Das tut jetzt nichts zur Sache. Sie haben sogar
Geld verlangt.«

Edith Niehoff schwieg. Ihr Mund, der permanent
ein wenig beleidigt aussah, verzog sich noch mehr.
»Haben Sie nun Geld gefordert oder nicht?«

»Gefordert ... Elisabeth hat es mir angeboten. Weil sie sich schuldig fühlte.«

Die Kommissare nahmen sie in die Blickmangel, bis sie errötete. »Und? Ist das so schlimm? Die haben es doch schließlich ganz dicke, während ich mein Leben lang herumknappse.«

»Wie oft haben Sie Geld genommen?«, fragte Tügel. »Dreimal. Danach musste ich einen Vertrag unterschreiben, dass ich nie wieder über diesen Vorfall spreche. Damit es nicht der Firma schadet.«

»Dann haben Sie Frau Holthusen also doch gesehen!«

»Na ja – ein einziges Mal.«

Schweigegeld, ging es Danzik durch den Kopf. Sie hat ihren toten Sohn verkauft. »Haben Sie Elisabeth Holthusen verziehen?«

»Nun hören Sie doch mit diesem christlichen Kram auf!« Tatsächlich schlug die Niehoff jetzt ihren Stock auf den Boden.

Eine Unversöhnliche, dachte Danzik. Und ein ziemlich verpfuschtes Leben. War die Frau zu einem Mord fähig? Noch immer schien sie vor Rache zu glühen. Er musste sie aus der Reserve locken. »Ich verstehe Sie. So etwas kann man nicht verzeihen. Das alles ist sehr sehr schwer für Sie. Und wenn man dann noch mit Krankheit belastet ist ...«

Edith Niehoff sah ihn an. Erstaunt, im Blick ein letztes Fünkchen Misstrauen. »Ich weiß, wie das ist. Bin selbst chronisch krank.« Danzik klopfte sich auf

die Bronchien, während Tügel ein Grinsen unterdrückte. »Darf ich fragen, womit Sie geschlagen sind?«

»Arthrose. Deshalb muss ich diese Übungen machen.«

»Und wahrscheinlich einen Haufen Medikamente
nehmen. Oh, ich kenne das.«

Edith Niehoff war zusammengesunken. »Sie ahnen
ja gar nicht, was das für Schmerzen sind. Tabletten,
Tabletten, Tabletten. Ich bin ganz kaputt davon.«

»Ja, so ist es.« Danzik legte Mitgefühl in seine Stimme. »Man wird schwach, es geht aufs Herz. Müssen
Sie auch Herztabletten nehmen?«

»Ja, muss ich. Das Herz will nicht mehr.«

»Wahrscheinlich Digitoxin, nicht wahr?«

»Ja, Digitoxin. Aber wie kommen Sie darauf?«
Edith Niehoff hob ihren Kopf. Sie fixierte den Kommissar mit einem durchdringenden Blick. »Das ist
doch sehr bekannt. – Sagen Sie, Frau Niehoff, wo
waren Sie am 18. März zwischen Mittag und 19 Uhr?«

»Ah, daher weht der Wind!« Die Alte verzerrte das
Gesicht und rammte den Stock auf den Boden. »Sie
wollen ein Alibi, Sie glauben, dass *ich* Frau Holthusen ermordet habe!«

»Wir glauben gar nichts. Bitte beruhigen Sie sich
und schauen Sie in Ihren Kalender, was Sie an dem
Tag gemacht haben.«

»Reine Routine«, lächelte Tügel.

Aber Edith Niehoff gab nur ein schnaubendes Geräusch von sich. Dann hinkte sie zu einem Kirsch-
baum-Sekretär hinüber, zog den Kalender zu sich he-

ran und schlug mit zittrigen Fingern das Datum auf.
»Da hat mich meine Nichte ins Café ›Funkeck‹ eingeladen. Zu Kaffee und Kuchen. Anschließend sind wir mit ihrem Auto an die Elbe gefahren und haben in Schulau die an- und abfahrenden Schiffe beobachtet. – So, sind Sie jetzt zufrieden?«

»Wann waren Sie zu Hause?«, fragte Danzik.

»Jedenfalls weit nach 19 Uhr.«

»Dann schreiben Sie doch mal die Adresse und Telefonnummer der Nichte auf«, sagte Tügel.

Edith Niehoff warf den Kalender zurück und riss ein Blatt von einem Block. Mühsam hinkte sie zurück. Sie sah an Tügel vorbei und drückte Danzik die Notiz in die Hand. »Verlassen Sie sofort meine Wohnung, sofort!« Ihr gelbliches Gesicht war hochrot geworden, sie schien kurz davor, zusammenzubrechen.

Die Kommissare hatten sich erhoben. »Sie brauchen uns wirklich nicht hinauszuwerfen«, sagte Danzik freundlich. »Wir finden den Weg allein.« Tügel nickte ihr zu.

20

Sonntagmittag. Werner Danzik räumte die Küche auf, als das Telefon klingelte. Laura? Es war doch alles besprochen. Für heute Nachmittag waren sie verabredet, um Lauras Eltern zu besuchen. Danzik hatte sie schon einmal gesehen, bei einem Kaffeetrinken in der Stadt, aber zu einem richtigen Kennen lernen war es noch nicht gekommen. Er sah auf die Uhr. Schon so spät. Und gleichzeitig präzise die Zeit seiner Mutter. Es waren genau die letzten Minuten, bevor sich Gerda Danzik zur Mittagsruhe legte. »Danzik.«

»Du hast wieder nicht angerufen«, kläffte es aus dem Telefon.

Danziks Laune sank keineswegs, im Gegenteil, er rieb sich innerlich die Hände. Seine Rechnung schien aufzugehen. »Ach, ich hab gar nicht auf die Zeit geachtet. Na, nun hast du ja angerufen.«

»Ja, notgedrungen. Ich finde das sehr ungezogen von dir, dass du deine alte Mutter so im Stich lässt. Der Sohn von Frau Brandt ruft seine Mutter täglich an – täglich!«

»Ich bin aber nicht der Sohn von Frau Brandt.« Jetzt war es aber genug, er sollte das zänkische Hin und Her beenden. »Leider. – Wie ist nun die Planung

heute? Holst du mich ab? Oder soll ich eine Taxe
nehmen?«

»Die Planung ist so, dass Laura und ich heute ihre
Eltern besuchen. Im Seniorenheim. Die beiden wollen den Lebensgefährten ihrer Tochter nun endlich
genauer unter die Lupe nehmen.«

»Aha.« Es entstand eine längere Pause. Danzik
wusste genau, was sich jetzt im Kopf seiner Mutter
abspielte. Der Abscheu vor so etwas wie Seniorenheimen, in die nach ihrer Meinung alte Leute abge-
schoben wurden, kämpfte mit der Neugier auf Lauras
Eltern und der Aussicht, der Langeweile ihres Daseins
für ein paar Stunden zu entkommen. Abwechslung
musste her, egal, was es war. Aus diesem Grund hatte
sie sich schon an Nachbarinnen angehängt, um völlig fremde Menschen in Krankenhäusern zu besuchen. Auch Beerdigungen waren nicht vor ihr sicher.
Hauptsache, es passierte was. Auf die Idee, ihre Zeit
mit eigenen Interessen zu füllen, war sie noch nicht
gekommen.

»Wir treffen uns also heute nicht. So ein Heim-Mi-
lieu ist ja wirklich nichts für dich.«

»Das würd ich nicht sagen. Kann doch mal ganz
interessant sein.«

»Ich bitte dich – nur alte Leute. Da kriegst du ja
gleich Depressionen.«

»Wieso? Wenn Lauras Eltern dort leben, kann es
doch nicht so schlimm sein.«

Danzik grinste vor sich hin. »Ich muss jetzt aufle-
gen. Wir sehen uns nächstes Wochenende.«

»Nein! Nun warte doch mal. Ich möchte mitkommen.«

»Mitkommen? Also, ich weiß nicht, ob Laura damit einverstanden ist. Und ihren Eltern ist es sicher auch nicht recht.«

»Wie kannst du so was sagen! Schämst du dich etwa wegen deiner alten Mutter?«

»Nein, natürlich nicht, aber ...«

»Also, Schluss jetzt, ich komme mit. Ihr holt mich dann ab, ist doch für euch ganz einfach, es liegt ja am Weg.«

Werner Danzik seufzte vernehmlich durch den Hörer. »Gut. Wenn du es unbedingt willst. Um drei Uhr stehen wir vor der Tür.«

Er legte auf. Beschwingt goss er sich einen Schnaps ein. Dann wählte er Lauras Nummer. »Ich bin's. – Es hat funktioniert!«

»Wunderbar. Wann soll ich dich abholen?«

»Sei bitte gegen zwanzig vor drei hier. Ciao, meine Süße!«

Pünktlich klingelte es zweimal an seiner Haustür. Danzik sah aus dem Fenster. Unten stand Lauras lavendelfarbener Renault. Er rannte hinunter und warf sich auf den Beifahrersitz. Sie küssten sich, als wollten sie sich etwas versprechen, dann lehnte sich Danzik zurück. »Ich bin gespannt, ob meine Mutter anbeißt.«

»Ich auch.« Laura startete. Über Klosterstern, Stadtpark, City-Nord ging es zum Dulsberg. Oberschlesische Straße. Laura manövrierte in eine Parkzeile, es dauerte ein paar Minuten. »Ich finde, diese Laubengang-Architektur hat was. An Stelle deiner Mutter würde ich hier wohnen bleiben.«

»Sie weiß es aber nicht zu schätzen. Obwohl es so preiswert ist und sie sogar eine kleine Terrasse hat.«

Gerda Danzik stand schon ausgehbereit in der Tür. Wieder trug sie den gelbgrünen Regenmantel, den blauen Wollrock und die braun gesprenkelte Polyesterbluse. Danzik wäre fast explodiert, aber er bezwang sich. »Ich dachte, du würdest dich heute etwas anders kleiden.«

»Wieso, was soll daran verkehrt sein? – Finden Sie das auch, Laura?«

Laura lächelte beschwichtigend und schaute ihren Lebensgefährten an. »Bitte sei meiner Mutter behilflich. So können wir nicht losfahren.«

»Gern. Kommen Sie, Frau Danzik, dann wollen wir mal was Superschickes aussuchen.« Laura bewegte sich zum Schlafzimmer. Gerda Danzik hob protestierend den Arm, aber dann brummte sie nur ein »Na gut« und folgte.

Tatsächlich fanden sich ein dunkelblaues Kostüm mit angesteckter Goldbrosche und ein schwarzer Popelinemantel, die Schuhe waren alle klobig, das musste man in Kauf nehmen.

Werner Danzik sah seine Mutter mit zusammengekniffenen Augen an. »Gut, dann können wir«, entschied er.

Gerda Danzik drängte wie in einem Wettlauf zum

224

Beifahrersitz, aber der Sohn schob die alte Frau in den Fond. »Ich muss Laura den Weg zeigen.«

Laura griente ein wenig, denn sie kannte den Weg. Sie fuhren Richtung Bramfeld und bogen in Sasel in die Stadtbahnstraße ein. Kurz hinter dem Traditionsrestaurant ›Randel‹ erstreckte sich in mehreren, durch Glasgänge verbundenen hellen Häusern die Senioren-Anlage ›Parkresidenz Alstertal‹.

Der gläsern überwölbte Eingang wurde von diversen Blumenrabatten flankiert, drinnen, im Foyer, setzte sich die Begrünung mit Fächerpalmen, Ficus Benjamini und anderen hochgewachsenen Pflanzen fort.

Gerda Danzik blieb auf dem feingemusterten aprikosenfarbenen Veloursboden stehen und blickte zum Empfang hinüber, von wo ihnen ein untersetzter älterer Mann freundlich entgegenschaute. »Das ist ja wie im Hotel! Guck mal, Werner, die vielen Bilder. Das ist ja die reinste Galerie. Und diese Beleuchtung.« Sie starrte zur Decke, wo ein Sternenhimmel aus Halogen-Lämpchen indirektes Licht verbreitete. »Wirklich nobel. Gefällt mir.« Werner Danzik ließ seinen Blick zu einem Erker mit schilfgrünen und rötlich-gelben Korbmöbeln gleiten, in denen, alle in gleicher Richtung, eine Reihe alter Leute saßen. Einige von ihnen hingen mit offenem Mund oder bereits eingenickt in Rollstühlen. Plötzlich setzte Klavierspiel ein. Und nun wurde auch klar, wohin die alten Menschen schauten. Verborgen hinter Palmen stand ein Klavier, das eine junge Frau im kurzen schwarzen

Rock mit Verve bediente. »Du hast Glück bei den Frau'n, bel ami ...«

»Oh, lala.« Danzik begann, mitzusummen. »Von halb vier bis halb sechs. Jeden Sonntag«, erklärte Laura. »Ist im Preis inbegriffen. – Dann gehen wir mal rüber. Meine Eltern warten sicher schon.«

Sie wandte sich nach links, wo hinter Palmen und Hydrokulturen das hauseigene Café lag. Auch hier das gleiche Wintergarten-Ambiente mit Korbmöbeln, konsequent gestylt in Schilf und Aprikose. Durch die großen Glasfronten sah man auf eine Terrasse, bestückt mit Eisenmöbeln, und auf einen parkähnlichen Garten, in dessen Mitte ein kleiner Teich blinkte. »Nicht schlecht«, bemerkte Danzik. »Von drinnen bis draußen eine lauschige Oase.«

Lauras Eltern hatten sich von ihrem Fenstertisch erhoben und kamen den dreien ein paar Schritte entgegen. »Wir haben Werners Mutter mitgebracht.« Lauras Fröhlichkeit wirkte etwas forciert. »Darf ich bekannt machen ...«

Alle setzten sich. Beide, Lauras Mutter und ihr Vater, lächelten ungezwungen. Absolut weltläufig, konstatierte Danzik. Sie würden in jedem Fall Contenance bewahren, selbst wenn seine Mutter in Pennerklamotten gekommen wäre. Auch hier in ihrem Zuhause hatten sie ein stadtfeines Outfit angelegt. Stella Bonnier, klein und zierlich, trug zu ihrer goldblonden Fönfrisur ein pistaziengrünes Chanel-Kostüm, die Halsfalten kaschierte ein mehrreihiges Goldcollier. Carl Ludwig Bonnier war wesentlich größer, der Rücken stark gebeugt, was wohl mehr an seinem Beruf als ehemaliger Zahnarzt als an seinem Alter lag. Mit seiner markanten, edlen Nase, dem Bärtchen darunter und dem anthrazitgrauen Westenanzug sah er aus wie der sprichwörtliche Gentleman. Oder, noch treffender, wie ein Chevalier, denn er stammte aus einer Hugenottenfamilie. Beide Bonniers waren achtzig. Sogar älter als meine Mutter, dachte Danzik. Wenn man das mal vergleicht ... »Schön haben Sie's hier«, sagte Gerda Danzik. »Aber sicher sehr teuer, oder?«

Danzik zuckte zusammen. Sie würde doch nicht nach Beträgen fragen ... »Ja.« Stella Bonnier lächelte. »Aber wir sind sehr zufrieden. Nicht wahr, Carl?« Sie glitzerte ihren Mann von unten an. Sie sieht noch immer gut aus, dachte Danzik. Hat aber die volle Weibchenmasche drauf. Den Mann einwickeln und dabei die Hosen an haben. Gut, dass Laura anders war. Aufrichtig. Auf natürliche Art emanzipiert. Irgendwelche Manipulationen hatte sie nicht nötig. »Ja, wir haben die richtige Entscheidung getroffen«, bestätigte Carl Bonnier. »Wir hatten vorher ein Einzelhaus, aber das haben wir verkauft. Lieber rechtzeitig als zu spät. Das kann ja über Nacht gehen, dass man plötzlich nicht mehr so kann, wie man will. Die Gartenarbeit fiel uns schon zunehmend schwerer. Irgendwann hätten uns sicher auch die Treppen Mühe gemacht.«

»Ich würde nie aus meiner Wohnung rausgehen«, sagte Gerda Danzik beinahe trotzig. »Und wozu gibt es Treppenlifte?«

Inzwischen hatte eine dicke junge Frau in bunter

Seidenweste ihre Bestellungen aufgenommen. »Und wenn Ihnen was passiert?« Stella Bonnier sah ihr verhärmtes Gegenüber abschätzend an. »Hier sind immer Menschen, man würde es sofort bemerken. Aber so allein in der Wohnung, stellen Sie sich vor, Sie stürzen, niemand kommt ...«

»Und wenn schon. Dann lieg ich da eben. Wenn ich tot bin, merk ich's doch nicht mehr.«

In dem Moment wurden die Sahnetorten serviert, und Gerda Danzik stopfte sich begierig ein großes Stück davon in den Mund. »Außerdem wird man in solchen Seniorenheimen doch nur abgezockt«, fuhr sie kauend fort. »Ist doch bekannt, dass man hier für jeden Handschlag extra bezahlen muss.«

Die Bonniers schwiegen. Bevor es peinlich werden konnte, schaltete sich Laura ein. »Für den – zugegeben – hohen Preis wird aber sehr viel geboten. Im Restaurant kann man unter zwei Menüs wählen, es gibt eine Salatbar, Reinigungsdienst, Fensterputzer, Schwimmbad, Bibliothek, eigenes Theater – «»Ich geh nie ins Theater.« Gerda Danzik nahm schlürfend einen Schluck Kaffee. »Muss man natürlich auch nicht«, sagte Carl Bonnier versöhnlich. »Aber das Schöne ist, dass man hier so viele Kontaktmöglichkeiten hat. Wir haben immer Gesprächspartner.«

»Brauch ich nicht. Mir genügt mein Sohn.«

»Der sich aber, schon von Berufs wegen, nur selten um dich kümmern kann.« Werner Danziks Stimme war etwas scharf geworden.

»Wenn ich es allein nicht aushalte, kann ich ja jederzeit mit meinem Sohn zusammenziehen.« Gerda Danzik blickte provozierend in die Runde.

Die Bonniers schwiegen wieder. Laura sah krampfhaft auf ihren Teller, an Danziks Hals stieg Röte auf. »Zum Glück brauchen wir über so etwas nicht nachzudenken, du bist ja noch wunderbar in Form und vollkommen gesund.«

»Na, so gesund nun auch wieder nicht.«

Sie würde doch jetzt nicht über Krankheiten reden, dachte Danzik alarmiert, was könnte man jetzt bloß auftischen, um die Konversation in Gang zu halten? Da kam ihm Stella Bonnier zu Hilfe. »Wir wollen doch lieber ans Leben denken. Wissen Sie, Frau Danzik, was hier auch so angenehm ist? Dass gleich gegenüber das Alstertal Einkaufszentrum liegt. – Sie haben übrigens ein zauberhaftes Kostüm an.«

»Danke.« Trockener hätte man das Wort nicht sagen können.

»Ja, das ist es eben. Im Grünen wohnen, und ein paar hundert Meter weiter erwarten einen die elegantesten Modeboutiquen.«

Jetzt sagt sie gleich, sie geht nie in Boutiquen. Danzik rutschte auf seinem Stuhl hin und her. »Stimmt«, sagte Laura. »Das ist ein Riesenplus hier. Davon profitiere ich auch. Es macht Spaß, mit Mama da drüben einen Modebummel zu machen.«

Werner Danzik schaute abwechselnd Laura und deren Mutter an. Ein Freundinnen-Verhältnis, wenn auch nicht immer ohne Spannungen. Laura hatte die Schönheit ihrer Mutter geerbt, die weit auseinander stehenden Augen, bei ihr ein reines tiefes Blau, während die Augen der Mutter, nicht ganz so attraktiv, blaubraun gesprenkelt waren. Beide Frauen strahlten urbanes Flair aus, liebten und suchten es ... Was nützte seiner Mutter das Einkaufszentrum? Und die ganze schicke Senioren-Anlage? Nie würde sie in so was einziehen. Danzik sackte innerlich zusammen.

Carl Bonnier neigte sich ein wenig vor. »Liebe Frau Danzik, jeder hat seine eigenen Pläne fürs Alter. Dürfen wir Sie dennoch ein wenig durchs Haus führen?«

Sie wissen doch, dass meine Mutter kein Interesse hat, dachte Danzik. Ist es Besitzerstolz, gibt es keinen Gesprächsstoff mehr, oder wollen sich die alten Herrschaften nur ein bisschen bewegen?

»Ja, das guck ich mir mal an.«

Alle erhoben sich. Carl Bonnier ging in seiner eingeknickten Haltung langsam voran. Er führte die Bibliothek vor mit ihren Mahagoni-Regalen und Lederfauteuils, das schilf-aprikosenfarbene Restaurant, das Gesellschaftszimmer, wo man mit Auswärts-Gästen sitzen konnte, das Schwimmbad und das Theater (»170 Plätze, wunderbare Gastspiele, auch Wilhelm Wieben war schon hier«). »Da hinten geht's zur Pflegestation«, warf Stella Bonnier ein. »Aber das können wir nicht besichtigen.«

Gerda Danzik wehrte ab. »Bloß nicht so was.«

Das Angebot, ihre Wohnung anzuschauen, blieb aus. Aber Gerda Danzik hätte es auch nicht angenommen. Ihre Erschöpfung war größer als ihre Neugier geworden. So verabschiedete man sich, die Bonniers kamen noch mit bis an den gläsernen Eingang und winkten hinterher. Eher ihrer Tochter als den anderen.

Werner Danziks Mutter wand sich hinten ins Auto und rückte sich aufatmend zurecht. »Na, Frau Danzik, hat Ihnen die Parkresidenz gefallen?«, fragte Laura. »Ja, ist 'ne schöne Anlage. Aber teurer Kram. Nichts für mich.«

Ihr Sohn sagte nichts mehr. Erst als sie seine Mutter in ihrer Wohnung abgesetzt hatten, fand er seine Worte wieder.

21

Wattige, dicke Wolken schoben sich über einen sehr blauen Himmel, die Sonne strahlte warm in das Bürozimmer. Danzik zog sein Jackett aus. Schönes Wetter, dachte er. Ausflugswetter. Jetzt würde er gern mit Laura ... aber er hatte einen neuen Fall an der Backe. Mordfall Amalie Mewes. »Das ist ja 'n Ding«, sagte Torsten Tügel. »Also doppelt vergiftet. Erst durch Tabletten, dann durch Rauchgas. Aber wer sollte ein Interesse haben, so eine alte Frau umzubringen?«

»Ja, wer? Was vermuten denn deine kleinen grauen Zellen?«

»Geld. Der schnöde Mammon. Um was soll's sonst gehen, wenn Grufties unnatürlich sterben? Jemand erwartet ein Erbe, aber es dauert ihm zu lang ...«

»Nicht schlecht. Aber auch nicht gut. Der Sohn Norbert Mewes hat einen soliden Posten als Geophysiker, Wohnrecht im Haus besitzt er ohnehin, und nach einem Geld verstreuenden Lebemann sieht er nicht gerade aus.«

»Vielleicht führt er ein Doppelleben. Muss jemanden aushalten oder für uneheliche Kinder aufkommen.«

»Nichtehelich heißt das. Aber lassen wir das Rätselraten. Jetzt leuchten wir mal richtig in die Familienverhältnisse.« Danzik sprang auf und warf sich sein Jackett über. »Auf geht's. Parkallee Nummer 24.«

Sie nahmen einen Dienstwagen und fuhren durch den Stadtpark über die Maria-Louisen-Straße ins Harvestehuder Alleenviertel. Danzik sah zu dem gelben Klinkerbau hoch. Nur noch ein paar Rußspuren. Es hätte schlimmer kommen können. Aber die Einrichtung war hin. Er drückte auf die Klingeltaste. »Ja?« Vor ihnen hatte sich eine stämmige, kurzbeinige Frau aufgebaut. Grauer Jogging-Anzug, eine fahle Kurzhaarfrisur, die auf eine praktische Art Fraulichkeit signalisierte. Man dachte an Dauerwelle, ohne dass es eine war. »Kriminalpolizei. Danzik. Mein Kollege, Herr Tügel. Frau Regine Mewes?«

»Ja.« Die braunen Knopf-Augen blickten ebenso hart wie wachsam. Regine Mewes wies stumm zur Diele. Dann ging sie an den Beamten vorbei ins Wohnzimmer. »Meine Tante, Frau Bäumer.«

Sophie Bäumer trug einen blauen Schürzenkittel und hielt ein Putztuch an den Körper. Verlegen sah sie den Kommissaren entgegen. »Wir kennen uns ja schon«, sagte Danzik mit warmem Timbre und reichte ihr die Hand. Tügel tat das Gleiche.

Die Züge der alten Dame entspannten sich. »Wir sind hier nämlich am Saubermachen.«

»Ja, natürlich. Nach diesem schrecklichen Desaster werden Sie reichlich zu tun haben. Wir möchten Ihnen beiden unser Beileid aussprechen.«

»Mein Beileid«, sagte Tügel.

Beide Kommissare hatten sich zu Regine Mewes gewandt. »Danke.« Regine Mewes blieb wie eingepuppt in ihrer Steh-Position. »Nehmen Sie doch Platz.« Sophie Bäumer wies auf zwei rosabraun geblümte Polstersessel und setzte sich auf ein ebenso gemustertes Sofa. »Sie müssen entschuldigen, das ist hier ein furchtbares Chaos, aber wir warten noch auf Teile der neuen Einrichtung.«

»Aber ich bitte Sie. Wenn man bedenkt, wie es hier vor kurzem ausgesehen hat, haben Sie doch schon viel geschafft.«

Regine Mewes zog die Brauen hoch. Endlich ließ sie sich auf dem Sofa neben ihrer Tante nieder. Sie sah die Beamten gerade an. »Sie sind doch nicht gekommen, um uns Ihr Beileid auszusprechen.«

»Richtig. Der Tod Ihrer Schwiegermutter wird die Familie schwer getroffen haben. Aber nun müssen wir Ihnen leider noch etwas Anderes mitteilen.« Danzik machte eine Pause. »Ihre Schwiegermutter ist ermordet worden.«

»Nein!« Sophie Bäumer drückte sich das Putztuch ans Gesicht. »Mein Gott, die arme Amalie.«

»Ermordet, sagen Sie?« Regine Mewes bewahrte Haltung. Nur ein leises Zucken verriet, dass sie die Dimension der Nachricht erfasst hatte. »Wie sollen wir das verstehen?«

Danzik schwieg und fixierte sie. »Es war Brandstiftung«, sagte Tügel. »Brandstiftung«, wiederholte Regine Mewes langsam. »Interessant. Die ganze Zeit habe ich überlegt, wieso es hatte brennen können.

Es war mir rätselhaft. Ich dachte schon, meine Tante hätte irgendwas in der Küche – «

»Ich??« Sophie Bäumer hatte plötzlich rote Flecken im Gesicht. Es sah aus, als ob sie gleich weinen würde. »Wie kannst du nur so etwas sagen. Nur weil man schon etwas älter ist.« Sie schaute zu Danzik. »Herr Kommissar, bin ich mit 70 zu alt, um auf den Herd Acht zu geben?«

»Aber nein, liebe Frau Bäumer. So etwas zu behaupten, wäre wirklich Unsinn.«

»Siehst du!« Die alte Frau drehte sich zu ihrer Nenn-Nichte um. »Frau Bäumer, wir möchten jetzt mit Ihrer Nichte allein sprechen. Würden Sie solange nach nebenan gehen?« Danzik nickte ihr freundlich zu. Sophie Bäumers eulenhafte Augen blickten verwirrt, dann erhob sie sich. »Machen Sie sich keine Sorgen«, fügte Tügel hinzu. »Frau Mewes, wo waren Sie, als der Brand gelegt wurde?«, fragte Danzik. »In Italien. In Montegrotto. Das hat Ihnen meine Tante doch bereits gesagt. Als das mit dem Feuer passierte, war ich schon vier Tage in Italien. Wollen Sie den Flugschein sehen?«

»Ja. Können Sie nachher mal raussuchen. – Was mich erstaunt: Sie fragen gar nicht nach dem Täter.«

»Ja, haben Sie ihn denn?«

»Nein, aber ich hatte erwartet, dass Sie sich darüber Gedanken machen, vielleicht sogar eine Vermutung haben.«

Regine Mewes hob die Schultern. »Da kann ich Ihnen wirklich nicht weiterhelfen.«

»Wer gehört denn zur Familie? Ich bitte um vollständige Angaben, auch was fernere Verwandte betrifft.«

Regine Mewes stand auf und ging zu einem Servierwagen hinüber. Sie schenkte sich einen Magenbitter ein. »Sie sind ja im Dienst ...«

»In der Tat.« Wollte sie Zeit gewinnen?, überlegte Danzik. »Zur Familie gehört mein Mann. Wie er mir erzählt hat, haben Sie ihn ja schon befragt.«

»Wobei er hinreichend entlastet wurde.«

»Ja. Dann natürlich meine Tante. Meine Schwiegermutter war geschieden. Da gibt es einen Ex-Mann, Medizinprofessor, der hat wieder geheiratet. Felizia, eine jüngere, sehr attraktive Frau. Von meiner Schwiegermutter wollte der Professor nichts wissen und schon gar nichts von Norbert, meinem Mann. Sie haben sich überworfen, weil mein Mann angeblich behauptet hatte, Felizia hätte Schmuck aus dem Familienerbe gestohlen.«

»Ihr Mann ist der einzige Sohn?«

»Ja. Das heißt, der einzige von Amalie und dem Professor. Mein Mann hat allerdings noch einen älteren Bruder, Dieter, den hat meine Schwiegermutter unehelich zur Welt gebracht.«

»Und wer ist der Vater von diesem Dieter?«

»Harald Rollmann, ein pensionierter Ingenieur. Lebt in Stuttgart.«

»Torsten, du notierst die Adressen.«

»Claro, Chef.«

»Beschäftigen Sie Personal in Ihrem Haushalt?«

»Ja.« Regine Mewes nahm einen großen Schluck Magenbitter. »Wir haben Dörte, das ist die Pflegerin meiner Schwiegermutter. Die kommt täglich. Und Frau Basthorst, die kommt einmal in der Woche zum Putzen.«

Immerhin ist sie gesprächig geworden, dachte Danzik. Das war der richtige Moment für eine überraschende Attacke. »Frau Mewes, wie war Ihr Verhältnis zu Ihrer Schwiegermutter?«

Regine Mewes' abweisende Miene verschloss sich noch mehr. Sie überlegte kurz. »Normal.«

»Normal? Ihr Mann erwähnte, dass es öfter Spannungen gab. Es schien ihn zu belasten, dass Sie sich mit seiner Mutter nicht so gut verstanden.«

»Warum fragen Sie dann, wenn Sie schon alles wissen? Sie war krank, eine schwierige Patientin, aber ich hab sie dennoch Tag für Tag betreut.« Regine Mewes kippte empört einen weiteren Magenfreundlichen hinunter. »Ich verstehe nicht, wie mein Mann so etwas daherreden kann.«

»Gut, Frau Mewes. Gehen Sie jetzt bitte hinaus und rufen Sie Ihre Tante.«

Sophie Bäumer hatte inzwischen den Schürzenkittel abgelegt. Sie blieb unsicher auf der Schwelle stehen. »Werde ich jetzt verhört?«

»Aber nein, liebe Frau Bäumer.« Danzik war aufgestanden und führte sie zum Sofa. »Wir wollen uns nur mit Ihnen unterhalten. Vielleicht können Sie uns bei unseren Ermittlungen ein wenig helfen.«

»Ja?« Die alte Frau sah angestrengt zwischen den Kommissaren hin und her.

Danzik fragte wiederum nach den Familienangehö-
rigen und nach Hauspersonal und erhielt die gleichen
Auskünfte wie zuvor bei der Nichte. »Denken Sie
noch einmal an den Brandtag. Ist Ihnen irgendetwas
Ungewöhnliches aufgefallen?«

»Eigentlich nicht. Nur die Küche – die Küche sah
irgendwie verändert aus. Als wenn jemand Fremdes
drin gewesen wäre. Ich könnte aber nicht sagen, was
es war.«

»Aber eine Freundin von Frau Mewes sei noch im
Haus gewesen, sagten Sie mir bei unserem ersten Gespräch. Wie heißt denn diese Freundin?«

»Das ist die Anja. Aber die weiß ja in der Küche
Bescheid. Anja Holthusen.«

»Wie bitte?«, fragten die Kommissare gleichzeitig.
»Anja Holthusen«, wiederholte Sophie Bäumer.

Danzik schaltete sofort. Er legte den Finger an die
Lippen. »Nichts über unser Gespräch an Ihre Nichte«, flüsterte er. »Dass Sie uns diesen Namen genannt
haben, erzählen Sie nicht Ihrer Nichte!«

»Sie schweigen über alles, was wir eben besprochen haben«, setzte Tügel nach. »Ja, natürlich, wie Sie
wünschen.« Sophie Bäumer schaute verstört. Es war
offensichtlich, dass sie nichts verstand. »Also, Anja
Holthusen. Die aus der Tee-Familie. Ist das richtig?«

»Ja.«

»Wo wohnt sie?«

»Am Leinpfad.«

Danzik stieß die Luft aus. »Junge, Junge, das muss
ich erst mal verdauen.«

»Ich auch«, bemerkte Tügel. »Gut, das war's. Sie beide halten sich zu unserer Verfügung«, sagte Danzik. »Bitte holen Sie jetzt Ihre Nichte, wir möchten uns verabschieden.«

Regine Mewes drückte unablässig ihre Hände. Ein seltsamer Kontrast zu ihrem unbewegten Gesicht.

»Auf Wiedersehen«, sagte sie kraftlos.

Sie drehte sich mit einem Ruck zu ihrer Tante herum. »Was wollten die von dir? Was wollten sie wissen?«

»Nichts. Ich weiß doch auch nichts.« Sophie Bäumer flüchtete sich in ein Weinen.

*

Die Beamten stiegen in ihren Dienstwagen. »Gibt's hier irgendwo ein Ding, wo wir uns niederlassen können?«, fragte Danzik.

»Musst du besser wissen als ich, du wohnst doch hier.«

»Ja.« Danzik schlug sich vor die Stirn. »Ich bin vollkommen von der Rolle. Geh'n wir ins ›Palazzo‹.«

Sie parkten an der Oberstraße und bogen ein in die Rothenbaumchaussee. »Ich brauch jetzt was.«

»Was denn, Chef?« Tügel lachte. »Alles. Eine gute Pasta und ein Wein werden mich beruhigen. Ich muss nachdenken, die Gedanken ordnen.«

»Ich auch.«

Sie nahmen Platz an einem der weiß betuchten Tische und bestellten sich ein Spaghetti-Gericht. »Torsten, du fährst nachher?«

»Mach ich.«

Danzik orderte einen Weißwein, Tügel ein Mineralwasser.

Der Ältere nahm durstig einen Schluck. »Ich fass es nicht. Regine Mewes und Anja Holthusen kennen sich. Sind sogar Freundinnen. Was sagst du?«

»Ich glaub's nicht.« Tügel schüttelte den Kopf. »Eine Verbindung zwischen diesen beiden Frauen. Meine Intuition sagt mir: Das ist sensationell. Oder?«

»Kein Zweifel, das ist der Megahammer.« Tügel zupfte an seinem Ohrring. »Fragt sich nur, was es bedeutet.«

»Was es bedeutet? Beide sind befreundet. Beide haben Schwiegermütter, unter denen sie schrecklich leiden. Beide Schwiegermütter sind tot. Zwei alte Frauen – ermordet.«

»Hmm.« Tügel gabelte nachdenklich die Spaghetti auf. »Klar, der Zusammenhang liegt auf der Hand. Aber: Beide haben wasserdichte Alibis. Im einen Fall beeidbar, im andern sogar beweisbar. Die Holthusen war mit ihrer Freundin Isabel zusammen, die Mewes nachweislich in Italien.«

»Stellen wir uns vor, sie haben das gemeinsam ausgeheckt. Mit Plan.« Danzik suchte nach einem Stück Papier, gab es aber wieder auf. »Wie würden sie vorgehen?«

»Weiß ich nicht. Ich hab noch nicht gemordet.«

»Also, Torsten, jetzt reiß dich mal zusammen.«

»Jemanden anheuern? Einen Killer beauftragen?«

»Sich *gegenseitig* anheuern! Die Freundin mordet

jeweils für die andere! Klickt's jetzt bei dir?« Danzik hörte vor Erregung mit dem Essen auf.

»Ach, so. Ja, es klickt. Morde über Kreuz. So wie bei Hitchcock. Unerklärliche Morde, weil das Motiv zu fehlen scheint.«

»Genau. Moment.« Danzik spülte mit geschlossenen Augen einen Schluck Wein hinunter. »Wie war das jetzt bei Hitchcock, beziehungsweise bei Patricia Highsmith – du kennst den Roman? ›Zwei Fremde im Zug‹?«

»Nee, nur den Film.«

»Na, es war etwas anders. Von dem Duo ermordet zuerst der eine die ungeliebte Ehefrau des andern, aber ohne Wissen und Zustimmung des andern. Später erzählt er es ihm.«

»Keine abgekartete Sache? Nur so? Das ist psychopathisch.«

»Ist es auch. Was unter anderem den Reiz des Romans ausmacht. Der andere ermordet dann, quasi unter Zugzwang, den verhassten Vater des ersten.«

»Das ist verrückt, Werner. Hoffentlich wurden sie zur Rechenschaft gezogen.«

»Nur der eine. – Wie könnte es in unserem Fall gelaufen sein? Nur mit einem gemeinsamen Plan. Außerdem sind diese beiden Frauen keine Psychopathen.«

»Anja Holthusen ist labil und depressiv. Die Mewes wirkt auf mich kalt und berechnend. Ich sehe eine Schwierigkeit: Wer fängt mit dem Morden an? Ein Risiko. Der Erstmörder müsste sich ja darauf verlassen können, dass der Partner sein Versprechen einhält und dann auch zur Tat schreitet.«

»Ja, verflixt. Du hast Recht.« Danzik warf vehement seine Serviette auf den Tisch. Dann ließ er sich in den Stuhl zurückfallen. »Hirngespinste! Also, wieder nichts!«

»Würd ich nicht sagen. Die Tatsache, dass die Schwiegertöchter zweier ermordeter Schwiegermütter befreundet sind, ist schon faszinierend. Es ist auf jeden Fall eine Spur.«

»Hoffentlich. Dann wissen wir, was wir zu tun haben. Überprüfung der Mewes. Fingerabdrücke an den Gläsern, der Flasche, der Tarot-Karte und so weiter, und so weiter.«

22

Als sie wieder im Büro saßen, schlenderte Bully Bärwald herein. In seinem aufreizenden Gang, Bewegung nur aus den Hüften heraus, der Oberkörper blieb starr. Wie seinerzeit Robert Mitchum, der Schauspieler. »Ich hab was für euch.« Er reichte Danzik ein Blatt hinüber und lehnte sich lässig an die Wand. »Was ist das?«

»Ein paar Hinweise aus der Bevölkerung. Auf Grund der Pressenotiz.«

»Eher dürftig, oder?«

»Nicht unbedingt.« Bärwald schob seinen Kaugummi auf die andere Mundseite. »Das meiste ist zwar Schrott, aber ein Name wird euch vielleicht interessieren.«

Danzik sah auf das Blatt. Eine Liste von Namen. Darunter einer, der ihn sofort elektrisierte. Regine Mewes. »Mensch, Torsten, hier steht Regine Mewes!«

»Waas?« Tügel beugte sich aufgeregt vor.

Danzik blickte zu Bully. »Das ist ja 'n Ding. Wie bist du denn zu diesem Namen gekommen?«

Bärwald löste sich von der Wand und nahm gemächlich seinen Kaugummi aus dem Mund. »Also, ich hab da einen Typen in der Leitung, eine alte quäkige

Männerstimme, der Typ windet sich ziemlich herum, ich will schon abhängen, aber dann … also, er sei ja wirklich kein Herumspionierer, eigentlich auch nicht neugierig, aber … ich sag, ja, was ist denn nun? Da fragt er nach der Belohnung, ich sag, ja, das ist schon okay, und nun rückt er endlich damit heraus: Er ist Rentner, wohnt am Leinpfad in der Villa nebenan und legt sich mit Vorliebe ins Küchenfenster, um zu beobachten, wer bei den Holthusens ein und ausgeht. Das ist sein Hobby. Ich sag, was ist daran interessant? Er sagt, das ist *sehr* interessant, weil, die geben öfter Promi-Empfänge, und da könne man sie alle sehen: Evelyn Hamann, Monika Peitsch, Ben Becker, Volker Lechtenbrink und so weiter. Von jedem Auto, das da vorfährt, schreibt er das Kennzeichen auf. Auch von Unbekannten. Und die Zeiten. Man wüsste ja nie, er würde auch immer die Sendung ›XY – ungelöst‹ anschauen.«

»Und dann hast du sämtliche Fahrzeughalter ermittelt«, stellte Danzik fest. »Klar.« Bully Bärwald reckte sich. »Gut gemacht, Bully.«

»Ihr glaubt also, die Fälle Holthusen und Mewes hängen zusammen?«

»Das eruieren wir ja gerade!« Danzik schwenkte unruhig die Liste. »Also, dann!« Bully Bärwald schnippte ihnen ein »Ciao« zu und schob hinaus.

Danzik schaute wieder auf die Liste. »Regine Mewes fährt also einen schwarzen Fiat Tipo. Torsten, wir besorgen ein Foto von Regine Mewes und legen es dem Rentner vor. Dann werden wir erfahren, ob sie wirklich mit ihrem eigenen Wagen dort war.« Er rieb sich die Hände. »Das Puzzle macht sich. In einer knappen Stunde kommt die Mewes zur Abnahme der Fingerabdrücke. Ich hab sie ein bisschen ausgefragt: Ihre Tante ist noch immer zum Helfen in der Parkallee. Während dieser Zeit fährst du hin und organisierst ein Foto von der Mewes. Mit der Tante kommst du doch klar, oder?«

»Nicht so gut wie du, Chef. Ich glaub, sie steht mehr auf ältere Herren.«

»Das ist ja wohl – « Danzik hob einen Hefter als Wurfgeschoss, ließ ihn aber mit einem Grienen wieder fallen. »Du weißt also Bescheid. Nette Teestunde und gemeinsam ins Fotoalbum schauen.«

»Toll!« Tügel rollte die Augen nach oben und griff nach seiner Lederjacke.

Nein, auf der Straße hätte er sie nicht wieder erkannt, dachte Danzik, als Regine Mewes am Nachmittag erneut vor ihm stand. Auch wie sie angezogen war, hätte er nicht sagen können. Er betrachtete sie, in einem Akt bewussten Sehens: beigefarbener Popeline-Mantel, braune Baumwollhose, beigefarbene Bluse, flache braune Schuhe. Die Haare – unmöglich, diese Farbe zu bestimmen. Von Kopf bis Fuß hausfrauliche Nicht-Farben, muttihaft, so wie die älteren Damen im ›Funkeck‹-Café, die man als Personen oder gar Frauen nicht mehr unterscheiden konnte. Dabei war sie erst Mitte vierzig. So etwas wie Erotik schien sie nicht drauf zu haben, offenbar war sie sich ihres tranigen Norbert sehr sicher. Den sie wohl erfolgreich hätte dirigieren können, wenn nicht diese Schwiegermutter gewesen wäre ... Ihre Biederkeit durfte einen nicht täuschen. Muttihaft ja, aber nicht mütterlich. Mütterlichkeit war das Letzte, das sie ausstrahlte. In ihren gleichmäßig braunen Knopfaugen lag etwas Verschlagenes. Und zugleich etwas sehr Zielgerichtetes.

Er ging ihr entgegen und begrüßte sie. Ihre Hand: ein kaltes, feuchtes Etwas. Auf ihrer Stirn ein schweißiger Film. »Bitte nehmen Sie Platz.«

Regine Mewes beschirmte die Augen. Dann drehte sie den Stuhl mit einem einzigen kräftigen Ruck herum. Während sie ihre Hände verknotete, als wolle sie ihnen jedes Eigenleben nehmen, sah sie den Kommissar herausfordernd an. »Warum haben Sie mich vorgeladen? Vor ein paar Stunden haben Sie mich doch bereits vernommen.«

Danzik wich in den Schatten zurück. »Das ist richtig. Aber wir brauchen noch mehr von Ihnen. Ihre Fingerabdrücke.«

»Meine Fingerabdrücke ...« Regine Mewes sah auf ihre Hände und verknotete diese fester. Sie überwand ein Zittern in ihrer Stimme und setzte wieder eine freche Miene auf. »Warum das denn? Verdächtigen Sie mich etwa? Glauben Sie im Ernst, ich hätte meine Schwiegermutter umgebracht? Gepflegt habe ich die alte Dame, gemacht und getan ... Übrigens, wenn ich Sie daran erinnern darf: Ich war zum Zeitpunkt des Mordes in Italien! Also, was soll das jetzt?«

Danzik lächelte sphinxhaft. »Ja, Sie waren in Italien. Dann ist doch alles in Ordnung. Warum regen Sie sich so auf? Wir ermitteln in alle Richtungen. Wir nehmen Fingerabdrücke von allen Personen, die in irgendeiner Weise mit der Tat in Verbindung stehen. Reine Routine.«

»Das kauf ich Ihnen nicht ab. Wahrscheinlich bin nur ich vorgeladen.« Der Blick aus den Knopfaugen verlor jetzt seinen Halt, irrte flackernd durch den Raum. »Die Reihenfolge überlassen Sie bitte uns. Können wir jetzt runtergehen?«

»Ich könnte das verweigern.« Regine Mewes postierte sich neu auf dem dunkelgrauen Freischwinger. »Nein, können Sie nicht. Wollen Sie sich strafbar machen, indem Sie einen Mörder schützen?«

Regine Mewes presste ihren kleinen Mund zusammen. Sie stand auf und warf sich ihre braune Tasche über die Schulter. »Da wären wir.« Danzik führte sie in einen Raum, wo ein Kollege mit den Schwärzfolien bereit stand. »Auf Wiedersehen, Frau Mewes. Bis zum nächsten Mal.«

Die Verdächtige sah ihm nach. Den Kopf erhoben, doch alles an ihr zitterte. Bebte in einer schweigenden hilflosen Wut.

*

Am nächsten Morgen hielt Danzik das Foto in der Hand. Es war deutlich, groß genug und erfasste Regine Mewes bis zur Taille. Sie blickte gerade in die Kamera, kühler Blick, den Kopf mit der nach oben ge-

bogenen Nase gehoben, was ihr einen dumm-dreisten
Ausdruck gab. Zum Lächeln war sie nicht gekommen,
der Knipser hatte sie überrascht. »Sehr gut«, sagte
Danzik. Er war in einer euphorischen, vibrierenden
Stimmung, die auf Torsten Tügel übersprang. Beide spürten die freudige Gespanntheit und Ungeduld
von Jägern, die kurz vor dem Fang standen. »Auf zu
unserem Rentner!«

Sie fuhren den Leinpfad hinunter, und Tügel manövrierte den Wagen in eine Parklücke. Beide schauten zu dem Nachbarhaus der Holthusen-Villa empor.
Das Küchenfenster, das ihnen beschrieben worden
war, stand offen, aber von einem älteren Mann war
nichts zu sehen. Sie klingelten. »Herr Köster? Kriminalpolizei.«

»Kommen Sie rein, hab Sie schon erwartet.« Ein
Mann, Mitte siebzig, in einem braun-grün gescheckten
Pullover und mit einer Pfeife in der Hand, führte sie
ins Wohnzimmer. Schwarze Ledermöbel, ein dunkel-
roter Perserteppich, Ölbilder. Konservativ-gediegen,
konstatierte Danzik. Und so einer legt sich nun täglich
auf die Lauer. Hatte der keine anderen Interessen? Na
egal. »Möchten Sie einen Whisky? Dumme Frage, Sie
sind ja im Dienst. Ein Wasser?«

»Nein, nein, gar nichts. Keine Umstände bitte.«

Der alte Mann zwinkerte den Kommissaren zu.
»Sie können's nicht erwarten, stimmt's? Ich bin bereit.«

Danzik reichte ihm das Foto. Herr Köster steckte die Pfeife in den Mundwinkel, hielt das Bild vom

Körper weg und betrachtete es mit zusammengekniffenen Augen. Danzik atmete laut, Tügel wippte mit den Füßen. »Ja, das ist die Frau. Die mit dem schwarzen Fiat Tipo.«

»Kein Zweifel?«, fragte Danzik. »Kein Zweifel«, wiederholte der Alte. »Wie oft war sie bei den Holthusens?«

»Ich schätze so fünf, sechs Mal.«

»War sie am 18. März hier?«

»Moment.« Der Rentner schlug ein Notizbuch auf. »Ja, Herr Kommissar, war sie. Ich schreib hier immer alles rein. Aber ich konnte ja nicht wissen, dass das wichtig – «

»Schon gut. Danke, Sie haben uns sehr geholfen.«

»Danke.« Tügel nickte dem Alten zu und folgte seinem Chef.

Am Auto blieb Danzik stehen und drehte an seinem Schnauzer. Sie standen direkt vor der Villa der Holthusens. »Weißt du noch, an welchem Tag die Putzfrau bei denen arbeitet?«

»Mittwochs. Gunda Thalheim.«

»Gutes Gedächtnis. Heute *ist* Mittwoch. Dann gehen wir jetzt mit dem Foto ein Haus weiter.«

»Klasse Idee, Werner.«

Sie öffneten das schwarze Eisentor und stiegen die paar Stufen bis zur Haustür hoch. Danzik drückte auf die Klingeltaste. »Ja?« Die Stimme in der Sprechanlage war weiblich. »Kriminalpolizei.«

Wenig später wurde die schwere Holztür aufgezogen. Gunda Thalheim, in orangefarbener Bluse, braunen Hosen und blauer Schürze, sah ihnen muffig und ablehnend entgegen. »Sie noch mal?«

»Ja, wir noch mal. Können wir reinkommen?«

»Bitte. Ist aber niemand da.«

»Oh, das macht gar nichts. Ihre Gegenwart reicht uns völlig.« Danzik ging forsch bis zu den cremefarbenen Schabrackensofas durch. Die Thalheim blieb unschlüssig stehen. »Na, nun kommen Sie schon«, sagte Danzik.

Die Putzfrau hockte sich auf einen Sessel und griff in ihre Schürzentasche. »Möchten Sie?« Sie hielt den Kommissaren eine Packung ›Marlboro light‹ entgegen.

»Nein, danke.« Das kam zweistimmig.

Gunda Thalheim zündete sich eine Zigarette an und inhalierte langsam und tief. »Kennen Sie diese Frau?« Danzik holte überraschungsschnell das Foto hervor.

Die Thalheim legte die Zigarette ab und nahm das Foto in beide Hände. »Natürlich. Das ist Frau Mewes. Schrecklich, nun gibt es bei denen auch noch einen Mord.«

»Was hatte Frau Mewes mit den Holthusens zu tun?«

»Na, sie ist die Freundin von Frau Holthusen. Von Frau Holthusen junior.«

»Hatte Frau Mewes auch Kontakt zu Elisabeth Holthusen?«

»Ja, klar, sie hat ihr die Karten gelegt.« Gunda Thalheim griff gleichmütig nach ihrer Zigarette.

Danzik und Tügel sahen sich an. Erregung pulsierte bis in ihre Schläfen, aber sie bezwangen sich. »Ist Frau Mewes Wahrsagerin?«, fragte Tügel.

»Sie macht das nebenbei. Hat das wohl selbst von einer Wahrsagerin gelernt. Jedenfalls war Frau Holthusen senior ganz verrückt nach ihr. Alles in ihrem Alltag hat sie nach den Karten ausgerichtet.« Gunda Thalheim zerquetschte die Zigarette und lehnte sich zurück. Ihre Miene ließ keinen Zweifel, dass sie ihren Wissensvorsprung genoss. »Vor allem wollte sie hören, ob sie weiter so großen Erfolg mit ihren Bildern hat, und ob ihr bald ein Liebesglück winkt. Mit dem Galeristen.« Die Putzfrau lächelte schief. »Liebesglück! Also, nicht dass ich gelauscht hätte, aber ich hab's mitbekommen.«

»Und wie oft war Frau Mewes hier, um die Karten zu legen?«, fragte Danzik. »Ach, immer wieder. Fünf, sechs Mal bestimmt. Frau Holthusen wollte auf Nummer Sicher gehen.«

»Was waren es für Karten?«

»So farbige bunte Bilderkarten. Eigentlich sehr hübsch.«

»Tarot-Karten?«

»Ja, genau. Tarot heißen die. Na ja, die haben ihr auch nichts genützt.« Gunda Thalheim tippte sich spöttisch gegen die Stirn. »Ganz schön bescheuert, was? Wenn die Karten alles verraten, dann hätte sie ja auch ihren Tod voraussehen müssen.«

»Sie haben die Tote am 18. März gefunden. Ist Ihnen bekannt, ob an diesem Tag Frau Mewes erwartet wurde?«

Die Putzfrau griff nach einer neuen Zigarette. »Nein, davon weiß ich nichts. Ich hab nur die beiden Gläser gesehen. Aber wen Frau Holthusen zu Gast hatte, kann ich nicht sagen.«

Plötzlich sprang sie auf. An der Haustür drehte sich ein Schlüssel im Schloss.

Anja Holthusen war gekommen. Belebt mit einem hellroten Lippenstift, in einem marineblauen Designer-Mantel, strahlte sie einen neuen, ungewohnten Chic aus. Als sie die Kommissare erblickte, wich schlagartig die Farbe aus ihrem Gesicht. In einer vorsichtigen, etwas zu langsamen Bewegung setzte sie ihre Einkaufstüten ab.

Die Putzfrau nahm ihr den Mantel ab. Anja Holthusen blieb stehen, als nehme sie Witterung auf. »Guten Tag, kann ich Ihnen irgendwie helfen? Oder haben Sie den Mörder schon?«

Danzik lächelte. Was war das für eine verzweifelte Vorwärts-Attacke! »Nein, den Mörder oder besser: die Mörderin haben wir noch nicht.«

»Mörderin?«

»Nun, es deutet einiges auf eine Frau. Aber das muss Sie jetzt nicht kümmern. Wir möchten nur wissen: Ist Regine Mewes Ihre Freundin?«

Anja Holthusen wurde noch eine Stufe blasser. Sie sah zu Gunda Thalheim hinüber. In einem Schnelldurchgang ihrer Gedanken wurde ihr wohl klar, dass sie diese, auch der Putzfrau bekannte Tatsache nicht leugnen konnte. »Ja, das ist richtig.«

»Und Frau Mewes kam ab und zu ins Haus, um Ihrer Schwiegermutter die Karten zu legen?« Tügels Stimme hackte zu wie ein Raubvogel. »Mit Tarot-Karten«, ergänzte Danzik. »Stimmt das?«

Anja Holthusen sah vom einen zum andern. Eingekreist von den scharfen Zugriffen, wurde ihr fast schwindlig. »Ja, das stimmt«, gab sie zu. »Das wär's dann«, sagte Danzik. »Sie hören von uns.«

Während die Kommissare zur Haustür gingen, schlurfte Anja Holthusen zu der Mahagoni-Konsole. Sie schenkte sich einen Whisky ein und trank in tiefen, betäubenden Zügen.

Sie drehte sich zu der Putzfrau. »Sie können heute früher Schluss machen. Jetzt gleich.«

23

Die Lagebesprechung im Kommissariat war zu Ende, und noch immer lag eine fiebrige, summende Erregung in der Luft. Es war geschafft. Die Puzzleteilchen im Fall Elisabeth Holthusen fügten sich zu einem Ganzen. Fingerabdrücke und Zeugenaussagen ließen keinen Zweifel: Regine Mewes war die Täterin.

Auch Holthusen Senior und Holthusen Junior hatten inzwischen bestätigt, dass die ›Wahrsagerin‹ im Haus verkehrt hatte, das Tarot-Spiel war, so hatte die Recherche ergeben, per Scheckkarte von Regine Mewes erworben worden. Das Herzmittel Digitoxin hatte sie ihrer herzkranken Schwiegermutter entwendet, in deren Medikamentenbestand, wie Pflegerin Dörte erklärt hatte, eine Palette mit 25 Tabletten abhanden gekommen war.

Die Kollegen und Kolleginnen erhoben sich, um in ihre Büros zurückzukehren. Aufgeladen wie nach einem großen sportlichen Spiel, noch immer Details wiederholend und in Mutmaßungen über die psychologischen Hintergründe. Jeder hatte ein Beweisstückchen rangeschleppt, wieder einmal hatte das Team, geleitet von Hauptkommissar Danzik, einen Fall zum Erfolg geführt. Inzwischen war auch der Haftbefehl erwirkt worden. »Torsten und ich fahren jetzt zur Festnahme in die Wohnung«, rief Danzik. »Den Sekt gibt's später.«

»Ja, lass uns losfahren«, drängte Tügel. »Nicht dass die Dame noch außer Landes entwischt.«

Sie nahmen den Dienstwagen und sausten zur Park-allee. Das Haus war noch immer verrußt. Danzik musste dreimal anhaltend klingeln, bevor die Tür aufging. Regine Mewes stand vor ihnen, diesmal nicht breitbeinig, sondern hektisch blickend an die Wand gedrückt. Die kurzen Haare sahen zerzaust aus, als hätte sie vergeblich versucht, ihnen Form zu geben. »Ja, bitte?«

Die Kommissare stürmten in die Diele. »Ach, Sie wollen schon wieder verreisen?« Danzik sah auf einen großen schwarzen Koffer und eine dazu passende Reisetasche hinunter. »Sag ich doch, Werner, der Vogel will uns entfleuchen.«

Regine Mewes verzog, wohl wegen des »Vogels«, beleidigt den Mund, dann aber schlug, wie ein schweres Tuch, Verzagtheit über ihr zusammen. »Wir wissen, dass Anja Holthusen Ihre Freundin ist, und Sie wissen, dass wir es wissen!« Danzik fixierte sie. »Ja, ich habe Sie schon erwartet.« Regine Mewes sagte es unerwartet leise. »Warum?«

»Sie haben mir neulich die Fingerabdrücke abgenommen ...«

»In der Tat.« Der Kommissar hielt ein rotes Blatt hoch. »Wir haben einen Haftbefehl. Frau Mewes, ich verhafte Sie wegen des dringenden Verdachts, Elisabeth Holthusen ermordet zu haben. Sie haben das Recht, einen Anwalt hinzuzuziehen. Sie brauchen nichts zu äußern, was gegen Sie verwendet werden könnte.«

Regine Mewes senkte den Kopf. Wie Wellenkreise im Wasser breiteten sich rote Flecken über ihr Gesicht. Trotzdem machte sie einen schwachen Versuch: »Können Sie das beweisen?«

»Selbstverständlich.« Danziks Ton wurde scharf. »Die Laborergebnisse beweisen: Ihre Fingerabdrücke sind an den Gläsern, an drei Flaschen, mit denen Sie den Cocktail bereitet haben, und an der Tarot-Karte, die Sie dummerweise am Couchtisch haben fallen lassen.«

»Das Tarot-Spiel gehört Ihnen. Per Scheckkarte gekauft!« Tügels Worte kamen wie ein Pfeil. »Die Holthusens und die Putzfrau bestätigen, dass Sie der Ermordeten öfter die Karten gelegt haben!«

»Ein Nachbar der Holthusens bezeugt, dass Sie am Tattag in das Haus gegangen sind!«

»Die Digitoxin-Tabletten für den Mord haben Sie Ihrer Schwiegermutter entwendet!«

Regine Mewes hielt sich wie im Schmerz die Hände an die Ohren. »Hören Sie auf!«

Danzik nickte seinem Kollegen zu. Der zog die Handschellen hervor. »Diese Armbänder sind genau das Passende für Sie!«

»Alles Weitere auf dem Präsidium. Dort werden Sie Ihre Aussage zu Protokoll geben.« Danzik fasste die Verdächtige am Arm, Tügel griff von der rechten

Seite zu. Wenig später saß Regine Mewes im Dienstwagen.

In seinem Büro löste Danzik die Handschellen. Regine Mewes rieb sich die Gelenke, die ziemlich rot geworden waren. Der Kommissar drehte sich zum Tonbandgerät, während sich Tügel an seinen Schreibtisch setzte. »Sie sind einverstanden, dass wir Ihre Aussage aufnehmen?«

Die Mewes zögerte. In ihren Augen lag wieder etwas Verschlagenes. »Ich möchte einen Anwalt.«

»Bitte.« Danzik schob ihr das Telefon hin.

»Ich kenne aber keinen.«

»Hier ist das Branchenbuch. Oder Sie fragen Ihre Verwandten nach einem Anwalt.«

Die nun sichtbar Angeschlagene ließ resigniert die Hände sinken. »Sie kommen hier vorerst nicht weg.« Danzik schaltete das Band ein. »Fangen wir an. Sie geben also die Tat zu?«

Regine Mewes rutschte auf dem Stuhl hin und her. Ihr Blick zickzackte in verschiedene Richtungen. Plötzlich schien ihr die Tragweite des Geschehenen bewusst zu werden. Sie schwieg. »Frau Mewes, die Beweise sind erdrückend. Bedenken Sie, dass ein Geständnis Ihre Strafe reduzieren kann.«

Die Verdächtige starrte ihn an, beinahe trotzig, die Zähne auf die Unterlippe gepresst. »Sie waren am 18. März in der Holthusen-Villa. Dort haben Sie Elisabeth Holthusen eine Überdosis Digitoxin ins Getränk

getan, die zum Tod der Frau Holthusen führte. Ist
das richtig?«

Noch eine Pause, dann kam ein »Ja«.

»Na also, es geht doch«, warf Tügel ein. Bevor er
weitere Zwischenrufe starten konnte, brachte Danzik ihn mit einem Blick zum Schweigen. Ich muss es
schaffen, dachte Danzik, ich muss das dunkle Tun
dieser Frau ans Licht bringen, sehr sachlich, vorsichtig und geschickt. Gleichzeitig spürte er, wie ihre Gefühllosigkeit einen Abscheu in ihm erregte, der ihn
fast körperlich erschaudern ließ. »Beginnen Sie ganz
von vorn. Wie Sie Anja Holthusen kennen gelernt
haben, wann Sie zum ersten Mal an die Tat dachten,
und wie Sie sie ausgeführt haben.« Ich sage ›Tat‹,
überlegte Danzik, das klingt harmloser und wird ihre
Zunge hoffentlich lösen.

Regine Mewes blickte auf ihre verflochtenen
Hände. »Anja und ich haben uns in der Sauna kennen gelernt. Wir waren immer am selben Wochentag
da, und so kamen wir schnell ins Gespräch. Schon
bald haben wir festgestellt, dass wir beide in der
gleichen häuslichen Hölle leben. Außer mit unserem Mann mit einer Schwiegermutter, die uns tagtäglich aufs Schlimmste quält. Mit Psychoterror und
manchmal sogar mit körperlicher Gewalt. Jedenfalls
bei Anja ...«

»Sie mochten Anja gleich sehr gern?«

»Ja, natürlich.« Regine Mewes' Blick schweifte wie
in eine innere Ferne. »Ich merkte es sofort: Sie ist
hochsensibel, sehr verletzlich und vollkommen wehr-

los, obwohl sie eine Top-Ausbildung und eine gute Stellung als Sprachlehrerin aufzuweisen hatte.«

»Sie hatten das Gefühl, Sie müssten sie beschützen, Sie haben sie unter Ihre Fittiche genommen ...«

»Ja!« Regine Mewes sah den Kommissar erstaunt an. »Woher wissen Sie das?«

»Das ist doch sehr nahe liegend.« Danzik legte ein verständnisvolles Lächeln auf. »Ja, ich musste sie beschützen. Vor dieser unmenschlichen Schwiegermutter. Zumal sich Anjas Situation immer mehr zuspitzte. Es bestand die Gefahr, dass die Familie sie in die Psychiatrie bringt oder sie sogar entmündigen lässt.« Regine Mewes' Stimme zerbrach in einem trockenen Schluchzen. »Anja sprach von Selbstmord, immer wieder ...«

»Da hatten Sie das Gefühl, Sie müssten handeln. Sie schlugen Ihrer Freundin vor, sie von der Schwiegermutter zu befreien. War es so?«

»Ja, genau so. Ich sagte, ich mach das für dich, ich hab die Möglichkeiten dazu, als halbe Pflegerin kenn ich mich mit Medikamenten aus. Ich nehm was von den Digitoxin-Tabletten meiner Schwiegermutter. Und du befreist mich dann von *meiner* Alten.«

»War Ihre Freundin einverstanden?«

»Zuerst hatte sie Bedenken. Aber ihr war klar, wie aussichtslos ihre Zukunft ist. Dann hat sie ›ja‹ gesagt. Aber ich müsse anfangen, sie fühle sich dem nicht gewachsen. Und wenn es wirklich ohne Risiko sei, dann wolle sie es auch tun. Als Dank für mich.«

Geplanter Mord. Danzik fühlte, wie sich etwas in

ihm entladen wollte. Aber er bezwang sich. Bezwang die Empörung über eine Skrupellosigkeit, die Menschen wie Objekte aus dem Weg räumte. Ruhig bleiben, nur die Ruhe bringt's, dachte er. »Wie sind Sie vorgegangen?«

»Anja erzählte mir, dass ihre Schwiegermutter sie nicht nur mit ihrer Ordnungssucht, sondern auch mit ihrem Aberglauben terrorisiere. Der ganze Alltag würde danach ausgerichtet. Und sie stände auf alles, was mit Esoterik zu tun habe. Sie hat mich dann mit Frau Holthusen bekannt gemacht und erklärt, ich sei ausgebildete Wahrsagerin und würde mit Tarot-Karten arbeiten.«

»Und wie wirkte das auf Frau Holthusen?«

»Wie ein Magnet. Sie hat sofort einen Termin mit mir ausgemacht, und ich habe die Tarot-Karten mitgebracht.« Regine Mewes hob ihre Nase und grinste überlegen. »Es ist ja so einfach, jeder kann es. Auch Sie könnten es, Herr Kommissar.«

Danzik zuckte unwillkürlich zurück. »Weiter.«

»Ich habe ihr also viel Gutes gesagt, aber immer auch ein paar Problem-Punkte aus den Karten gelesen. Und so musste ich wieder und wieder kommen. Von Mal zu Mal musste ich länger bleiben und ordentlich Alkohol mit ihr trinken. Es wurde eine richtige Zecherei daraus.«

»Wie lief es dann am 18. März ab?«

»Ganz einfach. Inzwischen musste ich auch die Drinks mixen. Sie trank immer ›Ladykiller‹, eine Mischung aus Gin, Brandy und Maracujasaft.«

»Ladykiller?« Danzik schüttelte entsetzt den Kopf. »Ich hab ihr erst zwei Cocktails ohne gegeben, beim dritten habe ich dann 15 Tabletten dazugetan.«

Regine Mewes sah den Kommissar an, mit ihren ausdruckslosen Knopf-Augen, und verzog triumphierend den Mund. »Völlig farb- und geschmacklos. Jedenfalls wurde ihr schlecht, und sie hat sich ins Bad geschleppt.«

Danzik wurde auch fast schlecht. Mühsam setzte er nach: »Haben Sie abgewartet, bis Frau Holthusen tot war?«

»Klar. Puls gefühlt und so. Als sich nichts mehr tat, bin ich abgehauen.«

»Vorher haben Sie noch die Scheibe eingeschlagen, um einen Einbruch vorzutäuschen«, bemerkte Tügel. »Warum haben Sie eigentlich Ihre Fingerabdrücke nicht abgewischt?«

»Ich sah plötzlich vom Garten her den Nachbarn auf die Terrasse zukommen, der hat wohl das Geräusch mit der Scheibe gehört. Da bin ich natürlich schnell weg.«

Regine Mewes lehnte sich befriedigt zurück, als habe sie eben eine überaus imposante Leistung abgeliefert.

Danzik atmete tief durch. »Noch eine Frage. Ihre Schwiegermutter ist ebenfalls tot. Hat Anja Holthusen Amalie Mewes ermordet? Hat sie den Brand gelegt?«

Regine Mewes sah den Kommissar fast mitleidig an. »Anja wollte mir helfen. Aber sie hat's nicht gebracht. Lassen Sie also bitte meine Freundin aus dem Spiel. Sie glauben doch nicht im Ernst, dass meine Freundin mir die Wohnung anzündet?«

»Sie haben aber einen Mordplan auf Gegenseitigkeit verabredet.«

»Ich sage gar nichts mehr.«

»Das kriegen wir auch ohne Sie raus.« Danzik spülte mit einer heftigen Bewegung seinen kalt gewordenen Kaffee hinunter. Dann machte er seinem Kollegen ein Zeichen. »Dann woll'n wir mal wieder.« Tügel legte Regine Mewes die Handschellen an. Er rief zwei Beamte, die sie hinausführten. Sie hielt noch immer den Kopf hoch.

*

Danzik stellte seine Tasse ab. »Dann müssen wir uns jetzt um Anja Holthusen kümmern. Feststellen, wer das Zyban verschrieben hat.«

»Beide Familien sind bei Doktor Fiedler in Behandlung. Er ist eine kleine Kapazität in der Gegend.«

»Okay, Torsten. Versuchen wir's.« Kurz darauf hatte Danzik Doktor Fiedler am Apparat. Der Arzt wand sich erst ziemlich herum, dann bequemte er sich zu der Aussage, er habe Regine Mewes ein Rezept über Zyban mitgegeben. Damit die schwerkranke Schwiegermutter endlich vom Rauchen loskomme. Ja, mitgegeben, weil Frau Mewes Senior ja gehunfähig gewesen sei und nicht in die Praxis habe kommen können. Die Dosierung habe er selbstverständlich aufgeschrieben. »Na bitte.« Danzik lehnte sich zurück. »Dann wissen wir, was wir jetzt zu tun haben.«

Kurz darauf hatten sie einen Durchsuchungsbeschluss in der Hand und fuhren mit gerade noch erlaubtem Tempo zur Villa am Leinpfad. Henri Holthusen machte ihnen, eine Zigarre in der Hand, die Tür auf. Obwohl er über das Kommen der Beamten informiert war, regte er sich auf.

»Schon wieder dieser Zirkus. Was denn jetzt noch? Was suchen Sie überhaupt?«

»Beruhigen Sie sich.« Danziks Worte wirkten etwas formelhaft, was den Hausherrn noch mehr aufbrachte. »Ich denke nicht daran. Ich weiß schon, was Sie hier wollen. Meine Korrespondenz durchs-töbern. Und? Ja, ich *habe* eine Liaison mit Frau von Sassnitz. Ist das s-trafbar? Bin ich deshalb ein Mörder? Wenn Sie nicht s-tändig in falsche Richtungen ermitteln würden, hätten Sie den Mörder meiner Frau schon längst gefunden.«

»Beruhigen Sie sich«, wiederholte Danzik. »Es geht um Ihre Schwiegertochter. – Wo ist sie überhaupt?«

»Bei dieser Ingrid.«

»Meinen Sie Isabel Ackermann?«

»Ja. – Was wollen Sie denn da oben?« Henri Holthusen machte Anstalten, den Beamten hinauf ins Schlafzimmer seines Sohnes und seiner Schwiegertochter zu folgen. Danzik drehte sich auf der Treppe um: »Sie bleiben unten!«

Der Kommissar blickte auf das Foto der einst schlanken, schönen Anja, während sein Kollege

Schubladen und Schränke aufriss. »Hier, Werner! Das Medikament, auf das du so heiß bist! Zyban!« Torsten Tügel holte zwischen Handtüchern und Bettwäsche nicht nur einen Flachmann, sondern auch eine Schachtel hervor. Die Packung war angebrochen aber noch ziemlich voll. »Das ist ein Fang! Jetzt ist sie dran!« Danzik fuhr sich aufgeregt durch die Haarstoppeln.

Torsten Tügel verschloss die Packung, ließ sie mit behandschuhten Fingern in ein Plastiktütchen gleiten und reichte es seinem Kollegen rüber. »Danke.« Danzik presste die Tüte an sich, als habe er den Schatz des Jahrhunderts erhalten.

Sein junger Kollege stand an einem zierlichen weißen Schreibtisch. Er blätterte einen länglichen Spiralkalender um, bis er zum 18. März zurückgekommen war. »Werner, komm doch mal! Eintrag ›A.M. 12 Uhr‹.«

»Amalie Mewes«, sagte Danzik. Er sagte es mit einer Mischung aus Triumph und Trauer. Dann wurde auch dieses Beweisstück eingesackt. »Ist Ihre Razzia zu Ende??« Henri Holthusen wurde jetzt cholerisch. Er stand am Fuß der Treppe und paffte wütend an seiner Zigarre. »Wir sind fertig.« Danzik kam ruhig die Treppe hinunter. »Und? Was haben Sie mir zu sagen?«

»Wir haben eine angebrochene Packung Zyban gefunden. Die werden wir zur Beweissicherung mitnehmen.«

»Aber Sie können doch nicht einfach – «»Doch,

können wir.« Tügel drückte dem Kaufmann als Quittung ein unterschriebenes Blatt in die Hand.

Die Kommissare wandten sich zur Tür. Holthusen sah ihnen hinterher, das Gesicht ein roter Ballon. Krachend zerdrückte er das Blatt in seiner Hand.

Der nächste Tag war wieder hektisch. Die Laboruntersuchung hatte ergeben, dass die Fingerabdrücke an der Zyban-Schachtel wie erwartet von Anja Holthusen stammten. Wenn man den Eintrag im Kalender hinzunahm, konnte kein Zweifel mehr bestehen, dass sie die Täterin war.

Die Kommissare stiegen in ihren Dienstwagen. Tügel kaute an einem Rosinenbrötchen, Danzik stopfte eine Banane in sich hinein. Für ein Mittagessen, ob Kantine oder Stamm-Italiener, war jetzt keine Zeit. Die Ereignisse überrollten sich in einem rasenden, Adrenalin erzeugenden Tempo.

Als sie bei der Leinpfad-Villa ankamen, die große Enttäuschung: Niemand öffnete. Ein Anruf bei Thomas Holthusen brachte Klarheit. Ja, auch heute wieder sei seine Frau bei der Architektin. »Isabel Ackermann! Isestraße 56!«, rief Danzik, während sich Tügel hinters Steuer warf. »Hoffentlich ist das keine Finte und die Holthusen auch wirklich dort.«

»Die hat mit Sicherheit einen Schlüssel zur Wohnung.«

»Und wenn sie einfach nicht aufmacht? Das würde jedenfalls zu ihr passen.«

Zum Glück war kein Markttag, so konnten sie

unter der U-Bahn-Unterführung parken. Sie liefen
zu dem weißen Jugendstil-Haus, und Danzik drückte auf die Klingeltaste. Etwas zu lange und etwas zu
heftig. »Ja, bitte?« Das war Isabel Ackermanns me-
lodische Stimme. »Kriminalpolizei!«

Die Kommissare stürmten zur zweiten Etage, wo
ihnen die Architektin schon bei halb geöffneter Tür
entgegensah. Sie trug einen aprikosenfarbenen Bademantel mit eingesticktem I.A., der Busen schwappte
großzügig heraus. Offensichtlich hatte sie einen freien
Tag. »Sie schon wieder!«

»Ist Frau Holthusen bei Ihnen?« Danzik schnauf-
te ein wenig.

Isabel Ackermann zögerte einen Moment. Dann
entschloss sie sich zu einem »Bitte!« und ging zum
Wohnsalon voraus. Am Durchgang blieben die Kommissare plötzlich stehen. Drüben in dem sienaroten
Sofa hockte Anja Holthusen, matt wie ein schwerer,
gestrandeter Vogel, bis zur Taille in eine Decke gehüllt, die Nase in einen blauweißen Teebecher gesteckt. Ihre Lider über dem Becherrand flatterten,
sie schien, obwohl das nicht möglich war, zurück-
zuweichen.

Danzik trat vor, den Haftbefehl in der Hand. »Frau
Holthusen, ich nehme Sie fest unter dem dringenden
Verdacht, Frau Amalie Mewes getötet zu haben.«

»Was ist das denn für Blödsinn? Sind Sie verrückt
geworden? Meine Freundin kann doch niemanden töten!« In fassungsloser Empörung starrte Isabel Acker-

mann den Kommissar an. »Sie platzen hier herein – sehen Sie nicht, wie schlecht es meiner Freundin geht?«

»Ach, lass doch.« Anja Holthusen hob den Kopf, in einer müden, hoffnungslosen Verzweiflung. Dann wand sie sich langsam aus der Decke und vom Sofa hoch. Jetzt war zu erkennen, dass sie ein weißes Sweatshirt und graue Leggings trug. Wahrscheinlich die Hauskleidung ihrer Freundin. »Machen Sie sich fertig«, drängte Tügel. »Ja. Ich muss noch mal ins Bad.«

Erstaunlich, dass sie gar nicht protestiert, dachte Danzik. Sie schlich hinaus, er folgte ihr auf Sichtweite. Plötzlich eine Bewegung. Katzenhaft, trotz ihrer Massigkeit, wischte sie hinaus, die Wohnungstür fiel laut ins Schloss. »Torsten, schnell, sie ist abgehauen!« Die Beamten stürzten ins Treppenhaus.

Anja Holthusen war schon die Treppen hochgehetzt, eichhörnchenflink, so dass die Polizisten sie erst knapp unter dem Dachgeschoss erreichten. »Stehen bleiben!« Die Stimme, die von oben kam, klang wie ein letzter Aufschrei. Anja Holthusen hatte das Etagenfenster aufgerissen und stand auf dem Sims, ihr schwerer Körper schwankte hin und her, neben ihr die schwindelnde Tiefe einer fünfstöckigen Hauswand. »Stehen bleiben oder ich springe!« Ihre wilde, tödliche Entschlossenheit wirkte wie ein hypnotischer Befehl, die Kommissare verharrten auf der untersten Stufe des Treppenabsatzes. Danzik blickte zu der schlingernden Gestalt, hinein in den Himmel. Und obwohl er die Tiefe nur ahnen konnte, spürte er, wie sie ihn packte und in einem einzigen, unkontrollierbaren Sog seinen Magen durchflutete. »Gaanz, gaanz ruhig, Frau Holthusen!« Er sagte es auch zu sich selbst, als müsse er in einem magischen Zauber die Kraft des Abgrundes bannen. Und den seelischen Abgrund dieser Frau, die sich in unerträglicher Weise an einer Grenze bewegte. Tügel neigte sich zu ihm und flüsterte ihm etwas ins Ohr. »Lassen Sie das!«, schrie es von oben. »Stehen bleiben!« Das Gesicht der Frau lag im Schatten, man konnte den Grad der Erregung nicht sehen, aber die Stimme machte klar, dass die Situation jeden Moment kippen konnte. Bei den darunter liegenden Etagen gingen Türen auf, Nachbarn suchten nach den Ursachen des Lärms und starrten, aufgereiht am Geländer, zum obersten Stockwerk hoch. Danzik beugte sich über das Geländer. »Sofort zurück! Sie gefährden ein Menschenleben!« Die Gesichter verschwanden, um kurz darauf wieder aufzutauchen. »Nein, keine Psychologin«, flüsterte Danzik seinem Kollegen zu. »Ich versuche es anders.« Er wandte den Rücken und sprach leise in sein Handy. »Gaanz ruhig, Frau Holthusen! Wir helfen Ihnen«, rief Tügel beschwörend.

Anja Holthusen torkelte hin und her. »Geh'n Sie weg! Ich springe!«

Danzik drehte sich um und hielt ihr wie ein Geschenk sein Handy entgegen. »Ihr Mann! Er liebt Sie! Er braucht Sie! Er wird in wenigen Minuten hier sein!«

Plötzlich ein Aufschrei, vielstimmig, erfüllt von Entsetzen. Anja Holthusen war abgestürzt. Aber nicht in die steinerne Schlucht des Hinterhofes, sondern nach vorn, einen Meter tief auf den Fußboden. Eine dunkle Masse im Gegenlicht, der Himmel blickte wieder als volles Viereck durchs Fenster. »Sind Sie verletzt?« Im Nu waren die Kommissare neben ihr. »Nein, es geht schon.« Anja Holthusen ließ sich hochziehen, mechanisch, wie erstarrt. Plötzlich löste sich etwas, und sie begann zu weinen. Schluchzend, ohne Ende, ihr Körper bebte. Während die Kommissare sie langsam abwärts führten, lief ihnen Thomas Holthusen entgegen. Er nahm seine Frau in die Arme und strich ihr minutenlang über den Kopf.

Die Kommissare sahen sich an. »Herr Holthusen«, sagte Danzik. »Wir müssen Ihre Frau mitnehmen. Sie wird verdächtigt, Frau Amalie Mewes getötet zu haben.«

Thomas Holthusen hielt mit dem Streicheln inne. »Waas?« Während er vom einen zum andern blickte, schluchzte seine Frau laut auf. »Das kann nur ein Missverständnis sein«, stammelte Thomas Holthusen.

Im Präsidium bat Danzik den Tee-Kaufmann, in einem Nebenraum Platz zu nehmen. Er wollte Anja Holthusen allein verhören. Aber Thomas Holthusen verlangte den Anwalt der Familie. »Gut, warten wir das ab.«

Nach zehn Minuten erschien der Anwalt, ein Flanell-Typ um die fünfzig, überhöflich, aber mit hartem Blick hinter der Goldrand-Brille. Nachdem er mit seiner Mandantin gesprochen hatte, begannen die

Kommissare mit der Vernehmung. Danzik schaltete das Band ein.

Anja Holthusen wirkte jetzt etwas gefasster. Sie gab zu, am Brandtag in der Wohnung an der Parkallee gewesen zu sein, um der Tante bei der Betreuung von Amalie Mewes zu helfen. »Ihre Freundin, Regine Mewes, hat ausgesagt, dass Sie beide geplant haben, die jeweiligen Schwiegermütter in einem Mord über Kreuz zu töten. Ist das richtig?«

Anja Holthusen zögerte. »Kann ich ein Glas Wasser haben?«

»Bitte!« Tügel setzte das Glas geräuschvoll auf den Tisch. »Ist das richtig?«, wiederholte Danzik.

Die Frau hielt sich noch an dem Schluck fest. »Das war nur so ein Gedanke. Von meiner Seite bestimmt nicht ernst gemeint.«

»Aber dann war Elisabeth Holthusen plötzlich tot. Ermordet von Ihrer Freundin, wie sie uns gestanden hat. Ihre Freundin hat sicher verlangt, dass Sie nun auch Ihren Part spielen.«

»Nein!!« In Anja Holthusens Augen funkelte Verärgerung auf. »Regine wollte mich immer nur beschützen. Ja, und auch von der Alten befreien, damit ich endlich noch ein bisschen leben kann.«

»Sie haben sich aber verpflichtet gefühlt, im Hinblick auf Amalie Mewes auch was zu unternehmen.«

»Ja.« Anja Holthusen sank zusammen. »Aber es sollte nur ein Denkzettel sein. Ich wollte, dass sie schwächer und schwächer wird, dass sie Regine nicht mehr so quälen kann …«

»So schwach, dass sie stirbt!«, schrie Tügel. »Nein, nein.« Anja Holthusen brach in ein hysterisches Weinen aus. »Sie haben Frau Mewes Zyban in den Saft getan. Wie viele Tabletten?«, fragte Danzik scharf. »Nur fünf Tabletten.« Ihr Weinen wurde zu einem Wimmern. »Ich habe doch nicht an Mord gedacht. Ich kann das nicht – jemanden ermorden.«

»Und ob Sie das können. Nach der Zyban-Attacke haben Sie den Brand gelegt. Um ganz sicher zu gehen, dass Amalie Mewes zu Tode kommt!« Tügel schrie erneut. »Nein, das war ich nicht!« In Anja Holthusens Jammern mischte sich Verzweiflung. »Ich habe keinen Brand gelegt. Glauben Sie mir, Herr Kommissar.« Sie wandte sich wieder zu Danzik. »Ich war doch längst weg, als der Brand passierte. Und warum sollte ich meiner Freundin die Wohnung zerstören?«

Danzik drehte an seinem Schnauzer. »Wodurch wurde der Brand ausgelöst?«

»Weiß ich doch nicht, ich war nicht dabei.«

»Gut, wir können Ihnen das nicht nachweisen. Beweisen können wir aber, dass Sie Frau Mewes mit Zyban einen gesundheitlichen Schaden zugefügt haben, der ihren Tod möglicherweise beschleunigt hat. Wenn Sie Pech haben, werden Sie wegen Mordversuchs angeklagt.«

Anja Holthusen zog ein Taschentuch hervor und drückte es gegen die Augen. Dann ließ sie sich abführen.

24

Leuchtende Tage, dachte Danzik. Der Anfang der Tagore-Zeilen stimmte. Die Sonne tauchte die Küche in goldenes Licht, vor dem Fenster wiegte sich das sanfte Grün der Akazienbäume. Danzik schwenkte beschwingt die Weinflasche hin und her. Die beiden Fälle waren gelöst. Wenn auch anders, als er erwartet hatte.

Und jetzt war Laura da. Erwartungsvoll saß sie an dem zernarbten Eichentisch, während er zum Herd ging und einen Schuss Gin in die Tomatensuppe gab. »Nein, helfen ist heute verboten«, hatte er gut gelaunt gesagt, »du bleibst jetzt hier sitzen und lässt dich verwöhnen.«

Laura schnupperte. Die Küche war von Knoblauch-Düften erfüllt. »Riecht köstlich. – Und du bist in grandioser Stimmung.«

Werner Danzik drehte sich um. »Und ob ich das bin.«

»Weil du deinen Fall gelöst hast. Oder deine zwei Fälle, wie man's nun nimmt. Schwiegertöchter ermorden ihre Schwieger-Tiger. Und das noch über Kreuz.«

»Nein, Laura, so war es nicht.« Danzik machte eine Pause und rührte mit geheimnisvoller Miene die Suppe um.

»Nicht??«

»Nein. Es schien erst so, aber dann war es ganz anders.«

»Ja, wie denn, Werner? Nun spann mich nicht so auf die Folter.«

»Du, ich hab zwei Kartons Weißen Burgunder gekauft. Den probieren wir jetzt mal.« Werner Danzik schenkte ein.

»Also: Regine Mewes hat Elisabeth Holthusen mit einer Überdosis Digitoxin vergiftet. Das ist richtig. Schwiegermutter-Mord Nummer eins.«

»Dann hat Anja Holthusen die Amalie Mewes mit einer Überdosis Zyban und anschließend noch mit Rauchgas vergiftet. Schwiegermutter-Mord Nummer zwei. – Oder nicht?«

»Zum Wohl!« Werner Danzik hob das Glas. »Nein. Das ist nur die halbe Wahrheit. Man hat Zyban im Magen der Toten gefunden, die Menge war jedoch nicht tödlich.«

»Aber sie wurde ermordet!«

»Ja. Ermordet mit Rauchgas. Durch den Brand. Aber der zweite Mord war kein Schwiegermutter-Mord, sondern ein Muttermord.«

»Das ist ja 'n Ding!« Laura stellte ihr Glas ab. »Also dieses Weichei. Dieser Nobby-Norbert.«

Danzik lächelte. »Nein. Kalt, ganz kalt.«

»Eine kalte Spur? Jetzt versteh ich gar nichts mehr. Nun mach es doch nicht so spannend, Werner!«

Danzik füllte die Suppe auf und setzte sich. »Guten Appetit!«

Laura hielt noch immer den unbenutzten Löffel in der Hand.

»Es war so: Amalie Mewes hatte aus einer früheren Beziehung einen nichtehelichen älteren Sohn, der ins gesellschaftliche Abseits geraten war. Arbeitslos, Sozialhilfeempfänger, Alkoholiker, mittlerweile zum Penner geworden. Dieser Dieter Mewes tauchte, sehr zum Leidwesen der Familie, ab und zu in der Parkallee auf, um von seiner Mutter Geld zu erbetteln. Das wurde langsam zu viel, und deshalb hatte sie ihn in letzter Zeit rigoros abgewiesen.« Danzik unterbrach, um einen Löffel Suppe zu nehmen.

»Und der hat es getan?«

»Ja.«

»Aber wie konntet ihr ihn überführen?«

»Wir hatten recherchiert, wer alles zur Familie gehört. Dieter Mewes war im Zentralcomputer registriert, weil er wegen einiger Betrügereien schon straffällig geworden war. Wir haben seine Fingerspuren mit denen am Brandort verglichen – sie stimmten überein. Er hatte sich einen Nachschlüssel besorgt und war unbemerkt mit der nötigen Menge Benzin in die Wohnung eingedrungen.«

»Er hat gestanden?«

»Ja.«

Laura nahm nachdenklich einen Schluck Wein. »Aber warum hat er es getan? Nur aus Rache, weil man ihn immer wieder abgewiesen hatte?«

»Nicht nur aus Rache. Er wollte sein Erbteil kassieren. Und da Amalie Mewes mit warmen Händen nichts gab, sollten ihm die kalten Hände was bringen. Zumal er die Befürchtung hatte, dass ihr Vermögen durch die aufwändige Pflege dahinschmelzen würde. Ein klassischer Erbmord.«

»An der eigenen Mutter.«

In dem Moment klingelte das Telefon.

»Danzik.«

»Du hast wieder nicht angerufen«, bellte ihn die vertraute Stimme an. »Ich bin nicht dazu gekommen, Mutter.«

»Nicht dazu gekommen! Dein Fall ist doch gelöst, hast du mir gesagt. Dann können wir ja jetzt zusammen Urlaub machen. Ich habe gedacht, wir fliegen mal nach Teneriffa ...«

»Ich hab Besuch, Mutter. Laura ist da. Ich rufe dich wieder an, ja?«

Plötzlich war Danziks heitere Stimmung wie ausgelöscht. »Mutter«, »Schwiegermutter« – die Worte setzten sich bei ihm fest, wie ein bitterer Geschmack, den man nicht loswerden kann.

War es nicht verständlich, dass diese beiden Schwiegertöchter ihren Quälgeist hatten vernichten wollen? Nicht ohne Grund war da ein Hass gewachsen ... Danzik erschrak, versuchte seine Gedanken beiseite zu schieben. »Werner, was ist mit dir?« Laura war aufgesprungen und schlang spontan die Arme um ihn.

Du bist, was du denkst. Nein, er durfte diese negativen Gefühle nicht zulassen. Negatives färbte auf die eigene Seele ab.

Er schaute zu Laura, umfasste mit seinem Blick ihr
Gesicht. Ihre Stirn, ihre Augen, ihren Mund. »Ach,
nichts«, sagte er. Dann küsste er sie.

ENDE

Ulrike Kroneck
Grundlos
978-3-8392-1429-9

»Ein psychologisch raffinierter Krimi mit zwei Ermittlern, die das Banale des Bösen kennen und den Dingen mit gesundem Menschenverstand und geistreichem Scharfblick auf den Grund gehen.«

Die verweste Leiche eines jungen Mannes führt Johanna Kluge und Jakob Besser von der Osnabrücker Polizeiinspektion in die niedersächsische Provinz, mitten in die Machenschaften von skrupellosen Drückerbanden.

Auch Lena Salmann bringt eine zufällige Beobachtung auf einem abgelegenen Autobahnparkplatz in Berührung mit dem alltäglichen Bösen. Ein altes Trauma bricht wieder auf. Das führt fast zwangsläufig zu einem weiteren Mord. Kluge und Besser stehen vor einem Rätsel.

Wir machen's spannend

Dieter Bührig
Brüllbeton
978-3-8392-1418-3

»Ein ungewöhnlicher Krimi, rasant wie die Tour de France, mit überraschenden Etappenzwischenspurts!«

In Lübeck wird bei der Sanierung der als Brüllbeton in Verruf geratenen Fahrbahndecke auf der Ostseeautobahn eine Leiche entdeckt. Es ist ein Drogenkurier, dem Dopingkapseln im Magen zum Verhängnis wurden. Schnell gerät »Beton-Müller«, der Chef der Baufirma, Verdacht. Doch wenig später findet man auch ihn tot auf, den Rachen gefüllt mit Dopingkapseln. Alles sieht nach einem Konkurrenzkampf unter Drogenbanden aus, bis Kriminalhauptkommissar Kroll etwas in Beton-Müllers Privatleben aufspürt, das dem Fall eine überraschende Wendung gibt …

Wir machen's spannend

Jörg Gustmann
Schattenmächte
978-3-8392-1425-1

»Außergewöhnlicher Hamburg-Krimi.
Mysteriös und spannend mit
internationalem Format!«

Der Sohn des Polizeipräsidenten wird tot in der Hamburger Außenalster gefunden. Er hatte die Aufgabe, die Einführung eines Überwachungschips voranzubringen, der allen EU-Bürgern implantiert werden soll. Dann wird die Stadt durch ein Bombenattentat erschüttert, bei dem der Verteidigungsminister ums Leben kommt. Kommissar Pohlmann ermittelt und kämpft dabei gegen eine Schattenmacht.

Wir machen's spannend

L. Skalecki / B. Rist
Rotglut
978-3-8392-1442-8

»Hintergründig, spannend, überraschend …
So soll ein Krimi sein. Ich bin begeistert.«
Arno Strobel, Bestsellerautor

Während des WM-Spiels Deutschland – England 2010 wird ein Mann schwer verletzt im Bürgerpark aufgefunden. Bevor er stirbt, haucht er einen Namen. Kommissar Heiner Hölzles Ermittlungen ergeben, dass der Mann bereits seit mehr als 35 Jahren als tot gilt. Hölzle und sein Team tauchen tief ein in die Geschehnisse der 70er-Jahre, der Zeit der RAF, und finden Verbindungen zu einem Entführungsfall sowie zum Bombenattentat auf dem Bremer Hbf. Und plötzlich muss sich Hölzle auch noch mit dem Verfassungsschutz auseinandersetzen, der ein reges Interesse an dem Fall zu haben scheint …

Wir machen's spannend

K. Hanke / C. Kröger
Blutheide
978-3-8392-1426-8

»Katharina von Hagemann ermittelt im vermeintlich so friedlichen Lüneburg. Ein temporeiches Krimi-Debüt mit Gänsehautfaktor!«

Mit dem Umzug von München nach Lüneburg erhofft Katharina von Hagemann sich ein Ende ihrer Alpträume. Aber auch in der Kleinstadt geht es nicht nur beschaulich zu: Drei kurz aufeinanderfolgende Morde halten die junge Kommissarin und ihren Chef Benjamin Rehder in Atem. Schnell scheint klar, dass sich in Lüneburg ein Serientäter herumtreibt, doch sind weder ein Motiv noch eine einheitliche Vorgehensweise erkennbar. Als eine Achtjährige verschwindet, spitzt sich die Lage zu …

Wir machen's spannend

Unsere Lesermagazine
2 x jährlich das Neueste aus der Gmeiner-Bibliothek

Alle Lesermagazine erhalten Sie in Ihrer Buchhandlung oder unter www.gmeiner-verlag.de.

24 x 35 cm, 32 S., farbig; inkl. Büchermagazin »nicht nur« für Frauen

10 x 18 cm, 16 S., farbig

GmeinerNewsletter
Neues aus der Welt der Gmeiner-Romane

Haben Sie schon unsere GmeinerNewsletter abonniert?

Monatlich erhalten Sie per E-Mail aktuelle Informationen aus der Welt der Krimis, der historischen Romane und der Frauenromane: Buchtipps, Berichte über Autoren und ihre Arbeit, Veranstaltungshinweise, neue Literaturseiten im Internet und interessante Neuigkeiten.

Die Anmeldung zu den GmeinerNewslettern ist ganz einfach. Direkt auf der Homepage des Gmeiner-Verlags (www.gmeiner-verlag. de) finden Sie das entsprechende Anmeldeformular.

Ihre Meinung ist gefragt!
Mitmachen und gewinnen

Wir möchten Ihnen mit unseren Romanen immer beste Unterhaltung bieten. Sie können uns dabei unterstützen, indem Sie uns Ihre Meinung zu den Gmeiner-Romanen sagen! Senden Sie eine E-Mail an gewinnspiel@gmeiner-verlag.de und teilen Sie uns mit, welches Buch Sie gelesen haben und wie es Ihnen gefallen hat. Alle Einsendungen nehmen automatisch am großen Jahresgewinnspiel mit attraktiven Buchpreisen teil.

Wir machen's spannend